U0878588

做一根有思想的芦苇

嵇振颉 著

路过心上的经典散文
邂逅一生的悦读，愿你翻过每一页

线装书局

图书在版编目(CIP)数据

做一根有思想的芦苇 / 嵇振颉著. —北京：线装书局，2019.11(2022.7)
ISBN 978-7-5120-3744-1

Ⅰ. ①做… Ⅱ. ①嵇… Ⅲ. ①散文集—中国—当代
Ⅳ. ①I267

中国版本图书馆CIP数据核字(2019)第162797号

做一根有思想的芦苇

著　　者：嵇振颉
责任编辑：张　倩
装帧设计：宋双成
出版发行：线装书局
　　地　址：北京市丰台区方庄日月天地大厦B座17层(100078)
　　电　话：010-58077126(发行部)　010-58076938(总编室)
　　网　址：www.zgxzsj.com
经　　销：新华书店
印　　刷：唐山富达印务有限公司
开　　本：640mm×910mm　1/16
印　　张：18
字　　数：223千字
版　　次：2022年7月第1版第2次印刷
印　　数：10001—20000册
定　　价：49.80元

线装书局官方微信

在阅读中优雅老去

二十岁时，第一次去凤凰，不为古镇美景，只为能与偶居夺翠楼的黄永玉先生见上一面。

时逢雨季，沱江奔啸，烟波微茫信难求。苦待数日，仍没能等到想见之人。

在清冷的雨丝中独自徘徊，满心失落。无意走进一家书店，里面尽是沈从文先生的文本作品。无处可去，只好在僻幽的角落里翻阅旧籍。而后，一发不可收拾。

回程当日，总觉有重要东西遗落城中，寻思许久，才跑去那条巷子的书店里买了本周身泛黄的《边城》。这本有着深蓝小印戳的《边城》，至今仍安躺于我的书柜里——它不仅使我在未果的行程中找到些许补偿，更让我在之后的时光无比怀念二十岁的自己。

再后来，兴许命里所定，真与书结下了不解之缘。不但自己看书写书，更领着诸多热爱文学的人走上了自己想走的路。

我经常跟学生们说，阅读是写作的命脉，只有不断阅读，才能保持创作角度的新颖和思维的敏捷。然而，阅读所赐予的，又何止是这些？

不管在何时何地，只要手中捧着一本书，心里便会觉得安然。书不但能排遣无聊的寂寞，将岁月的伤痛逐一缝补，还能把心灵淬炼成一块玲珑美玉。

一个爱书之人，必是睿智且沉稳的。遇事不惊，处之泰然。古人所说的“腹有诗书气自华”，便是这意思。

生命本就是一次有限的跋涉。一个经常看书和一个经常沉迷在网游世界的人，心灵绝对是不一样的。前者，往往更能体悟一叶一菩提的真谛。

书本所给予心灵的力量，是不可言喻的。十年寒窗，说的并不是读书人的艰辛，而是意在表述读书人的坚忍和不懈。试问，有多少人可以在寒窗下十年如一日地重复做同一件事情？

正如北大教授曹文轩所说，世间最优雅的姿态，就是阅读。不论静坐还是倾卧，甚至在厕所里，它都是最美的姿态。因为这样的人，通常都会从骨子里散发出一种极具亲和力的书卷气。

阅读人物，通晓历史，可以从他人鉴知自己得失；阅读杂文，百味世事，可在辛言辣语中澡雪精神；阅读情感，温热肺腑，可居书香浓情里滋养心灵；阅读故事，体会人生，可于静谧岁月中倾情流泪……

每一种书，都是风景；每一本书，都是亟待窥破的秘密。

宋朝诗人黄山谷有一句名言："三日不读书，便觉语言无味，面目可憎。"这其中说的，就是每日读书的重要性。

本系列图书，所遵循的就是这个简单的理论。通过遴选当下不同类型的精华文章，给读者送去不同的心灵养分——成长的人生让你懂得如何珍惜青春，成功的智者让你明白如何把握自己的人生，真情的自我让你寻回本真的感动，感悟让你看到世界别样的美好……

为了能找到年度最精华的文章，为了给读者省去寻找的烦琐，我们几乎把本年度的期刊翻了个遍，目的就是为了去其糟粕，取其精华。

我们的宗旨只有一个，就是为这个时代的读者，奉献好书。

但愿我们可以放慢忙乱的步伐，一起在欢愉的阅读中，优雅老去。

一路开花

2018年12月书于云南曲靖

目录

第一辑　心灵之灯

第二辑　睿智之光

第三辑　韶华易逝

第四辑 仰望星空

第一辑

心灵之灯

面对出名后的一些非议，她觉得这是很正常的事情。“我还是按照我的心意活着、写着。别人的看法跟我没有任何关系。好诗就是读着很感动，有启发，不是像白开水那样。”她就用这种恬淡的心态、不屈的意志，征服了命运，来了次彻底的逆袭。诗歌，源自那份对生命的爱，更是对灵魂的呐喊。她会一辈子这样走下去，带着笑容走下去。

心中的白天鹅

忙完繁杂的事务后，我终于迎来一天中最为期盼的时刻——和心中的“白天鹅”约会。虽然只有短短的一两个小时，从中却重新找回真实的自我。有你的相伴，我的人生将有别样的精彩。

为了这个神圣的时刻，我做了精心的准备——调暗房间内刺眼的灯光、打开电脑中的轻音乐，营造出幽雅恬静的氛围。完成这些功课之后，我等待着你的到来。望着白得像雪的稿纸，我杂乱的心情渐渐平静下来。在脑海中苦苦搜寻着写作的素材，终于灵感像一股温暖的气流，一下子充盈所有的神经末梢。我知道，你的脚步已经在我不远处响起，于是，我加快步伐朝你的方向走去。稿纸上，字里行间记录着我激动的思绪。终于，看到你模糊的脸庞。你依然是那样——“犹抱琵琶半遮面”。我只好隔着薄薄的面纱与你对话，但这并不妨碍我们心灵的沟通。窗外，天色已晚、寂静无声，分别的时刻在不经意间到来。虽然有些无奈和不舍，但这只是暂时的分别，距离更会产生一种朦胧的美。你渐渐远去，渐渐变成一个黑点，消失在我的视野中……

在没有和你相遇之前，我曾结识过很多密友。我曾经对书法产生浓厚的兴趣，家中的报纸就悲惨地沦为我涂鸦的对象。虽然得到一些长辈的指教，但是一年之后，书法技艺仍没有很大的改进。看到很多比我年龄小很多的少年都能在宣纸上挥毫泼墨，我放弃了成为书法家的念头。随后，我又立志学术研究，为此从网上和实体书店里“运回”大量的学术书籍。买书花费大半个月的收入，但是望着那些散发墨香的书籍，内心感到无比的满足。此后，我蒙头开始所谓的“学术研究”，将自己的学术论文交给一些大学教授评阅，得到的评语却是不得学术研究之要领。很多研究只是停留在阐述前人研究之成果，而鲜有自己独特的、创新的观点。我有些不服，斗胆将自认为比较好的学术论文投寄给多家学术期刊。但是，最后的结果往往不是被人退稿，就是石沉大海。这时，一些老师、前辈劝我不要再将太多的精力投入到学术研究中，一者是因为没有相应的学术环境及资源；二者是没有充足的时间进行研究；三者是因为你没有学术研究的基础和天赋。虽然起初“冥顽不灵”，但是架不住众人的规劝，我终于无奈地扔下那堆学术书籍。

终于，遇到了你——我心中的“白天鹅”，写作。其实，早在十年前，我就曾一睹你的芳容。那还是我高二的时候，我的一篇文章荣获了全国中学生作文大赛一等奖，随后大量的刊物转载这篇文章。正因为此文的公开发表，我收到来自全国各地的同龄人大量寄来的书信。书信中既有对我这篇文章的喜爱，也有对我在文章中展示出的才华的肯定，甚至还有对我个人的爱慕，这些着实让我过了一把“名人瘾”。然后，我又多次在一些文学大奖赛中获奖。不过，这次美妙的初遇被一年后的高考所打断。进入大学后，我也是随波逐流——忙着考证、实习、参加社会实践活动、找工作。终于，我在大学毕业后找到了一份相对稳定的工作，工作之余有了属于自己的时间。这时，想到了被冷落了十年的你。你没有嫌弃我之前的冷淡，依然敞开胸怀接纳我。经历在书法、学术研究上的折戟沉沙后，终于发现你才是相守一生的最佳伴侣。于是，无论每天的工作多忙、多累，总会准备在每个宁静的夜晚与你相会。你洁白的羽毛、婀娜的身姿，让我的内心久久沉醉。每次面对你时，我总会有新的期盼，因为每次你总是以不同的姿态出现。对于我的虔诚，你也给予了我丰厚的回报，短短不到半年的时间，我已经有20多篇文章在各类刊物发表，并且又多次获得文学大奖赛等级奖。当然，发表和获奖并不是我与你相会的终极目的，它们只是一些副产品。和你在一起的时候，我不断反思、考问着自己灵魂的深处，更加看清了那个被日常生活遮蔽的、真实的自己。

写作，我心目中永远的“白天鹅”，将一直陪伴我走完自己的一生。虽然它不会带来巨大的物质财富、令人羡慕的权力和社会地位，但是它给我的精神财富却难以估量。和你相伴的日子，我的精神世界将不再孤独。

又一次美好的相会结束了，我带着笑容进入梦乡……

常怀感恩之心

英国著名思想家洛克曾说过:“感恩是精神上的一种宝藏。”感恩是人性升华的重要途径,是人格高尚的重要表现。无论对于父母、朋友、周围人以及国家社会,都应该常怀一颗感恩之心。只有这样,才能描绘出一个大写的人生。

感恩是一个人变得高尚的重要保障。不懂得感恩的人,不会对言行进行规约与反思。有了一颗感恩之心,就不会在现有的成绩面前沾沾自喜,因为我们认识到,这些成绩的取得不仅仅是个人的努力,背后还有很多人默默的支持。有了感恩之心,我们就会对很多认识的、不认识的人给予力所能及的帮助,因为已经得到的太多,觉得应该为他人付出自己的爱心。有了感恩之心,就会对现有的生活状态感到知足。对于眼前的困难与挫折,不会在内心过多纠结。感恩让我们把注意力投射到已经拥有的东西中,对于无法获得的事物则淡然处之。俗话说,“知足常乐。”感恩让我们感受到生活中的美好,让我们以愉悦的心情迎来每一天的旭日东升。

第一个要感恩的对象,就是生我养我的父母。“鸦有反哺之义,羊知跪乳之恩。”动物用简单的行为表达它们对父母的敬意。莫泊桑曾留下一句充满温情的话语:“人世间最美丽的情景是出现在当我们怀念到母亲的时候。”父母赐予我们生命的原动力——给予我们有形的肉体,这是我们生存于世的根本。我们年幼时,根本没有独立生存的能力,这时,父母为我们撑起了一片没有风雨的“晴朗天空”。在父母的精心呵护下,我们健康快乐地走向成熟。漫长的成长旅程中,父母既为我们提供物质上的衣食,也留下精神上的鼓励与教导。“滴水之恩,当涌泉相报。”如果一个人不懂得感恩父母,那么这个人不可能是一个品格高尚的人,既然对最亲近的父母没有感情,又何谈对他人的感情、对他人无私的付出?“谁言寸草心,报得三春晖。”有了自己的子女后,这种感恩之情尤为浓烈,更加明白父母曾经为我们付出的艰辛。孝心是感恩之心结出的硕果。不但要将感激之情长存于心中,更要将其付诸于行动,让父母在世时就能体会到做子女的孝心,这样才不会在父母过世后,留下深深的遗憾。

接下来要将感恩的目光,投向其他亲友以及帮助过自己的人。一个好汉三个帮,个人的力量常常是微不足道的——几乎没有人敢说自己没有接受过别人的帮助。问题并不在于是否接受过别人的帮助,而是在接受帮助后的态度。这种态度的不同,就很好地体现了一个人的道德水准。泰戈尔用诗意般的语言展示了两幅不同的场景:“蜜蜂从花中啜蜜,离开时营营的道谢。浮夸的蝴蝶却相信花是应该向他道谢的。”对于他人的帮助,应该像蜜蜂那样,在适当的时间与地点送上感谢,而不应该如蝴蝶那样,将他人的援助视为理所当然。两位哲学家尼采和卢梭则分别从正反两个方面揭示出感恩的实质,即“感恩即是灵魂上的健康”和“没有感恩就没有真正的美德”。感恩之心可以帮助我们在他人心中建立较好的人缘,有助于我们在应对下一次人生危机时不至于手足无措、孤立无援。没有感恩之心的人,别人一定会看穿他真实的本质。虽然会在短时间内获益，但是从长远来看，他的事业一定会在别人的鄙夷与轻视中慢慢枯竭。因此，感恩之心不仅仅只是停留在道德层面有意义，还将对最终的人生走向产生影响。

除了对实在的个体抱有感恩之心，更应对国家、社会这样的群体心存感激。人是社会的动物，没有人可以脱离一定的群体而生存。既然是群体的一分子，那么取得的任何成绩都与整体环境有关。如果山河残破、社会动荡，那不可能有你事业上的辉煌、家庭内的幸福、生活上的安逸。因此我对某些知识分子的言论持有保留意见。他们生活在这个尊重知识、尊重人才的年代，才有了他们学术研究上的成就。但是，他们并没有感恩国家社会为他们提供的良好环境，反而不断恶意攻击着现有的制度体制。当然，并不是说不能对国家及社会现状进行评论，可是这种评论应该建立在客观公正的角度上，应该建立在社会公共利益的立场上。一旦偏离这个准星，这种评论就会演变为个人私愤的发泄。之所以会产生这种现象，就是这些所谓的"知识分子"只看到成功的主观因素，而没有看到其他诸多客观因素，因此没有抱有一颗感恩之心。当一个人只把成功归功于自己时，即使他是才高八斗、学富五车，他也不能被称为某个领域内的大师，充其量只是一个"精致的利己主义者"、一个承载知识的"容器"而已。

"不管一个人取得多么值得骄傲的成绩，都应该饮水思源，应该记住是自己的老师为他们的成长播下了最初的种子。"居里夫人用朴实无华的言语，告诉我们感恩对于个人健康人格形成的重要性。我们应该常怀感恩之心，这样才能在成功的道路上越走越远、越走越宽阔。但愿社会中的每个人都能对他人、对整个国家社会充满感激，这样的社会才是真正美好、和谐的社会。

“困境”与“逍遥”
——庄子的人生哲学及现实意义

“人生不如意事十之八九。”由于自然规律的局限，我们逃脱不了“生、老、病、死”的轮回；因为我们自身的贪念和欲望，我们经常纠缠于无休止的追名逐利，陷入纷繁复杂的人际关系。虽然儒、释、道三家对人生苦难论述颇多，但是庄子对于这个问题的见解十分独特，即使在当今社会依然有着重大的意义。

一、人生的困境

人生是苦难的，很多人都赞成这一观点。但是关于人生苦难的根源，许多人却没有从深层次、理性的层面加以思考。庄子的人生哲学具体地分析了这一问题，他认为，人生的困境主要来自以下三个方面。

其一，人内心深处的欲望。幸福与快乐是相对的，同样的“外物”相对于不同的“内心”会产生不同的结果。由于心中强烈的欲望，使我们变得心神不定；由于失控的欲望，我们陷入了复杂阴寒的人际关系。虽然追逐外物是人的本性，可是一旦这种本性超越理性，它就会成为我们人生道路上最大的敌人，成为导致人生困境最主要的根源。

其二，个体生命的孤弱。人类是伟大的，但人类又是脆弱的，在自然灾害面前，很多情况下我们只能表现出无奈与默默地忍受。在疾病与死亡面前，我们只有等待的权利。庄子的人生哲学中揭示了生命的三大痛苦：伤残、疾病、死亡。庄子认为，现实生活中充满了不以个人意志为转移的必然，每个人一来到世上就陷入了随时面临伤残、疾病、死亡的境地。因此，《庄子》一书中涉及一些残疾人并不因为残疾而自卑，这就充分说明了人生是一个不稳定的存在。

其三，社会的障碍。庄子生活的年代是一个社会动荡、朝不保夕的时代，因此庄子在他的人生哲学中提到了“时”和“命”，这不能简单地理解为宿命论，而是应该理解为在某一特定时期中个体的机遇。社会虽然为个体生命提供了一个发展的舞台，却也不可避免地成为束缚个性发展的障碍。如果说以上两个因素是形成个人困境的内因，那么社会障碍便是这个问题的外因。

二、“逍遥”——摆脱困境的良策

可能大多数人认为，庄子的人生哲学是一种悲观主义，但这只是一种片面的看法。发现人生的苦难总比蒙在鼓里要好，问题的关键不在于是否揭示苦难，而在于如何从苦难中解脱。庄子的人生哲学为我们提供了解决这个问题的良好方法：心灵清单寡欲，过精神上逍遥的生活。以上谈到的三个方面中有两个方面是不以人的意志为转移，即个体生命的孤弱和社会的障碍，那么就剩下人的内心欲望可以由我们来裁决。即使我们物质上的生活可以过得不富裕,但我们一定要做精神上的富翁。正是受到庄子的人生哲学的影响,古代许多文人雅士过着与世隔绝、远离世俗的隐居生活。让自己的行为受理性支配,不再成为名利、欲望的奴隶,或许这时的你才能从世俗的烦恼中解脱出来。

三、现实意义

庄子的人生哲学现在不会过时,将来也不会过时。当今社会,许多人都沉湎于声名酒色、物质利益,这正需要用庄子的思想来净化他们的灵魂。可能很多人会感叹自我迷失,自己越来越不像真实的自我,这正是现代化社会"异化"作用对人的影响,而庄子的人生哲学如同一双有力的大手,撕破遮在你脸上的一副副假面具。也许很多人都会感叹生活的苍白,但是如果与庄子进行心灵上的"对话",你绝对会成为精神上的富翁。

总而言之,庄子的人生哲学透析了人生苦难,并为我们指明了一条摆脱的道路,在当今商品化社会里,依然具有十分重要的意义。虽然我达不到庄子所说的那种境界,但我相信:能与庄子的人生哲学相识,人生必将会焕发出别样的光彩。

孤独——没有观众的演出

“孤帆远影碧空尽，唯见长江天际流。”薄暮中，我孤独地站在江边。眼前，一艘巨轮拖着沉重的身躯渐渐远去。桅杆上的国旗随风飘动，还有几只鸟儿追逐着船尾。

每次面对陌生人，我都无法找到恰当的语言，更谈不上架起沟通的桥梁。由此，远离喧嚣中心，偏离关注焦点。这是人生痛苦的根源，还是上天的恩赐？时常问自己：为什么不能与他人共舞人生？为什么一直滞留在只属于我的时空中？

独行中，朝阳调皮地躲进雾气中，它的笑容变得模糊。朋友收到精美礼物时，我就在一旁羡慕地看着。他朝我笑了笑，那样子真够光辉灿烂。瞬间，被剥丝抽茧成一棵无人怜惜的野草。从长篇累牍的训诫中解脱出来，真希望身旁有一位认真倾诉的好友，但环顾四周，依然是冷漠的眼神和忙碌的身影。

风款款地抚摸着我，似乎给独舞的我一丝信心。

独处中，渐渐走来那个真实的自我。他披着黑色的风衣，似乎那么熟悉，又那么陌生。一个人最难认清的不是别人，常常是那个被忽视的自己。独处提供了可以肆意挥霍的宁静，让我以一种淡泊名利、无物无我的状态，重新俯瞰内心深处，濯洗沾在灵魂上的灰尘。我很渺小，在苍茫宇宙中微不足道。微小的我，如同树枝上的一片枯叶，似乎任何一阵轻风都能将我带走。依然在坚持，希望自己为他人所接受，可是……“主我”向“客我”妥协的过程如此漫长，折磨着我的灵魂。此时，书上的文字如狰狞的双眼望着我，心灵上的伤疤被刺穿，脓水汩汩地流淌出来。我努力着，在白纸上留下奋笔疾书的痕迹……

拿起话筒，犹豫中又把它放下，谁愿意接受这个陌生信号？“今年花比去年好，可惜明年花更好，知与谁同？”年少的无忧无虑早已渐行渐远，岁月的年轮已经磨平内心的激情。带着长长的惆怅，视线移到窗外，顽童的嬉笑、娱乐场所的灯红酒绿又一次触动心灵，我似乎成了“与世隔绝”的人！

再一次眺望江上，几点白色跃入眼帘。跳跃着的浪花并不在意岸边人们的关注，依然在一起一伏中延续它们的生活。看着悠闲自得的波涛，似乎感受到柳宗元描绘的“蓑笠翁”，李白笔下的“举杯邀明月，对影成三人”的意境。诗人崇尚的孤芳自赏，不正表达此时的心情吗？

孤独使我少了许多左顾右盼。因为没有观众注视，尽可不担心选择是否正确。孤独，可以演绎真实的自己、别样的人生。

孤独，使我变得更加成熟。对于人生的不断思索，使我拥有了无可计量的精神财富。仰望一轮明月，跨越了无尽的时空，或许圣人先哲们也在炼狱般的思索中寻找着终极真理。

走在宇宙的碧波之中，我如同一叶扁舟，虽然沧海一粟，却也悠然自得。毕竟航线的前方，有那片梦想的蓝天。

让书香点亮人生

人生是一个巨大的容器，等待我们在里面填塞内容。书籍是构成生命价值和意义的重要材质，淡雅的书香点亮我们平凡的人生。书带给我的不仅是多彩的世界，更赋予我跨越时空的快感，如一束阳光，照亮我的心灵。

书籍向我们展示了过去那幅波澜壮阔的画卷。历史是一个逝去的年代，那里有秦家剑、汉家枪；有孟姜女的泪、大泽乡的火；有胜利者的趾高气扬，也有失败者的失魂落魄。在经史子集的舞台上，历史不断演绎着精彩，同时也诉说着悲壮。没有书籍，历史就像断了线的风筝，彻底消失在我们的视线中。前人们用他们的心血凝结成文字，将漫长的时空浓缩成这方小小的空间。走进其中，我们就走进了一位位思想者的世界，体味着他们的喜怒哀乐，感受着不同的绚烂人生。

阅读经典，我深切体味着范仲淹的“不以物喜、不以己悲”“先天之忧而忧，后天下之乐而乐”的伟大情怀；品味经典，我感受着杜工部“星垂平野阔，月涌大江流”的空旷与豪情；体会经典，让李后主的一腔悲伤化作“一江春水向东流”，只留下心灵的静谧；走近经典，让易安居士的小舟载着忧愁化作一场春雨洒落人间，洗涤净化着人们的灵魂。

是那一册册典籍，使我认识到一个个不屈的灵魂。昔西伯拘羑里，演《周易》；孔子厄陈、蔡，作《春秋》；屈原放逐，著《离骚》；左丘失明，厥有《国语》；孙膑腐腿，而论兵法；不韦迁蜀，世传《吕览》；韩非囚秦，《说难》《孤愤》；《诗》三百篇，大抵圣贤发愤之所为也。是书，使我走进历史，重温那段岁月。

无论是帝王将相、伟人先哲，还是普通民众、芸芸众生，人的一生总会经历一些波折。完美的人生只是一种乌托邦式的理想状态，不完美的人生才是无时不在的现实状况。繁忙琐碎的工作与生活，浮躁的情绪总会找到生存的土壤。每当失望和悲观袭来时，我就会手握卷册，让书中悠闲、恬静的“音符”拭去我心灵的灰尘。书籍可以让我重新燃起对生活的希望，继续有信心地前行在人生的旅途中。

我仰慕严子陵的执着，他用垂钓注视人生。我钦佩过元亮的直率，身处山清水秀的田园中，人世间的一切烦恼都随着缕缕炊烟而烟消云散。我更记得那流浪者的诗魂，美轮美奂的皇家宫廷，容得下一代帝王“包举海内、并吞八荒”的雄心，却容不下他不羁的身躯。“安能摧眉折腰事权贵，使我不得开心颜。”诗魂的履印遍布五湖四海，携回的是一代代人津津乐道的诗篇。一路流浪一路捡拾山的雄浑、捡拾河的奔腾、捡拾风的耳语，集成册，谱上那一份特有的色彩，我一遍遍地重温，又一遍遍地心潮澎湃。

即使身处顺境、身边的道路一马平川，同样不能忽略隐藏在远方角落中的危险。书籍让我趋于理性，不至于被眼前的成功冲昏头脑。历史上，有多少王朝与帝王毁于自满和骄奢，有多少才俊满足于现状而裹足不前。书籍是一面镜子，让我们充分认识到人生是一场长跑，一时的成功只是人生中的插曲，只有不停下脚步，才不会让胜利的光辉渐渐黯淡。

年幼时，我们可能就开始构筑起自己的理想，不过其中带有天真的色彩。当书籍走进我的生活后，原本抽象的理想逐渐变成具体的目标。对未来感到迷茫的我，在书的指引下已迈入实现理想的康庄大道，实现理想的动力已在我心中默默升腾。

著名学者王国维在《人间词话》中曾说："古今之成大事业、大学问者，必经过三种之境界——'昨夜西风凋碧树。独上高楼，望尽天涯路。'此第一境也。'衣带渐宽终不悔，为伊消得人憔悴。'此第二境也。'众里寻他千百度，蓦然回首，那人却在灯火阑珊处。'此第三境也。此等语皆非大词人不能道。然遽以此意解释诸词，恐为晏欧诸公所不许也。"或许要达到第三种境界很难，但我会在阅读中品味人生，实现人生的价值，做一根"有思想的芦苇"。

读书是快乐的，一杯苦茗、一本散发墨香的书便可使你在悠然自得中度过有意义的一天。书不仅带给我们的是那一串串符号，更让迷茫的心灵得到慰藉，为原本无序的人生划定一个坐标。

带着愉快的心情去读书吧，你将进入一个绚烂多彩的世界。让书香点亮你的人生吧，让心灵与作者进行一场跨越时空的交流，由此你将站在伟人的肩膀上，演绎属于你自己的精彩人生。

只要“活着”——读余华《活着》有感

每个个体的“活着”，或许都是一部史诗。见证太多无奈的死亡后，我们才明白活着的珍贵。余华的小说《活着》，就是一部讲述“生死”这个沉重话题的小说。简练的叙述手法，让我们体会到，只要能活着，一切就有了希望。

小说主人翁福贵的一生经历太多的无奈与痛苦。他早年是民国时期的地主少爷，享受着衣食无忧的生活。由于嗜赌放荡，万贯家财禁不住他的挥霍。父亲过世后，这个家庭中道没落，成为寄人篱下的佃农。国共内战爆发后，福贵被国军抓了壮丁，被迫到战场上当炮灰。伴随着内战、“三反”“五反”“大跃进”“文化大革命”等重大变革或事件，灾难像密集的雨点不断降临他的家庭。一切就像一个巨大的诅咒，女儿、妻子、女婿、外孙……所有亲人都先后离他而去，最后只剩下福贵和一头老牛相依为命。《活着》以一种抽丝剥茧的方式，完成一次对生命终极意义的考问与探究。

写作的过程中，余华是冷酷无情的，他让书中活生生的人物或无奈、或意外地死去。虽然有时带来一点点美好的希望，比如有庆得到长跑第一名、让凤霞嫁人怀了孩子，但此后的悲情就像一朵朵巨大的乌云，很快将生命的阳光死死地遮住。书中的角色们以各种方式死去，不给读者任何心理准备，只留下我们的惊愕和嗟叹。

余华是这么阐述他写作的缘起——“我听到了一首美国民歌《老黑奴》，歌中那位老黑奴经历一生的苦难，家人都先他而去，而他依然友好地对待世界，没有一句抱怨的话。这首歌深深打动了我，我决定写下一篇这样的小说，就是这篇《活着》。”“活着，在我们中国的语言里充满了力量，它的力量不是来自叫喊，也不是来自进攻，而是忍受，去忍受生命赋予我们的责任，去忍受现实给予我们的幸福和苦难、无聊和平庸。”正是这样一种对于活着的深刻认识，让我们在书中对生死有了一番过山车式的体验。

按理说，生死这是一个沉重的话题，是千言万语难以讲清楚的，但是作者只用了区区十二万字，就让读者对这个哲学命题有了初步的认识。在昏黄的灯光下静静地阅读，心脏随着书中人物的命运而律动。合上书本时，内心似乎多了一些超越欲望、纷争的淡然。现实生活的无情与残忍，远比我们想象的要宽广；而活着，纵使要在肩膀上担负更多生命无法承受之重，我们依然要咬紧牙关默默忍受。这就是生命的力量，它超越了每一个肉体的渺小。

目睹一切死亡后，我们一定会追问生命的意义。既然生命都要无可避免地走向终结，那活着还有什么价值吗？如果一味地看重生命终点时的虚无，就会滑向悲观主义的深渊。相比于整个自然界，单个生命是孤弱和无助的，随时随地可能面对死亡恐怖的降临。小说中一个接着一个的死亡，不正印证了生命的脆弱？企图刻板地探究活着的意义，注定只能成为一个笑话。人只是一种存在，它与天地万物一样并无意义。人活着为了什么？人活着不为什么，只是为活着本身而活着，不是为了活着之外的任何事物所活着。因此，不要过分探究活着的意义，要做的就是勇敢地活下去。也许只需要像福贵那样活着，像那头老牛那样活着。

活着是一种幸福，只要活着，就有了一种幸福和希望。认识到生命的本质，并不是让我们消极地面对人生，而是通过积极有为，让有限的、充满着不确定因素的人生充满精彩。

一直记得这样一句话，世间无所谓幸福与不幸，只有一种境况与另一种境况的相比较，仅此而已。只有经受极度不幸的人才能感受到极度的幸福；渴求过死亡的人，才能领悟到活在世上有多美好。这不禁让我想起《我的兄弟叫顺溜》里面陈大雷说的，没有经历过死亡的洗礼和死里逃生的人，不能理解那一刻我们的心情。那是他们在久经战乱之后，听到传来日军投降，抗战结束之后的狂喜，不，是悲喜交集。

人只要活着，就有实现任何梦想的希望。没有比活着更好的事，也没有比活着更难的事！生不可选，死不该选，唯有硬着头皮活着！只要活着，就什么都有了，什么是幸福，什么是苦难，真的都不那么重要了。面对“活着”这个最光荣的使命和最宝贵的权利，还能抱怨什么？因为那些不幸，更从另一个侧面衬托出我们所拥有的是多么的珍贵而奢侈。也许，幸福就是靠不断地经历苦难一点点累积起来的。

小说给了我们一个哲理式的结尾——我知道黄昏正在转瞬即逝，黑夜从天而降了。我看到广阔的土地上袒露着结实的胸膛，那是召唤的姿态，就像女人召唤着她们的儿女，土地召唤着黑夜的来临。黑夜象征着生命的终结，这是我们每个个体所难以回避的归宿。不过，我们不必悲观和恐惧，因为我们曾经活着，曾经自信地、有尊严地活着。

掩卷沉思，明白了这部小说题目的含义——活着吧，只要活着！这是经历了很多悲欢离合、生离死别之后，内心发出的最为真诚、最为炽热的呼唤。

家，永远在你心中

自古以来，国人有着浓厚的家国情结。尤其是家庭，对每个人更是不可或缺。“金窝银窝，不如自家草窝。”这个窝，为你的茁壮成长撑起一把大伞，为劳累的你提供一方净土，为在外面伤痕累累的你保留一片温馨港湾。

妻子总说我有恋家情结。每逢休息日，不喜欢出去玩，宁愿做个宅男。饿了，鼠标轻点，美食送货上门。想添置一些物件，也不愿意货比三家。电商产品琳琅满目，既便宜又便捷，何必舍近求远？妻子不免有些怨言，不过看在每月工资按时上缴，勉强把怒气往肚子里咽。

外面的世界很精彩，不过对我来说，这些精彩属于别人。忙碌工作，消耗体内过多荷尔蒙，需要在家静养。家，是一个让你很随便的地方。在这里，不必看别人眼色行事，不必担心言行举止，留下什么隐患。你可以把最真实的自己显露出来。拭去心灵上的灰尘，释放出最真实的性情。

城市里的人，喜欢把家装扮得整洁、美观。数十层的高层建筑，空间有时很逼仄，这不要紧。家的面积可以不大，螺蛳壳里同样能做道场。曾看到一间 12 平方米的石库门房子，几代人挤在一起。经设计师妙手回春，老屋旧貌换新颜。这就是城市中的家，即便拥挤，也能为生活快节奏的都市人，留下舒缓心灵的空间。

生活在农村中的人，喜欢造房。广袤乡村，留给人们造房的空间很多。随着生活条件改善，传统的瓦片房逐渐消失，取而代之的是带着异域风情的小洋楼。不同于城里两代人生活在一起的核心家庭，农村家庭模式都是大家庭。七大姑、八大姨，四世同堂，既有耄耋老人，也有牙牙学语的孩童，好一派热闹景象。

住在海边的渔民，他们把家安在船上。曾看到这样的船家。船上升起缕缕炊烟，靠近时，还闻到饭菜香味。渔家汉和渔家女，光脚站在船舷上。他们皮肤黝黑，海风为他们带来健康肤色。丈夫忙着捕鱼，一条条活蹦乱跳的鱼，是他们一家的生计。妻子忙活着家务，她缝缝补补，她烧火做饭，她为丈夫包扎不小心碰破的伤口。他们的孩子，在小板凳上做着作业，红扑扑的小脸蛋惹人爱。多美好的家庭图卷，和谐、温馨，即便常年奔波，也安之若素。

还有很多四处打工的人，有的身边跟着妻儿，有的把妻儿留在老家。前者无疑更幸福，因为最爱的人留在身边，是最大的精神慰藉。后者也不算太糟，因为有传统佳节，还有回家团圆的机会。平日里，思绪亦会飘到远方的家乡。那里有他们的家，无论走得再远，家依旧是他们魂牵梦萦的地方。

即便不是身处远方的游子，每个人心中都有一个精神之家。在这里，所有虚伪、造作的面具，都可以彻底卸下。你可以做回最真实的自己。在这里，疲惫、烦恼不复存在。你就是这个家的主人，独享宁静和清幽。

城市的幢幢高楼、乡间宽敞的农家小楼、独具一格的船家，还有存在于心中的精神之家。家是我们的根，少了家，我们就成了无根的浮萍。有家的感觉真好。谢谢家，让我们品味到人世间最温情的元素。

人生的三种时态

过去时、现在时和将来时，这是每个人必须经历的三种。对于这些不同的时间段，我们应当持以不同的态度，即对过去时小心地收藏，对现在时努力地把握，对将来时则憧憬中带有一份淡然。

过去时是已经体验过的那段时光，它被我们前行的身影甩在后面。从我们呱呱坠地开始，过去时就不断延伸着它所掌控的范围。小时候，我们用好奇的眼光看着周围的世界，探求着未知的秘密。进入社会后，我们感受着人间的冷暖，在挫折和磨炼中不断成熟。回望过去，就是在回望我们个人的生命史。虽然有过成功、有过失败，有过开怀大笑和笑逐颜开，有过伤心流泪和黯然神伤，但是这些经历都是我们人生的一笔财富，值得我们好好珍藏。过去对现在和将来有着强烈的借鉴意义，一个轻易忘记过去的人或许可能在现在或将来重演着过去的惨痛回忆。因此，我们需要好好梳理过去，让那些成年往事闪耀出光芒，点亮我们前进的脚步。

收藏过去的另一个含义，就是不过分拘泥于过去，适度地放下过去时中的细枝末节，不被曾经的失败和挫折绊住前行的脚步。相信很多人都有后悔的经历，感叹自己为什么不在那个关键的时候再果断一些、勇敢一些，如果那样的话也就不会像现在这个样子。停止这些无谓的悔恨吧！它们无助于任何状况的改善，反而会让你在感慨和后悔中畏缩不前。收藏过去，就是适度地放下。“逝者如斯夫，不舍昼夜。”过去的岁月就像孔夫子眼中滔滔的江水，不会有任何的停歇。与其纠结于那些曾经的机会，还不如思考如何再创造机会。放下过去，我们前行的负担就会减轻很多。带着过去留下的宝贵经验，我们就应该思考如何在现在时中攻城拔寨、勇往直前。

现在时永远是短暂和片刻的。当你努力去抓住它时，它已经在你的背影中，成为过去时的一部分。所以，我们对待现在时应该有一种只争朝夕的精神。变动不居的现在，容不得我们等待与彷徨。我们只有不断地努力与进取，才不会让我们再次陷入悔恨的恶性循环之中。未来是不确定的，其中既有风险，也有很多机遇。未来为我们标明了很多条发展路径，等待着我们去选择。很多人都有喜新厌旧的心理，总认为自己选择的道路不是最佳的路径。由此，他们岔到了另一条轨道上，开始新的探索。可是一段时间后，他们又产生了之前的感受，再一次亲手打破了原先的选择。就这样，他们不断地放弃、不断地选择，由此彻底迷失自我。因此，现在时中充满着诱惑，我们需要有抗拒诱惑的免疫能力。认定方向之后，我们就不应该再有另寻新欢的想法。不要认为另一条路上有更大、更值钱的“宝藏”，只有在现在时中不断用汗水浇灌你事业的“田地”，你才会在收获的季节摘取属于你的“果实”。

走过现在时，我们就要迈入将来时。将来时是一块未开垦的处女地，永远带给人们想象的空间。看着前方广袤的空地，任何人都会在脑海中憧憬出一幅美好的画卷。当然，这并没有错——心怀梦想与憧憬的人生，才是一段值得尊重和享受的人生。不过，憧憬不应该成为让人心生烦恼的执着。对于未来的收获，我们需要抱有一份淡然的心境。能够收获成功的果实，当然是可喜可贺的事实；如果未能如愿以偿，我们需要以一种平常的心态面对。或许，我们从现在就要对将来时设定两个正反自变量，由此我们才不会在失意来临时手足无措。不要让最终的结果夺去你的快乐人生，将来的事，就让时间的法官来裁决吧。或许上帝为你关闭了一扇门，会为你打开一扇窗。

人生的三种时态，最终都会归结于过去时这一种时态。当这个时刻到来的时候，我们完全不必过度地悲伤和哀愁。因为一段有内涵的人生，已经让我们活出了人的尊严。

过去、现在和将来，人生就在不停的切换中上演着属于我们的传奇剧……

归　鸟

傍晚时分，一群飞累的鸽子返回它们熟悉的小窝。略显灰暗的天空中，这些精灵画出一道道优美的弧线。在鸽子的心中，这个小窝就是它们的家园。不知那些漂泊在外的游子，是否会像鸽子那样回到生于斯长于斯的“草窝”？

这窝鸽子是我隔壁邻居老张精心饲养的。为了让这些小生命有一个舒适的栖身之所，他特地请来一个老木匠，花了一天一夜打造出这个“鸟巢”。老张生有三个子女，现在都已经移民到国外。本来，老张身边还有相濡以沫的老伴。一年前，老伴因为心脏病突发而去世，只留下他这个糟老头坚守偌大的空房。

不知道谁向老张提出建议，他家中毫无征兆地多了个鸟窝。老张是钢铁厂退休工人，几十年一直埋头于昼夜不停的流水线和机器的轰鸣声，所以对于如何饲养鸽子几乎是一窍不通。由于老张的“经营不善”，鸟粪这个不速之客经常闯进我家的“领地”，散发着令人作呕的气味。我是一个脸皮薄、要面子的人，不愿意与老张发生正面冲突。于是，我将自己的想法向居委会主任反映。两天后，居委会主任带着两名工作人员，叩响了老张的门。在他们的因势利导下，老张加强了对鸽子“生活起居”的管理——鸟粪和异味逐渐成为脑海中的回忆。

此后十几天，老张家大门紧闭，那群可怜的鸽子也被迫蜷缩在那个相对狭小的空间中。由于老张是独居老人，所以我开始担心他的安全，希望不要有什么意外发生。终于，老张熟悉的身影又一次出现在眼前，心中的大石头也终于落下。再次见面，老张递给我一大包“铁观音”茶叶，说是从福建老家捎给我的，以此作为此前带来不便的赔罪。看到他老人家真诚的样子，我的内心顿时五味杂陈：他不但没有对我的“告发”产生怨恨，反而诚恳地接受我的建议。虽然这包“铁观音”的价值不是很高，但是我却看到一个老人身上的闪光点。

就这样，我和老张成了无话不说的朋友。像其他普通的家庭那样，老张和老伴将三个子女拉扯成人很不容易。孩子们也很争气，全部考入名牌大学。大学本科毕业后，又都获得免费公派留学的机会，得以在一个更广阔的舞台上施展才华。学业完成后，又在国外找到了理想的工作，有了一份稳定的收入，并建立美满和谐的小家庭。说到这里，老张有些哽咽了……

我知道，老张一定是对自己现在孤立无助产生无限的感慨。果然，老张此后的讲述印证了我的猜测。三个儿女的工作、生活稳定后，再没有人关心老张和老伴的身体健康及生活状况。说到这里，老张有些激动，他说："三个孩子就像三只小鸟，他们幼年时，为他们付出了很多辛劳。等他们翅膀长硬之后，纷纷飞向了远方。饲养了这些鸽子，虽然目前还能按时返回鸟巢，但是不知道在哪一天，它们会不会也像儿女们那样一去不复返？"

每天最让老张高兴的事，就是小心伺候着这些"心肝宝贝"。他为这些鸟儿准备了最精美的鸟食，并确保每个个体都能被"分配"到足额的一份。满足了鸽子们的物质需求，老张也不忽视它们的"精神需求"。于是，老张在每天清早就将鸟巢的"大门"打开，满意地看着它们展翅高飞。傍晚，看到鸽子们平安归来，老张的心里升腾起一丝幸福感。他早已将这些鸽子视为自己的儿女，替代三个远在国外的子女不在身边留下的空白。他还是期盼三个子女重新飞回这个"草窝"，哪怕只停留一会儿，他内心的伤感也会稍有抚平。

老伴去世后，老张曾给三个子女发去信息，希望他们回来料理母亲的后事。但是，大洋彼岸传来的反馈却让他失望了。他们都表示工作忙、脱不开身，要过很长一段时间才能回来。老张在居委会的帮助下，料理完老伴的后事。在老伴的墓碑前，只有老张一个人孤弱的身影。他无法给老伴交代，只是默默地陪在旁边，诉说着几十年走过的风风雨雨……

又到了傍晚，老张再一次凝重地注视着飞鸟的返回。他的眼睛又向大洋彼岸的方向望去，似乎要望穿这万里相隔的距离……

老张心里一直等待这一天，陪伴鸽子一同返回的，是他朝思暮想的儿女……

等着吧，总有水落石出的那天

被别人冤枉时，辩解、反驳会成为一种条件反射。很多情况下，主动出击无助于扭转局势，反倒是沉默与豁达，会让沸沸扬扬的谣言不攻自破。

有一个很普通的小镇，地图上找不到它的位置。它与外面的世界隔绝，好似桃花源“不知有汉，无论魏晋”。那里民风一向淳朴，很少有鸡鸣狗盗、劫掠奸淫之事，人们在平静中生老病死。不过，这样静如止水的状态，很快被一件事打破。

镇上的一户人家有个女儿，虽谈不上闭月羞花之色、沉鱼落雁之貌，却也好似出水之芙蓉，不曾沾染什么尘埃。孰料，就是这个待字闺中、二八芳龄的少女，却意外有了身孕。在传统观念极重的地方，未婚先孕岂是小事？父母气急败坏，问少女，肚子里的孩子是谁的种？少女不肯说出情郎的名字，害怕父母做出对他不利的事。父母哪容得这家门不幸，将少女关在一间黑屋子内。最终，少女咬出孩子的父亲——附近庙里的一位高僧。

众人大惊，那位高僧德高望重、道行高深，怎么会行这苟且下流之事？哎，有道是“画龙画虎难画骨，知人知面不知心”，道貌岸然的背后，竟是如此的嘴脸。

女孩的家人气势汹汹地杀奔寺庙。不顾小和尚劝阻，径直来到高僧的禅房。此时，高僧正在打坐参禅，微闭着双眼，进入禅定的精神世界。喧嚣声越来越响，他才从禅境中暂时走出来。

还没等高僧开口，众人就开始口诛笔伐，言辞之难听令人不能容忍。不过，高僧依然静静地听着，好像他真是罪魁祸首。

襁褓中的婴儿，搁在高僧面前。众人问高僧，这孩子怎么处理？

高僧只是说了句：“原来是这样啊，我来承担这一切。”说着，他将孩子小心翼翼地抱过来。孩子正在熟睡，样子看上去很可爱。女孩的家人离开后，照顾孩子的重担就完全落到高僧身上。庙里生活清苦，和尚们只能粗茶淡饭。为此，高僧每天抱着孩子挨家挨户讨奶喝。镇上的人知道这孩子背后的身世，高僧被人指指点点，甚至恶言相向。他淡然地面对这一切莫须有的骂名，只要孩子能吃饱，他无所谓。

时间终会告诉人们真相。三年后，少女忍受不住良心的谴责，在一个夜晚对父母说出孩子的亲生父亲。“我们错怪了人家！”少女的家人羞愧万分。他们又一次找到高僧，说出了内心的愧疚。三年不见，高僧的模样似乎憔悴，而孩子却白白胖胖。和上一次一样，高僧依旧面无表情，只是说了一句“原来是这样啊。”他将三岁的孩子还给少女，没有丝毫的怨言。

小镇上的人开始为高僧鸣不平，问他被冤枉时，为什么不进行辩解？高僧解释道：“出家人早已参透生死，视功名利禄为身外之物。名声对我来说，并不是很重要，我为什么要执着于其间呢？我之所以这么做，就是希望解少女之困，拯救一个无辜小生命。佛家有云，救人一命胜造七级浮屠，拯救两个人的性命，真是一桩大善事。我为什么要推辞呢？”

我敬佩高僧豁达的胸襟。长时间的静修，让他早已看淡被异化的名利。他就是一位精神上的能者，有一颗宽容、博爱的内心，让他忍下常人难以忍下的奇耻大辱，并用实际行动履行本不属于他的职责和义务。

除此之外，还从中悟出一番事理：被误解时，总想着去辩白，但往往收效甚微。因为他人不愿意听，他们早已在头脑中形成固化思维。正是这种刻板思维，谣言就会深入他们的骨髓，让他们对辩白产生很强的免疫力。如果别人能理解你，他们会从一开始就相信你，而不是听你一次辩白而相信。与其试图扭转别人的看法，不如默默承受，留给别人更多的思考时间。省下辩解的工夫，我们可以去实现更久远的人生价值。这远比浪费在口舌上要强很多倍。

再次面对冤枉的时候，我不会正面回击，而是用以柔克刚的方式，让时间来说明一切。等着吧，总有水落石出的那一天。这是一种人生智慧，更是一种人生境界。

对人生亮出V字手势

戴维·艾伦·韦尔什出生在艾奥瓦州，从部队退伍后，到一家化工厂当普工。要是没有那场飞来横祸，或许他的人生就将在平淡中度过。

2011年冬天，韦尔什在车间内做夜班。因为工友家中有事，他已经连续工作了十多个小时。他的身体处在极度疲劳中，眼皮子也睁不开了。就在此时，机器运转出现异常情况，紧接着闻到一股刺鼻性气味。没多久，右侧一台机器的电线上出现火花。看来是电线短路起火，这是不能用水去扑灭的。他赶忙去关闭总电源，却不慎碰到带电的机器表面。一股巨大的电流从身上穿过，后面的事情他就不知道了。

再次恢复知觉，他嗅到一股消毒水味道。眼前，是一片漆黑。听家人讲，因为接触到大量有毒性气体，他的眼睛暂时失明。

这段时间，是他人生中最灰暗的日子。极度绝望中，他听到一段段美妙的钢琴曲，曲调悠扬婉转，带着少女的妩媚。少年时，也经常浸润在动听的旋律中。邻家的小女孩，弹得一手好琴。一串串清脆的音符，顺着墙壁缝隙流淌到家中。后来女孩搬走了，优美的曲调却保存在记忆中。他越听越入迷，暂时忘却了失明的痛苦。

两个多月后,眼前开始出现光亮。重见光明是值得庆幸的,另一个坏消息却接踵而至。他的双手,只剩下食指和中指。这才知道,那些手指是被流水线上的机器“吃掉”的。这次,他没有失明时那么悲观。重新看到这个世界,他已经很满足。他希望找到琴声的来源,却一无所获。难道是幻听?琴声那么真切,好像真有人在演奏。

回到家中,琴声又翩然而至。他听着听着产生一个想法:我能否弹奏出这么美妙的乐曲?他没有音乐基础,又有肢残,还能弹好吗?没钱买价格不菲的钢琴,上哪里去练琴呢?他的情绪又一次陷入低谷。睡梦中,有一个穿着粉色衣服的小女孩,深情投入地弹着一架三角钢琴……

第二天早上,他在大街上闲逛散心。过了几条街区,他发现一家名为“二手方案”的旧货商店,里面摆着几架待售的旧钢琴。进店后,店员问他想买什么东西。他笑而不语,缓缓走向钢琴。他不知道该按哪个键,面前也没有乐谱,只是心中的旋律,让音乐自然地从指间流淌出来。他的那双手,引来店员和其他人关注的目光。因为从来没学过钢琴,曲调并不好听。一曲终了,周围响起一阵掌声,算是对他的鼓励。

这时,旧货店老板走过来,拍拍他肩膀问道,是否想学钢琴呢?原来,老板的女儿就是一位钢琴老师。从那以后,他定期来店里学琴。

在旧货店老板女儿的点拨下,他的琴艺提高很快。驻足聆听的人们,常常被琴声打动。有一次,一名古典音乐爱好者对韦尔什说:“听到你弹琴,我惊讶得呛了咖啡,咖啡从鼻子里冒出来。看到你的手指在琴键上跳动,我感觉有眼泪流了出来。琴声如同这栋建筑里圣洁的精灵,这种愉悦超越所有认知,相信屋子里的许多人有这样的体验。”

2014 年春天，在很多人的鼓励下，他报名参加了美国达人秀。刚登上舞台，他就冲台下的观众做了一个 V 字手势。人们屏住呼吸，静静等待他的表演。第一个音符响起，随后便一发不可收拾。他的手指在琴键上灵活地舞动，时而壮烈雄壮、时而委婉低沉。演奏完毕，他站起来，深深地鞠了一躬。就这样，他一路过关斩将闯入决赛，最终获得亚军。他的脸上绽放出灿烂的笑容，更具标志性的，是他用仅有的食指和中指亮出的V字手势。

面对媒体的采访，韦尔什动情地说："有那么多人在我最需要帮助时伸出援手，才让我乐观地面对人生。以后，我将把快乐的音符带给更多人。"

韦尔什的生活不再会有寒冬和黑暗，因为在好心人的关爱下，他已经对人生亮出V字手势。在爱的暖流的滋润下，人世间处处会盛开美丽的鲜花。

河边的芦苇丛

看惯了街道旁的高楼大厦，听惯了马路上车流的喧嚣，吃惯了口味单一的洋快餐，很希望尝试一种接近自然的生活方式。“平野无山见尽天，九分芦苇一分烟。”来到郊区的村落，体验慢节奏的生活状态。这时，看到河边一大片芦苇，顿时勾起我无限的思绪。

河岸边的芦苇，回想起无忧无虑的童年。十几年前，从我家后门往北走，穿过几条马路，在一条城市内河边，就可以看到随风飘扬的芦苇丛。那时候，还没有像现在这么多娱乐项目，每天放学后，我总会约上三五童年好友，一起在芦苇丛中嬉戏。我们在芦苇丛中玩着游戏，比如捉迷藏、模拟战争等。满头大汗的同时，芦苇聆听着我们银铃般的笑声，心里留下难以言状的快乐与幸福。

但是，这样的日子已经一去不复返。不过还好，我依然能够在乡郊的河边见到带给我童年快乐的芦苇。“芦苇萧萧野渚秋，满蓑风雨独归舟。”细雨飘落在我的发梢，更将眼前的芦苇丛渲染成一幅水墨画。伴随着这诗情画意的情景，是远处传来一阵悠扬的女声。“芦苇深花里，渔歌一曲长。”或许，这名女子在一天的劳作之后，用渔歌放松着劳累的身心。从这动听的旋律中，我似乎想象出歌唱者的容貌。“蒹葭苍苍，白露为霜。所谓伊人，在水一方。”古代的青年男子可能像我现在的心情一样，通过动听的歌声牵引出对于唱歌女子的爱慕。芦苇遮住年轻男子的视线，让这种爱恋产生距离，也赋予清纯、朦胧的美感。正是河边的这片芦苇，让爱的表达不再突兀，也使有情人终成眷属。

“苦竹林边芦苇丛，停舟一望思无穷……此生飘荡何时定，一缕鸿毛天地中。”对于历史上那些漂泊四海的游子，芦苇更能寄托他们的思绪。“风飘细雪落如米，索索萧萧芦苇间。”芦苇丛边，游子或向远行的友人告别，或者自己将面临颠沛流离，他们是无奈而感伤的。“关河万里寂无烟，月明空照芦苇。”虽然历史上的士人不得不面临“国破山河在”的惨淡时局，不得不忍受壮志难酬的压抑，但是他们并不消沉，芦苇见证他们实现自身抱负的决心。他们以一己微弱的绵力，试图改变动荡不安的局势。法国数学家、物理学家、思想家帕斯卡尔曾说过：“人是一根有思想的芦苇。”面对着大自然的规律，面对着历史发展的车轮，个体显得是如此微不足道。可是，正是个体的合力，创造了历史上的一个个传奇。正是有了其他生物所没有的思想，让渺小的人变得伟大，屹立于天地之间，成为自身乃至自然界的主宰。很多国家、民族的“脊梁”在历史的召唤下奋力对黑暗势力进行有力的抗争，虽然很多人在最后失败了，但是其“刑天舞干戚，猛士故常在”的精神永远值得敬佩。

“川原秋色静，芦苇晚风鸣。”天色渐渐变暗，歌声在我的想象和憧憬中渐渐飘远。没有了人造的声波，四周显得更加静谧，好像听到时间车轮的滚动声。这份宁静，正是心灵所急切渴望的。可以利用这个间隙，厘清意识流的乱麻，擦拭沾染在心灵上的灰尘，从而找到本性之光。“芦苇晚风起，秋江鳞甲生。”残阳照射在河面上，泛起缕缕金光。终于太阳走到了地平线之下，远处村落缕缕的炊烟升起。返程的时刻已经到来。我恋恋不舍地望了一眼黄昏中的芦苇丛，它像一位饱经沧桑的老人，默默地注视着眼前的一切……

暂时告别了河边的芦苇丛，但是它的形象不会离开我的心灵。未来的某个时间，我会再次到这里，重温儿时的梦想，仔细倾听它对历史的诉说……

复返心灵的家园
——读《瓦尔登湖》有感

徐迟先生在“序言”中所说:“《瓦尔登湖》是一本寂寞的书,是一本孤独的书。它只是一本一个人的书。”每个人都需要一个独有的精神世界,《瓦尔登湖》为我们开辟了一条平坦的通道,让我们有机会复返心灵的家园。

该书写于19世纪中叶,正值资本主义飞速发展的黄金时期,当时的人们对资本疯狂地追逐,想尽一切的办法获取更多的金钱。工业化浪潮、拜金主义思想将人性中恶的一面充分膨胀,人们终日劳作在追名逐利中。就在这样的社会背景下,1845年,梭罗形单影只,拿了一柄斧头,跑进无人居住的瓦尔登湖边的山林中。他自耕自足两年有余,而在这个被称为“神的一滴”的瓦尔登湖的土地上,他坦然在空间里,孤独在思想中!

“我希望我们的农夫在砍伐一个森林的时候,能够感觉的那种敬畏,就像古罗马人在一个圣林里间疏林木以使其透光的时候所感觉到的敬畏一样,因为他们觉得这个森林是属于一些神灵的。”“有一千个人在伐着罪恶的枝丫,却只有一人在猛砍着罪恶之根。”“所谓明天,即使时间终止也永不会来临。使我们视而不见的光亮，对于我们就是黑暗。当我们清醒时，曙光才会破晓。来日方长，太阳只是颗启明星。”

当梭罗写下上面这些文字的时候，他的心中充满对瓦尔登湖的爱、对于小屋的爱、对于山林的爱、对于林中小动物的爱以及对于大自然万物的爱。从中我看到了梭罗的胸怀与境界，那是一种超越浮躁、超越个人荣辱、超越一切物质的人生境界。两年多在瓦尔登湖畔的时光，让梭罗看透生死，明白自身的人生价值。他的文字吹散城市喧嚣的迷雾，让我嗅到自然独有的芬芳；他思考人生，让我的心如净水般澄澈。他的一生是如此简单而又意蕴深远，让我顿生崇敬。他的精神世界绚烂多彩，而且是精妙绝伦，世上这样的智者怕是有些许吧。阅读《瓦尔登湖》，让我忘却身边的浮华，而静下心来思考一些形而上的东西。就是在这个时候，我才感觉自己活得很真实，没有了矫揉和造作。

梭罗渴望过一种简化的生活，在这种生活模式下，大量的时间可以被腾出来深入生命、品味人生。正如他所说：“我喜爱我的人生中有闲暇的余地。有时，在夏季的一个清晨，我像往常一样沐浴之后，坐在阳光融融的门前。从红日东升直到艳阳当头的正午，坐在这一片松林，山核桃树和漆树的林中，坐在远离尘嚣的孤寂与静谧中，沉思默想。”他提倡俭朴生活，并不是让我们要粗茶淡饭或是节衣缩食，而是想要让我们多听听心的节奏，这也许就是一个人的价值。他觉得，如果人们能过宇宙法则规定的简朴生活，就不会有那么的焦虑来扰乱内心的宁静。所谓明天，即使时间终止也永不会来临，使我们视而不见的光亮，对于我们就是黑暗。当我们清醒时，曙光才会破晓。他通过自己的生活经验，告诉世人不要被繁纷复杂的生活所迷惑，从而失去了生活的方向和意义。

梭罗是崇尚自由的，他勇敢地面对生活和一切他要正视的东西。

并仍能保持自己单纯的、自然的、美好的伟大心灵。“什么也不能正当地迫使单纯而勇敢的人产生庸俗的伤感。”正是心怀对自由的憧憬，让他对在简单的生活中有着无比的乐观。“不论你的生命如何卑贱，你要面对它、生活它；不要躲避它，更别用恶言咒骂它。”在梭罗看来，生命永远没有想象中的恶劣。

梭罗探索着大自然的美妙与历史，同时从大自然的历史中探求着人类的历史。梭罗从中领悟出自然对人类过错的宽容与大自然的生生不息，人类在大自然的面前忽然变得那么渺小。大至四季交替造成的景色变化，小到两只蚂蚁的争斗，无不栩栩如生地再现于梭罗的生花妙笔之下，并且描写也不流于表浅，而是有着博物学家的精确。

尽管我们不能够像梭罗那样去体味孤寂的山林生活，尽管瓦尔登湖已经永远消失，但这些都不能阻碍我们在自己的内心里拥有一泓清澈的瓦尔登湖，时刻都能让心灵得到淘涤，按梭罗所说，到你的内心探险去吧！

“我引以为荣的是，有一来客用黄色胡桃叶当作名片，并在上面写下了几首斯宾塞的诗，我把它当作我的陋室铭：人们来到这里，充实了小屋，不需要多余的款待；休息就是盛宴，一切顺其自然，最崇高的心灵，最能怡然自得。”阅读瓦尔登湖，就是一次让人回味无穷的精神之旅。

我又一次打开这本凝聚着思想和智慧的书卷，复返那个美丽的心灵家园！

别人不把你当回事，你呢？

很久没停电了，突然电脑屏幕变暗，还以为主机出现故障。就在脑子里盘算各种可能时，楼道里那个最淘气的孩子喊道："停电啦！停电啦！"紧接着是隔壁女主人的抱怨："真见鬼！怎么这个时候停电，我家孩子再过一个月要高考，耽误他复习算谁的？"

赶紧去找蜡烛！由于许久没遇到类似情况，还真不知道这玩意儿藏在哪里？手电筒在黑暗中摸索，终于在墙角看到快要黏在一块儿的蜡烛。赶紧点亮，虽然亮度比不上电灯，但毕竟比一片漆黑好。

看着不时晃动的烛芯，心中若有所思：没停电前，我根本不把它当回事，可是在这个时候，它终于迎来属于自己的高光时刻！

我也有这根蜡烛类似的经历：毕业后进入这家在业内颇有名气的集团公司，干的是最不起眼的行政助理的工作。起初，我想进入销售部门或市场部门，因为它们是能为企业带来直接利润的部门。不像行政部门，只能是后勤保障部队。取得的成绩，似乎也不怎么看得出来。抱怨归抱怨，工作还得干，不然就成为更被人唾弃的"啃老族"。

后面收获的待遇，果然如我预料的那样。其他职能部门，把行政部门当作小丫鬟，有什么“疑难杂症”都会找上门来。而我是新手，更成为他们盘剥的“对象”。他们加班顾不上吃饭，还多次让我帮着订盒饭、叫外卖。即使干完这些杂活，他们也对我不怎么待见。曾在无意间听到有人在议论我：“行政部门就是勤杂工的聚集地吗？你看那个新来的小张，还把这些活干得有滋有味，真替她感到惋惜。”另一个人问：“惋惜什么？”“这大学不是白读了吗？这些事，交给个初中生都能干，或许还能干得更好。”他们哈哈大笑，我心里却酸酸的。

这算什么事嘛！好心帮他们，却更被人看不起，或许世界上没人比我更悲催了。

我不想看不起别人，但也不愿意被人看不起。你们看着，我绝不是只会干这些杂务的人。

从那以后，我就没有了双休日。买了大量专业书籍，研究最新的销售、市场理论。当然也不能光说不练，好说歹说，游说在一家私企做销售总监的表哥带上自己跑客户。我就在旁边看着、学着，琢磨表哥是怎么搞定客户的。

一年过去，我觉得自己的翅膀硬了，果断选择跳槽，哪怕工资水平下降三分之一，但是必须转到销售部门。

结果这一年的理论学习和实践收到了效果，我很快在销售工作中上手。不仅在试用期内拿到几个大单，还拓展了一些新的客户群体。剧透一下，这些成就没有靠表哥和其他人，全凭我一个个电话、一次次登门拜访磨出来的。

在三年后的行业年会，我遇到那两个嘲笑过我的同事。他们不再对我投以鄙夷的眼神，而是真诚地伸出双手，对我刚才的发言内容表示致敬。

其实，他们不拿我当回事，并不是和我有什么过节儿。只是那时的我，实在战斗力弱得惊人，他们有足够的底气调侃我、揶揄我。当我变强大了，态度很自然就转变了。

和我关系不错的新锐导演小伍，处境似乎更惨。

“你们来这里干吗？”前台小姐的蛮横，让小伍一下子找不到方向。“姐姐，我们是个乐队，想出一张唱片。”他从双肩包里，掏出一本黑色封面的记录本。前台小姐没好气地说：“写得都是什么呀！就你创作这垃圾，满大街都是！”在别人眼里，自己只是垃圾，伍俊杰和小伙伴带着无尽的惆怅，走了。

这些年来，他一直生活在笑话和蔑视中。13岁那年，他辍学去新东方烹饪学校学习，毕业后到一家宾馆当厨师。就在别人认为他会一辈子和锅碗瓢盆打交道时，他却背着父亲买把吉他，追逐心中的音乐梦。为了这个音乐梦，他和父亲、亲人彻底闹僵。每当他背着吉他在路上走，总感觉身后被邻居指指点点——“就是那傻子！”

随后，他结识几位同样热爱音乐的“发烧友”，组建一支乐队。15岁时，他和乐队受邀去母校开演唱会。就在演出前一刻，主唱突然人间蒸发。就在昨天，主唱还信誓旦旦地说：“俊杰，明天演出我们几个人一定尽力，让你在母校师生面前露脸。”就在他盘算补救措施时，摆放在台上的音响设备也不翼而飞……那天晚上他浑浑噩噩，不知道是如何度过的。

主唱出走后，其他几位成员也相继告别，伍俊杰只好寻找新的合作伙伴。他和几位伙伴来到东莞，去一家木工厂打工。辛辛苦苦干上一整天，只能赚到几十元钱。四个多月后，他和伙伴们积攒了一千多元钱，一脸虔诚地跨进唱片公司。

前台小姐的羞辱，又在他的伤口上撒了一把盐。没有抱怨世态炎凉，他找来很多专业音乐书籍，系统学习作词作曲，同时拼命练琴。有一位比他大十多岁的资深音乐人，对他的执着很欣赏，推荐他去签约一家新成立的唱片公司。由于这家公司发行能力不强，第一张唱片销量不好，生活都成了问题。有一次发高烧，他连看病的钱都没有，只好在出租屋内硬撑，靠疯狂喝水降低体温。随后，他又来到北京，成为"北漂族"。经过两年打拼，终于，他成为北京天翔世代唱片公司的签约音乐人。他在业界有了名气，还凭借兼职当明星经纪人的身份，积累了不少人脉。

这时候，别人已经很把他当回事。可是想到还有很多人像他那样寄人篱下，因为梦想暂时无法实现身处困境、被人笑话，他决定伸出援手。他决定回到家乡，卖掉自己的车，拿出所有积蓄，还借了十几万元，创立一家文化传媒有限公司。

可是霉运像甩不掉的虱子，一次次挑战他自信心的底线。就在创业后没多久，合伙人因为意见不合撤资，甚至还拿走所有的设备。一夜之间，他又成为欠债几十万元的"负翁"。不和谐的声音再次传来："那个傻蛋又在瞎折腾。这下好了，彻底把自己折腾死了。"

好几次路过那条小河，他都冒出跳下去的念头。但想到父亲、想到那个未竟的梦想，他及时止住死的念头。你们看不起我是吧，我就要做出点东西让你们瞧瞧。

他只能再次借债，起早贪黑地守在公司里。为了让别人认为这不是一家皮包公司，不只有他一个光杆司令，他一人"分饰几角"，扮演前台、秘书、部门经理，最后才是他的老板身份。他很有"表演天分"，也很有诚意，很快挽回一些客户资源。借的几十万元债务，在两年内彻底还清。

随后，他又“冒失”地闯入影视领域，一切源于有位朋友拿着剧本找他。剧本讲述一位青年从农村出来，到城里打拼的经历，让他产生深深的共鸣。回家乡创业的初衷，就是想搭建平台，他几乎没怎么考虑，把一笔业务赚来的几万元都投进去。他请了导演、摄影师，租用大型设备，结果却不尽人意。首次“触电”经历，让他开始从音乐切换到影视。

一年后，有位客户介绍他认识一位上市地产公司的CEO，他们要拍摄一个广告片。随着宣传大片《传承》精彩亮相，那位CEO有了将其招入麾下的念头，抛来一份年薪40万元的合同，邀请他去做公司的策划总监。还有一些电视台也邀他做导演、栏目制片人，他统统拒绝了。这部宣传片是团队努力的结果，绝非他一人之功。离开他们，自己什么也不是！

拒绝高薪诱惑，他又开始寻找赞助商。终于，一家电力公司愿意出钱拍摄一部微电影。为了深入了解企业职工的工作性质，拍摄前，他深入一线，穿着沉重的绝缘衣，与电工们一起翻山越岭维修线路。炎炎酷暑，汗流浃背；夜间维护，披星戴月……这部身临其境拍摄的微电影——《爱之光》的开播当日，让很多供电人在荧幕前流下感动的泪水。因为里面每个镜头和画面，记录的都是真实的生活。网站开播后，两天点击率100多万。正是这份真实感，让《爱之光》荣获全国“中电传媒杯”微电影大赛一等奖，还荣获国资委系统微电影大赛最佳剧情奖。

2015年，伍俊杰再次为供电局拍摄第二部宣传大片——《日记》。有一场戏要在高楼的阳台上拍摄，为了剧情发展，拍摄需要镜头从外往内拍，他只好坐到阳台护栏上拍。当时没有任何安保工具，他和搭档在几个人拽住的情况下完成拍摄。那是一幢28层的高楼，一旦从上面摔下来，后果可想而知。这部微电影再次荣获全国“中电传媒杯”微电影大赛一等奖，同时获得中国“安迪杯”微电影大赛银奖、凯里首届手机微电影节最佳女演员奖。

没有做出成绩前，别人很可能不把你当回事。冷嘲热讽、嗤之以鼻、不屑一顾，这些态度都很正常。问题在于你的反应：是自暴自弃、怨声载道，还是以此为动力，绝地反击。

要知道，别人不把你当回事，再正常不过。可是，你自己不能随波逐流。连你都这么认为，那就和缴械投降没什么两样了。

别把脏水都泼在运气不好上

运气像一个幽灵，似乎无时无刻不逗留在身边，却又神龙见首不见尾。每个人都渴望好运降临，遇到不愉快的事，我们往往会把脏水泼到“运气”这个无辜孩子的头上。然而所有不好的事，都是“运气不好”惹的祸？

高速公路上，窗外的风景快速往后飞驰。钢筋水泥森林，渐渐被广袤田地、净如明镜的湖面所取代。这是我和三五好友，在周末外出郊游。旅行过程当然是愉快的，然而返程路上却遭遇烦恼。首先是遇到停车场般的堵车。眼看离城区还有十几公里，远方高楼依稀可见，车子却像蜗牛一般爬行。这段一刻钟能走完的路，愣是磨磨蹭蹭近两个小时。终于，车辆过了收费站，就在朋友准备踩下离合器时，一位交警突然出现在车前。

交警出现总不是什么好事！果然，他礼貌性地敬礼后，一张罚单递过来。没超载也没超速，更没有其他违法行为，凭什么要吃罚单？朋友不服，冲警察嚷嚷起来。“先生，你看看车上的年检标识贴了吗？”朋友自知理亏，只好交了200元罚款，并扣3分。

交警走后，朋友就开始抱怨："今天怎么这么倒霉，平时根本不查贴不贴年检标识。"我本来想劝劝朋友，但看他在气头上，到嘴边的话还是缩了回去。

罚款、扣分，真的只能被认为是倒霉吗？尽管平时这项要求不在交警检查的范围，但并不代表可以无视交通法规的规定？贴几张标识，并不需要耗费太多时间精力。但人总有"法不责众"的侥幸心理，很多人不贴，我也不贴；平时不查，今天也不会例外吧。然而该来的总会来，朋友还是吃到了侥幸心理的苦头。

还记得大学寝室那几位哥们儿。白天逃课、泡网吧，晚上通宵在寝室练级。然而每年的期末考试，就成为难熬的鬼门关。考前那几天，他们想尽办法将各种资料藏在身上，以备考试时使用。他们"作案手法"高超，再加上监考老师对这些行为大多睁一只眼闭一只眼，总算平安地从大一混到大三。然而四级英语考试，就不同于校内考试。就是到了大四，他们还在这项和学位挂钩的考试中苦苦挣扎。尽管最终拿到学位证书，他们却连连抱怨自己运气不佳，为这个破英语耗费了多少宝贵光阴。

这还是侥幸心理在作祟。以为校内考试能蒙混过关，校外考试也不在话下。可是当看到战友光荣"阵亡"，几位哥们儿只好收起那颗躁动的心。不能开"外挂"，只好拼努力。可是他们哪肯努力啊！人总是要找心理平衡的，运气又一次成为"替罪羊"。

身边还有很多人，每日为生计而忙碌。可是看到某些人挥金如土，心中难免会不平衡。他们不会从自身找原因，往往都会说自己命不好。殊不知那些成功人士，在别人发呆的时候在努力，在别人睡觉的时候在努力，在别人享乐人生的时候依旧在努力。并不是让每个人成为苦行憎,但成绩从来不是无缘无故的。你先要停下对运气的抱怨,从自身查找问题:是否自己不够努力?是否努力方向出了问题?是否对于客观情况认识不足?找出问题背后的根源,才有助于对症下药。

每个人的运气,从总体上说差不多,运气极好或极差的人,毕竟只是极少数。不要再把矛头直指运气,那是你逃避现实的借口。敢于对自己开刀,好运气也会黏上你。

静守美丽

花瓶，普通人眼里外表光鲜、腹中空空，常是华而不实的象征。我却不这么认为，它就是用来盛放鲜花的器皿，为什么要承受鄙夷和不屑的目光？

客厅的茶几上，静静地立着一只景德镇陶瓷花瓶。它通体皓白，瓶身上印着一朵小红花，除此以外没有太多图案装饰。朋友几年前去江西出差，知道我不喜欢花哨玩意儿，就送了这件素颜的礼物。“礼轻情意重。”每次瞥见这只花瓶，就能品出那份淡如水的君子之交。

城市中的生活，和自然亲近的机会很少。为此，我喜欢上各式各样的花花草草。它们带着日精月华，为略显枯竭的生命之流注入原动力。虔诚地把这些“美人儿”从花店中请来，小心翼翼地插入花瓶中。日复一日，瓶中的鲜花不断地更换着，以怒放或凋零的状态，宣示着生命的跌宕起伏、潮起潮落。花瓶就像一位历尽沧桑的老人，默默地看着住在它腹中的客人一批批来，又一批批离开。它仿佛是花朵的侍从，为那些红颜薄命悉心地安一个家。它没有任何表情，在别人富贵中清贫着，在别人辉煌中平淡着，在别人赞美中静默着……它就是一尊不带情感的雕塑，闲看花开花落，凝望云卷云舒。

虽然它那么冷漠，不过应该衔着一份记忆。它牢记着每一个拥抱过的花儿：昨天的郁金香、今天的玫瑰、明天的天堂鸟……循环往复，它就如一位老首长，眼前路过一排排美丽的仪仗队，也曾抚慰过无数善感的心灵。在美的世界中，它是真正的富翁。

花瓶，从来没有表现出张扬。它有狂傲的资本，但是不愿意让自己失态。初见美好事物，内心或许会掠过一份狂躁。就如同刚来到世界的婴儿，对世上的事物总是那么好奇，总想伸出好奇的小手，这里摸摸、那里碰碰。但美丽见得多了，心就会静下来。这不是麻木不仁，而是一种成熟，一种岁月的凝练。这也是一种幸福，幸福不需要夸张地表现出来，表现得让所有人都知道。在花瓶内部，每天都发生着奇迹。它见证着美，更创造出美。它是美的孵化器、是美的垫脚石，播种着罗曼蒂克。

远足的鲜花，从土壤中迁徙到这幢理想的“别墅”，随即进入新的梦乡，留下一道美丽的笑容。

忽然想到父母、想到朋友、想到很多帮助过我的人，他们清空内心所有的自利心，展开包容的胸怀，为我撑起一片梦想的星空。他们并不起眼，因为他们不善于表露，不愿意张扬，只是在一边默默地付出。只有到了离别时，才会深深念起这段经历的珍贵……

如果鲜花是烛光的话，花瓶便是铺陈在底下的烛台；如果鲜花是嫩芽的话，花瓶便是注入生机的春天！

它静静地守着美丽，直到生命的终点！

爱，让小树苗壮成长

上天总会对一部分人那么苛刻，让他们的人生道路显得坎坷和崎岖。有的人为此而抱怨、沮丧，由此陷入自暴自弃的境地；有的人却没有悲观绝望，而是暗自积聚能量，等待着爆发的那一天。导致这天壤之别的，或许就是那份浓浓的爱。

他就是一个不幸的孩子，小时候患上了脊髓灰质炎。看到同龄人无忧无虑地在空地上奔跑、嬉闹，心中就会产生羡慕和嫉妒。很多时候，他把自己关在屋子内。老师让他回答问题时，他也总是低着头一言不发。他试图用这种自我封闭的方式，逃避他人的嘲笑和异样的目光。

又一个春天到来，冬天萧条的景象被生机盎然的春色所取代。院子前有一大片空地，父亲决定种一些树苗。父亲满脸笑容对孩子们说，你们每人栽种一棵树苗，谁栽的小树长得最好，就会得到一份最希望得到的礼物。栽种树苗的那一天，兄弟姐妹们蹦蹦跳跳提着装满水的水桶，小心翼翼地端到树苗旁。清水湿润了有些干燥的土壤，渐渐弥散到地下的树根。兄弟姐妹们的树苗长得很快，树杈上很快出现成片的绿色。因为行动的不便，他眼见别人的树苗越长越高、越长越旺盛，而自己的那棵树却萎靡不振地“蜷缩”在地上。没过多久，他就丧失了信心。他很少给树苗浇水，也懒得去打理它。

不过，这只是暂时的落后。几天后，他百无聊赖地来到院子里。无意中，他看到自己的那棵树有了明显的变化。树上的叶子是那么繁茂，伴随着缕缕微风，正在优雅地摆动着，宛若一位美女正在舞蹈。树干也比前一段时间粗实了不少，丝毫不输给其他人种的树。

一个月后，父亲又把孩子们叫到了身边。他当众宣布最终的胜利者，他是最后的赢家。父亲有诺必行，为他买了一件他最喜欢的礼物，让他度过了一个欢乐的周末。这么多年来，他从来没有那么高兴。这个周末成为他人生的转折点，他不再悲观绝望，而是乐观地面对生理上的残缺。他相信，自己并非一无是处，就像这棵一开始落后的小树苗。

很快，他发现背后的隐情。那天晚上，他辗转难眠，到屋外透透新鲜空气。他看到院子里有一个黑影，一开始还以为是窃贼。借着皎洁的月光，他看清了那个人的模样。原来是父亲正在用勺子向自己栽种的树下浇水。他瞬间明白，原来这并不是什么灵异事件，而是父亲默默的付出。他没有让父亲发现自己，而是不声不响地回到自己的房间，窝在被子里悄悄地流泪。

他感到一股巨大的力量在体内慢慢升腾，超越了身体残缺带来的不便。而这股力量的来源，便是自己伟大的父亲和伟岸的父爱。

几十年的光阴很快过去，他没有让父亲失望。他带领着美国人民和全世界反法西斯的力量，战胜了不可一世的纳粹和日本军国主义，让全世界人民免于忍受恶魔的蹂躏。没错，他就是美国任职时间最长的总统——富兰克林·罗斯福。

正是因为他的父亲，让他那棵小树苗茁壮成长。而背后那份浓浓的关爱，也让罗斯福幼小的心灵得到慰藉。从此，他这棵原本有些歪斜的“树苗”，也被有力地扶正，有力地向上生长，直指蔚蓝的天空。

爱是生命中最好的养料，哪怕只是一勺清水，也能使生命之树茁壮成长。很多成功的花朵与果实，也在爱的浇灌下，不断地萌发着、绽放着，演绎着属于自己的精彩。

记住回家的路

家，是一个人心灵的港湾。无论我们在外面受到了什么委屈，我们都能够在这方空间中得以慢慢疗伤。回家的路，也永远充满着温馨与憧憬。只要记住这条路，人生就有了归依，心灵也就多了一份依靠。

记得幼年时在外受到欺负，心中就期盼回家的时刻。父母慈祥关切的眼神，冲淡了我内心的无助。回家的路，永远是那么平坦而美丽，擦拭着我心中的伤口。父母是最好的倾听者，他们不厌其烦地听着我无休止、语无伦次的讲述；父母也是最好的导师，他们透彻的分析让我避免类似的情景再次发生。

工作后，回家时的心情依然是愉悦的。家就像一块巨大的磁石，让我自愿地放下手头似乎忙不完的工作。甩下已经戴了一天的面具，终于可以做回自己。我似乎听到了妻子关切的问候，似乎看到了女儿无邪的笑容，似乎闻到了餐桌上可口饭菜的香味。回家的路，其实还是蛮艰难的，长时间的等待、拥挤的车厢，一次次考验着我的体力与耐心。但是，当接收到五官传来的那些美好讯息，任何的抱怨都烟消云散。终于回到家中，一切的美好又一次上演，好像在酬谢我一天在外面辛苦的打拼。虽然有些平淡，但是平淡之中也能品味出难以言状的幸福。

家，不仅是一个有形的空间，更是一个包含着丰富内涵的概念。每个人的灵魂与心灵，都需要一个抽象层面的“家”。平时的生活里，我们就像一个个在外拼搏的“游子”，渐渐迷失真实的自我。这时，我们的心灵疲惫了，需要做一些休整，于是心灵之家召唤我们回去。在这条回家的路上，我们慢慢拭去心灵上的灰尘，对自我进行一个重构。回家的方式与途径是多种多样的，既可以是和智者的直接对话，也可以借助书籍等媒介摩擦出智慧的火光。一杯清茶、一曲轻音乐、一颗闲适的心，我们这就开始了回家之旅。这趟旅程不会很拥挤，因为它只属于我们自己。到家的那一刻，我们感到一种无比的惬意，因为那里是我们的根，可以让我们体悟到人生的终极意义。虽然回家会放慢我们在俗世中前进的脚步，但是我们需要按下人生的暂停键，让心灵有一个喘息。只要能记住回家的道路，我们的人生就不会孤单、不会迷茫。

我喜欢《回家》这首萨克斯名曲，它的层次感清晰分明，音质柔和不显刺耳，却极富穿透力。它那清纯悠扬的清音效果和抒情的高音，给我以无限美好的遐想与向往。每当我在欣赏这首乐曲时，我就会想起回家的路，想起家中那一切的美好。

“唯有门前镜湖水，春风不改旧时波。”家的概念永远会扎根在我的心中，就如同诗中所说不改旧时波的“镜湖水”。记住了回家路的人是幸福的，因为他拥有了一把开启幸福的钥匙。即使回家的路是那样坎坷，他依然在这条道路上不断前行。

· 将荣誉的天平清零

1960年罗马奥运会的拳击赛场，年仅18岁的运动员穆罕默德·阿里，如同迅猛无比的美洲豹，让许多对手胆寒。他一路过关斩将，最终获得81公斤级拳击比赛金牌。阿里一时难掩激动心情，不停地抚摩挂在胸前的金牌。

他载着荣誉回国，迎来了英雄般的礼遇。飞机刚安全降落在路易斯维尔，威武雄壮的警察仪仗队等候在机场跑道上。由25辆汽车组成的车队，护送他进入市中心。途中，很多黑人和白人自发聚集在大道旁，还打出“欢迎阿里荣归故里”的横幅，欢呼声、喝彩声响彻云霄。

踏过红毯，进入市政厅，阿里见到此前从未谋面的市长。对方告诉他：“你的奥运金牌是路易斯维尔市的金钥匙，市政府将安排让你晋见艾森豪威尔总统。”几天后，他的身影出现在白宫中，与这位五星上将总统紧紧拥抱。此后，是无数场盛大的欢迎会、庆祝会。很多政界、商界名流轮番接见阿里，各种商业合同不断向他飞来。过多的商业活动和社会活动，让他不能安心地参加训练。

两年后的一场职业拳赛，阿里输给了拳坛的后起之秀弗雷泽。在拳坛打拼这么多年,还是头一次吃到败仗。仿佛在一夜间,他回到了原点。胜利者的趾高气扬,阿里没有过多留意。他像一个迷路的孩子,黯然神伤地离开赛场。

那晚,阿里和朋友来到俄亥俄河边散心。他的手中,攥着那枚象征荣誉和地位的金牌。他对身边的朋友说:"就是因为这枚金牌,我丧失了奋斗的动力。不能让它继续留在身边。"还没有等旁人反应过来,他令人费解地双手一松。金牌溅起水花,转眼间没了踪影。"阿里,你疯了,那可是你用汗水和血水换来的金牌。就这么扔了,你不心痛吗?"阿里长出一口气说:"我丝毫不觉得痛苦,反倒觉得心情舒畅。我非常有信心,有朝一日,我将登上世界拳王的宝座。"

来到拳台,他让教练加大训练量,重新做回那个"百打不死"的拼命三郎。每次训练回家,他躺在床上,身子就像被大卸八块,疼痛让他彻夜难眠。早上起床,他又要忍受伤痛的折磨。苦练了半年多,他再次与弗雷泽交手,这次没有饮恨而归——取得了压倒性的胜利。

和曾经的辉煌挥手作别后,他迎来了事业上的又一个高峰。他接连击败很多拳坛高手,飞速向拳王宝座靠近。1964年,他击败利斯顿,荣获世界重量级拳王金腰带。他的事迹还被拍成电影,上映时场场爆满。阿里的名字如同畅销品,在世界各地争相传颂。

阿里在自传中这样描绘:"在我人生的记忆中,最难忘的不是英雄式的欢迎和庆祝会,而是在那个漆黑的晚上——我站在杰弗逊大桥,把奥运会金牌扔进俄亥俄河里。"

如果沉浸在过去的成绩中,阿里很可能在灯红酒绿中迷失自我。他及时将荣誉的天平清零,带着初始的梦想轻装上阵,由此描摹出一段拳坛不朽的神话。

找到盛放孤独的容器

大学毕业后，胡晏荧收到外资银行的Offer，起薪超过2万元，还有极好的福利待遇。然而这个“金饭碗”，在一年多后“砸碎”。辞职时，她还支付了高昂的违约金。即使这样，她没有任何后悔，去了英伦三岛学习纪实摄影。

回国后，她当过摄影师、杂志编辑，还曾在演艺公司、出版社留下过足迹。这些岗位仍是过眼云烟，拴不住那颗躁动不安的心。就在一年内，她五次更换工作单位，父母彻底犯迷糊了：怎么女儿是个如此“离经叛道”的人？或许是读书时太压抑，没有选择权利。到了有机会做选择时，她彻底任性了一把。

2012年2月的一个深夜，北京的室外滴水成冰。这天下午，胡晏荧又一次递交辞职报告。玩了几小时的网络游戏，时间已近午夜。虚拟世界，不能慰藉空虚孤独的内心。她决定出去走走，披了一件很薄的外套，踩着父母均匀的鼾声，轻轻地带上房门。刚出小区，情绪就彻底失控，一路走、一路哭。路上几乎没有什么行人，她就这样放肆地宣泄。整整四个多小时，她就这样漫无目的地走着。寒风中她瑟瑟发抖，泪水、鼻涕交杂在一起，让她显得滑稽又荒诞。不知不觉中，熟悉的家又出现在眼前。

回家后，胡晏荧在网上订购一张飞往景德镇的机票。她也不知道，自己为什么要去这个以陶瓷闻名的地方？走在乡村小路上，漆黑一片，只能看到远方星星点点的灯光。四周静得出奇，似乎能听到自己的心跳声。她感动得落下眼泪，这正是自己要找寻的地方。

孤独感不会凭空消失，必须找到一样容器来盛放。胡晏荧想起大学时接触到的球形关节人偶，特别是Marina Bychkova的Enchanted Doll。要是能做出这个形象逼真的玩意儿，该是件多么美好的事！

胡晏荧拿着Enchanted Doll的照片，找到当地雕塑瓷厂的工匠。这些老师傅看着这张古怪的图片，头摇得像拨浪鼓。用陶瓷做这个东西太费时间，有那个工夫，可以做很多其他工艺品。就在快要绝望时，有位修坯的师傅找到她，问她愿不愿意学习拉坯修坯。她想也没想就答应了，做这个陶瓷娃娃，需要有这方面的基础。

拉坯的过程极其繁重、枯燥，这是她以前从未经历过的苦。揉泥、找重心，泥巴似乎在捉弄这个女孩。研究结构和最后烧成的环节，最考验胡晏荧的耐心。球形关节如何连接，让她一次次抓狂。另外，陶瓷在烧成环节时很容易变形。一旦球形关节的连接处变形，就无法组装起来。一次次失败，不断挑战胡晏荧容忍的底线。终于，她忍无可忍，产生极强的破坏欲。拿起小锤子，一些半成品成为“牺牲品”。砸到最后一个半成品，她突然停下手来。这个陶瓷娃娃歪斜着头，笑盈盈地看着她。这天真无邪的陶瓷娃娃，让她的心软下来。这个小玩意儿，凝结着她数不清的心血。即使不完美，也掺杂着她灵魂的外延。小心翼翼地把这个半成品捧在手中，似乎是一件价值连城的工艺品。

那个月明星稀的夜晚，成功在不经意间降临。看着第一个成品，胡晏荧有了一种如释重负的感觉。她不再掉头发，每晚的睡眠质量也出奇地高。每天早上迎着晨曦，会准时醒来。“日出而作、日落而息”的作息规律，让她找回那个真实的自我。

有人主动找上门来，希望她一年能交50个娃娃。但她拒绝了这些邀约。她不愿意为了多赚钱，降低对艺术的追求。因此即使一天工作10个小时，她一年也只能做20个娃娃。每件作品都是独一无二的，而不是流水线上的产品。

胡晏荧淡然地说：“我待陶瓷人偶如初恋，它让我走出阴郁的星空。每个人都有过孤独和彷徨，需要找寻一个容器来盛放。很幸运，我找到了这个容器。”

·把一担石头变成泥浆

年轻时，齐白石喜欢上篆刻艺术。尽管经过几位名师点拨，进步却不大。通过朋友介绍，他知道远在千里之外有位篆刻大师。为了尽早入门，他特地去拜访这位老先生。

先后去了三次，迎接他的是紧锁的家门。直到第四次，才得以见到老先生。赶忙说明来意，拿出自己近期的作品，希望老先生指点迷津。老先生把篆刻作品在手中把玩一番，对齐白石微微一笑："这次我先不教你什么诀窍。等你下次来的时候，我会倾囊相授。这样吧，这次你先去后院，挑一担石头回家。等到这担石头都变成泥浆，你再来找我。"

回家后，有几位朋友知道此事，都说篆刻大师不愿意教他这个初出茅庐的年轻人，才想出这个办法戏弄他。他们都劝齐白石，不要相信那个老家伙，以后还会推荐大师让他去寻访。齐白石不理会这些话，夜以继日地刻着这堆石头。一边刻，还一边拿古代篆刻艺术品来对照琢磨。刻了磨平，磨平了又刻，时间一长，手上起了血泡。血泡破了，钻心地疼；结疤后，又奇痒无比。他不在意，继续专心致志地雕琢他的作品。时间一天天过去，石头的数量日渐减少，而地上的淤泥却越来越厚。五年后，这堆石头全部化作泥浆。他赶忙收拾行李，再次去往那个心中的“圣地”。

老先生看到他满手的老茧，又听他说了这几年的经历，轻轻捋了捋胡须：“年轻人，所有技巧和诀窍，都已融化在这堆石头中。我再没有什么可以教你了，相信未来你一定会取得比我更大的成就。”听到这里，齐白石也明白了其中的道理。此后，他几十年如一日，不曾有一日松懈。他刻的印雄健、洗练，达到了炉火纯青的境地。后来，经常有晚辈后生请教他，他也把当年的故事告诉他们，并指了指地上厚厚的那层污泥。

一般人都追求“四两拨千斤”的效果，殊不知能拨动“千斤”的“四两”，必须首先具备千斤之力。所谓的诀窍、秘籍，也是建立在千锤百炼、不断积累的基础上。齐白石的努力和勤勉，造就了他在绘画篆刻方面颇深的造诣。

被命运撂倒，却获得站起来的坚强

她几乎一夜成名，短时间内成为媒体的关注焦点。笔下那些饱含深情的诗作，也一时洛阳纸贵，是出版机构争抢的“香饽饽”。她，就是余秀华。

余秀华在《活着》一诗中这样写道：“让我安静的时候写诗/穷苦的时候流浪/让我对路过的人和灯持永恒之爱/让我总是在该掏出匕首的时候掏出花朵/让我在能够申辩的时候保持沉默/即便如此，这世界还是没有给我一个春天/即便如此，我今天还在，打算喝一点酒后/去风里转转。”面对他人无法忍受的厄运，她显得那么淡然，选择诗歌作为灵魂安身立命之处。活着，代表着一种力量、一份坚韧。

出生时倒产、缺氧，造成脑瘫，进而行动不便。她只能一瘸一拐走在成长路上，高中毕业后赋闲在家。命运，早已将她撂倒。没人正眼看过她，闲言碎语、鄙夷的眼神，每天都在品尝。家人不对她抱有任何希望，谁会指望脑瘫患者干出一番事业？唯一的希望，就是尽快找个人照顾她。19岁那年，余秀华在父母的安排下结婚。这段婚姻，留给她一个在武汉念大学的儿子。可是，没有爱的婚姻，注定只有更多不幸和苦闷。直到现在，她和丈夫尚未离婚，却很少有联系。亲情、爱情、家庭、婚姻……各种人伦之乐，她没有福分和资格去享受。不是没有苦闷过，当痛苦一层层凝结在一起，就开始变得麻木，不再那么痛彻心扉。

她就像一只蚌，把伤痛裹在体内，化作一颗晶莹剔透的珍珠。她的人生，需要一个宣泄口。

2009年，她无意中看到一本诗集，一下子引起共鸣："从明天起，做一个幸福的人/喂马，劈柴，周游世界/从明天起，关心粮食和蔬菜/我有一所房子，面朝大海，春暖花开……"第一次发现，文字竟有这样的力量。我要做个幸福的人，幸福无关当前的遭遇，只是一份心境。心能转境，则无不自在。面对苦难的海洋，依旧可以春暖花开。她曾这么说过："一直深信，一个人在天地间，与一些事情产生密切的联系，再产生深沉的爱，以至无法割舍，这就是宿命。比如我，在诗歌里爱着、痛着、追逐着、喜悦着，也有许多许多失落——诗歌把我生命所有的情绪都联系起来了，再没有任何一件事情让我如此付出、坚持、感恩、期待，所以感谢诗歌能来到我的生命，呈现我，也隐匿我。"

她并没有用创作诗歌的心态，写下一段段文字。如同甩了枷锁的舞者，她肆意地面对空气狂野地舞着。歪歪扭扭的文字，很快填满一本笔记本，她是那么快乐。她还把这些作品给老师看，得到了最渴望获得的鼓励：你真是个可爱的小女生，生活里的点点滴滴都变成了诗歌。诗歌，让她赚到了点赞，更收获了自信。这种感觉，注定将与她相伴一生。

尽管精神上是自由的，肉体却让她举步维艰。脑瘫不仅使她走路倾斜，说话含混不清。写字的右手一直在颤抖，根本无法握住笔。她只能用左手压住右手，这样才能勉强写出字来。每个字都写得艰难，像一条条趴在纸上的蚯蚓。后来练习用不那么颤抖的左手写，竟然比右手好些。电脑是对余秀华手指的解放，不必再用颤抖的手握笔书写，而是伸出左手食指敲击键盘。几年间，她积存了几千首诗歌，主题多是对爱情、亲情和生活的感悟。

面对出名后的一些非议，她觉得这是很正常的事情。“我还是按照我的心意活着、写着。别人的看法跟我没有任何关系。好诗就是读着很感动，有启发，不是像白开水那样。”她就用这种恬淡的心态、不屈的意志，征服了命运，来了次彻底的逆袭。诗歌，源自那份对生命的爱，更是灵魂的呐喊。她会一辈子这样走下去，带着笑容走下去。

表面上安全，也请留个心眼

有时，从表面看上没什么问题，实则已是危机四伏。要是陶醉于眼前的安全，很可能不知不觉滑入无可挽回的深渊。

春秋时期，群雄纷争，各路诸侯使出浑身解数，扩充着自身实力。郑国也不例外，国君郑武公早将毗邻的胡国，作为未来的兼并目标。出兵前，他从各种渠道获得的信息显示，胡国不是好对付的主儿——有坚固的城墙，有丰盈的粮草储备，还有彪悍的轻骑兵。要是轻举妄动，郑国不一定能占到什么便宜。郑武公只得压抑内心欲望，等待时机出现。

这边郑国没动静，胡国却四处出击、屡有斩获。先是击败曹国，迫使对方签订城下之盟，奉胡国为宗主国；又出兵攻打宋国，一举夺得河西五座城，势力范围扩展几百里。胡国国君扬扬得意，竟打起做天下霸主的念头。就在这时，郑国使臣到了。

郑国使臣带来大量黄金、白银、丝绸布帛，恭敬地呈上一封书信。这是郑武公的亲笔信，言辞极为恳切。信中用大量篇幅，夸赞胡国如何强大、胡国君主如何英明神武。信的最后，郑武公说希望两国能永久和好，不再发生战争。为表郑国和善之诚意，特将郑武公的女儿送来，嫁给胡国国君为妻。以后,郑国还将每年向胡国进贡。

胡国国君看完信后哈哈大笑,耳边满是溢美之词。郑国使者接着说:“我们大王曾在朝堂上问群臣:‘我想对外用兵,请问可以讨伐哪个国家?’大臣关其思说:‘可以先讨伐胡国。’大王听后很愤怒地说:‘我正准备和胡国结为兄弟之邦,你竟敢妄言讨伐胡国,是何居心?’关其思答道:‘忠言逆耳,我所言皆出自肺腑,请大王明鉴。’我们大王极其震怒,吩咐左右将关其思拖出去斩首。”

听到此事,胡国国君觉得郑国是真想和自己友好。关其思是郑武公最宠信的大臣,竟因说要征伐胡国被杀,可见郑武公修好之决心。他不再对郑国心存戒备,边防城市的守军也日渐减少。几年间,胡国频频外出征讨,一次次大获全胜。郑武公也算守信用,年年送上金银和珍宝玉器。那次,胡国和齐国干上了,两军对峙于齐国境内,远离胡国边界近千里。胜负未分时,国内传来警报:郑武公率大军突袭,长驱直入,眼看都城也难保。

情况极其危急，胡国国君只好先与齐军统帅媾和，匆忙赶回去救火。他还未到都城,就传来都城陷落的消息。经过一座山峰时,遭遇郑国军队埋伏,结果全军覆没,连国君也成为郑武公的阶下囚。

胡国国君真是太天真了,郑武公略施小计,就让他找不着北,以为自己是天下无敌的战神,别人只有顶礼膜拜的份儿。不过还有很多人步他的后尘,吴王夫差就是其中的典型。

吴越争霸,是春秋末期的事儿。先是吴王夫差为报先父被杀之仇,励精图治,出兵灭掉越国。越王勾践俯首称臣,入吴王宫当了奴隶。转眼间几年过去,勾践谨守臣节,把夫差侍奉得服服帖帖。他完全不像曾经当过国君的人,在夫差面前低三下四。有人提醒夫差,小心勾践这个人，千万不能让他活着离开吴国。夫差把说这话的人，领到勾践住的地方。这是一间很小的茅草屋，刚进屋子，就能闻到一股霉味。里面阴暗潮湿，光线很昏暗。见夫差亲临寒舍，勾践立刻跪在地上行礼。夫差故意没说平身，勾践就跪了一炷香的工夫。夫差乐呵呵地对身边人说："你们都看到了吧，他还会对我构成威胁？"

没过几天，吴王偶感风寒，勾践立刻前来侍候。他端屎端尿、衣不解带，整个人熬瘦了一圈。在他精心服侍下，夫差的症状很快好转。这天上午，勾践跪在夫差身边说："罪臣在南越时，曾师从当地一位著名医士，习得他的真传。只要尝尝病人粪便的味道，就能知道病情轻重。"不一会儿，吴王去厕所解手。勾践真的取来夫差的粪便，放到嘴里尝了尝。他满脸笑容地对夫差说："祝贺大王，您的粪便是苦味。据我的经验，要不了几天您就能痊愈。"

事实果如勾践所料。这下子，夫差对勾践更加放心。这是一个宅心仁厚的人，就是亲生儿子，也不愿意尝父亲粪便来确定病情。他能做到这点，真可谓对寡人忠心无二。又过了两年，夫差决定释放勾践返回越国。他没想到这是放虎归山，勾践回国后卧薪尝胆，最终吴国亡于越国，夫差也在悔恨中自刎而死。

时间往后推一百多年，魏国大将庞涓，也在假象面前失去辨别力。战国初年，魏国率先图强，先是击败强秦，又收服十几个小诸侯，一时间群雄纷纷来朝贺。只有韩国不买他的账，没有派使臣前来祝贺。魏王震怒，你小小的韩国，竟敢藐视我大魏，那就别怪我不客气。他命庞涓领十万精锐之师，以突袭方式杀入韩国。韩国没有很强的军事实力，很快节节败退。他只好向东方的齐国求救，主帅田忌在孙膑建议下，没有去救韩国，而是掉头直奔魏国都城大梁。

庞涓只好撇下韩国，回师国内。这天，他路过一片空地，见地上有很多废弃灶头的痕迹。他派手下人数了数，这些灶头大概够供应十万大军吃饭。过一天，减少到五万个灶，再过几天只有三万个灶。庞涓指着地上留下的灶迹，扬扬得意地说："齐军胆小如鼠的德行，我早就有耳闻，看来所言非虚。我才回师几天，他们的士兵已经逃跑一大半。照这样下去，不用我费力攻打，他们就会自己土崩瓦解。"他还不忘调侃孙膑一番，说齐国派不出大将，只好派瘸子出来充数。庞涓嫌步兵行军速度太慢，亲率轻骑兵，朝齐军的行走方向火速追赶。

天黑时分，庞涓来到马陵道。这里两边都是高耸、险峻的群山，中间只有一条狭窄的道路。看着这样的地形，有谋士提醒庞涓："主帅，此处地势险恶，万一敌人埋伏一军在此，我军必然措手不及。不如先暂缓追击，等探明情况再说。"庞涓很不耐烦地说："你这么啰唆干吗？没看到这几天齐军留下的灶迹？这些胆小鬼，见到我的雄师，早就吓得屁滚尿流，哪还有胆量与我们作战？少废话，加快行军速度，务必要在明天追上这些残兵败卒。"

又走了一段路，路边出现一棵很奇异的大树。这棵树的树皮被削去，露出白木，好像上面还有些文字。天黑，庞涓看不清在上面写着什么。他点起火把靠近树林，不看不要紧，一看惊出一身冷汗。上面清清楚楚写着"庞涓死于此树之下"。"不好，真有埋伏。"这句话刚说完，如雨点般的箭弩就从四面八方射来。魏军大乱失去队形。庞涓自知无计可施，军队已彻底失败，只好自刎，临死前哀叹道："都怪我一时糊涂，让这小子成了名！"这些都是孙膑事先安排好的，减灶，就是让庞涓毫无顾忌地进入伏击圈。马陵道上，只要见到点着的火就一起放箭。齐国乃乘胜全歼魏军，俘虏魏太子申回国，孙膑因此而名扬天下。

安全都是暂时的、相对的，现在安全，不代表将来也没事。安全还具有欺骗性，如果被表象迷惑，就可能放松警惕，在危险到来时丧失应对的能力。只有居安思危，多想想安全表象背后还有些什么，才能有备无患，让自己彻底远离各种危险和灾难。

第二辑

睿智之光

“黑夜给了我一双黑色的眼睛，我却用它来寻找光明。”但愿我们每个人都有一双慧眼，善于发现人生中的机遇与希望。当某些不起眼的机遇出现在面前时，请放慢脚步、弯腰将它捡起。不要管周围人的评价和异样的目光，让未来的成功回击一切蔑视和留言。

认识你自己

古希腊德尔菲神庙门楣上刻着一句神谕："认识你自己。"我们自己，既是那么熟悉，又是那么陌生。

对于这个世界，人类的认识相比古代有了长足进步。一张世界地图，几乎将陆地和海洋的风貌都标示出来。借助射电望远镜，人类的目光可以投射到几百亿光年外的河外星系。通过详细的纲、目、科的分类，动植物的生长历程和生活习性早已不是造物主心中的秘密……

随着生物、医疗科技的发展，人们对于身体器官等"硬件系统"有了更为直观的认识。身体内的任何蛛丝马迹，都逃不过高倍显微镜的"火眼金睛"。CT 红外扫描，毫无保留地展现了人体内的美妙"画卷"。日渐完善的基因图谱，诉说着人类遗传、生存的神秘"图景"。以上所说的，都是对于人类自身客观的、物质上的认识。除此以外，还需要从精神、情感、理性、意志等主观层面透析，这样才能得出一幅完整无缺的"全息图"。

人类思维能力的发端，首先是从拥有自我意识开始的——将自己从大自然万物中剥离出来，成为一个单独认识、考察的对象。对于人类自身的探究，早在古希腊时期就成为哲学研究的核心问题。几千年来，多少哲学大家、思想巨人，都曾为这个问题殚精竭虑。他们的理论体系既有合理的思想内核，也有难以克服的理论缺陷，这才造成思想界的百家争鸣。对于前人留下的这笔遗产，我们需要采取扬弃的态度——取其精华、弃其糟粕，这样才能对这一问题的认识有所创新、有所提高。

人性问题是“认识自我”这一问题域的核心。针对人性善恶的问题，先秦诸子百家留下大量闪耀着智慧之光的论述。告子完全站在中立的立场上，提出了人性既非善也非恶的观点。除此之外，很多思想家分别站在人性善、人性恶的两岸，隔岸对望着。孟子提出了人性向善说，指出人性向善就如同流水向下的自然规律一样。荀子提出性恶说，声明要用礼乐制度来约束人性中的“魔鬼”。在荀子眼中，人性被分为“性”和“伪”，即人类的自然属性和社会属性。人类的自然属性是恶的，就如同其他动物一般，因此要用礼乐制度来形塑人类的社会属性，即“化性起伪”。由此看来，荀子的性恶说并非将人性看得一无是处，而是在“恶”中看到“善”的希望。到了法家代表人物韩非、李斯那里，人性中完全被魔鬼的黑暗所笼罩，因此严刑峻法就成为维护社会秩序的唯一法门。此后，儒家思想在董仲舒等人的倡导下，逐渐成为官方哲学。两千多年的封建社会中，人性再一次被设想为“善”，由此道德教化成为规范社会秩序的主要途径。在和风细雨的教化下，前人忽视了法治建设，由此让人性中的“恶”成为一匹脱缰的“野马”，肆无忌惮地侵蚀着社会和谐稳定的基石。由于在很长一段时间内，我们的先人对于人性的估计过于乐观，所以丧失了对人性恶的提防。在一次又一次的“暴政—改朝换代—新的暴政”的恶性循环中，中国朴实的民众不断品尝着制度缺失带来的苦果。传统社会在埋葬旧的暴政者的同时，也为新的暴政埋下了伏笔。

相比中国的思想家,西方人对于人性的认识相对客观、真实很多。西方人并不否认人性中有善的成分,但还是将目光更多聚焦于人性中的“恶”。西方文化的两大源头之一——基督教文明就提出“原罪说”,认为人类的先祖亚当、夏娃因犯有原罪而被驱逐出伊甸园,此后的人类世世代代都要背负起“原罪”。在近代人本主义、启蒙运动思想家的著作中,用法律制度规范人性被放在核心位置。资产阶级革命胜利后,人们对封建专制痛定思痛,认为人性中的“恶”是无法避免的,“绝对的权力必然造成绝对的腐败”“一切有权力的人都容易滥用权力,这是万古不易的一条经验。”要防止权力被滥用,捍卫已经取得的自由、民主、平等,就必须以法律制度遏制权力,让人性中的“恶”没有生存的土壤。就这样,西方构建了完备的法律体系,保证社会运行不因某些人的“恶”而偏离正常的轨道。但近几十年,西方法律制度也在社会和谐稳定方面力不从心。由于法律只关注保住社会运行的底线,导致社会中人际关系的冷漠,道德水平维持在一个较低的水平。西方社会频繁发生的动荡和骚乱,其实就是对西方唯制度论的一种反压。

其实,要得到对人性、对自我认识的正确答案,我们不妨将东西方的智慧结合起来。人性中“一半是天使,一半是魔鬼”,后天的环境很大程度上决定着一个人是否为善、是否为恶,比如一母所生的两个孩子生活在不同的环境中,最终导致命运、前途的迥然不同。因此,首先要建立完善的法律制度,防止人性堕落为恶。为人性建立一道防护网后,还要进行适度的道德教育,宣扬人性善的典范,使人性的现实状况与理想状况慢慢接近,由此达到“天下大治”。

“我究竟是谁?”“我来自哪里?”从孩童开始,我们就开始追问这些问题。从人类社会的“孩童”阶段，人们就开始对自身不断进行求索。也许，这些问题永远没有标准答案，但在不断追问中，人类社会不断发展，最终到达那幅美好图景。

等待也是一种幸福

“花开堪折直须折，莫待无花空折枝。”长久以来，我们一直被教育不要等待，立下鸿鹄之志后就要立刻付诸实施。不过，有时匆忙行动并不能给我们带来成功，少许的等待或许会有更好的结果。无论最后的结果如何，我们都能在等待中收获幸福。

人是理性的动物，人和动物的最大区别就是有对人生、自我的思索和认识。在这些理性的思索中，最重要的就是对人生意义的探求。其实，人生并没有终极意义——因为人生的终点是虚无。但是，我们又不得不在这短暂的人生旅途中，找寻属于自己的生命意义。找寻意义的过程中，我们并不是都处于行动的状态，很多时候因为主观或客观的原因需要停留在等待的状态中。很多人认为，等待是对生命、时间的消磨，甚至是一种慢性自杀。因此，人们通过各种手段将每天的日程安排填满，由此在灯红酒绿、繁华喧嚣中迷失了真实的自我。

现代人是幸福的，亦是不幸的。现代人的幸福之处就在于拥有古代人所不敢想象的物质、技术条件；不幸之处就在于现代人反而成为自己发明创造的物质的“奴仆”，再也没有古代人那份闲庭信步的悠闲。

生活在快节奏的都市中，每个人都不敢稍有停顿、稍有懈怠。人们就像一只只不停转动的陀螺，在不停转动中流逝似水年华。我无意贬斥现代人的生活方式，毕竟时代进步、科技发展，我们不可能也不应该回到古代田园牧歌式的生活图景。我们现在要做的，就是如何扬弃现代生活中的种种弊端，并在一个更高的层面上实现人与自然的和谐。由此，我觉得现代人应该适时放慢自己前进的脚步，在等待中享受自然与生活中的美好。

手头有一大堆工作要处理而心烦意乱、思绪如麻，不妨暂时停止忙碌，倒上一杯清茶或咖啡，眺望一下远处的风景。等待心中的乱麻理顺后，再重新回归工作的常态。此时，工作效率绝对比休息前高。面临多种选择而犹豫不决时，也请选择等待的状态吧。短暂观望后，上天会给你指明一条前进道路，然后再加快赶路的步伐吧。

生活中的等待，蕴藏着亲情、友情、爱情的甜蜜。学校的大门口，常常有一些白发苍苍的老人默默地等候着，因为校门内有他们疼爱的孙辈。游子即将回家时，父母也会等候在家门口，因为血浓于水的亲情牵动着父母的内心。宁静或喧闹的约会地点，小伙子等候着心爱的姑娘，因为即将开启一段甜蜜的旅程。等待的时光是漫长的，等待的心情是焦躁的，长时间的等待还会带来生理上的疲倦。但是，人们还愿意继续等待，因为等待意味着一份责任、一份人间真情。

等待带来的幸福只是整个过程的副产品，因为很多愿意选择等待的人，都是不求在等待过后的回报。台湾老兵返回大陆时，见到了与自己分别几十年的结发妻子。虽然妻子已经两鬓斑白，但是她却没有另行改嫁，依然坚守着分别时的承诺——等候海峡那边夫君的归来。某些性格倔强的子女与父母发生矛盾后离家出走，等到他们认识到谋生的艰辛后，希望重新回到家——这个温暖的港湾。当他们叩响家门时，父母的眼神告诉他——他们一直在等待他回家，先前的怨恨早已烟消云散。这样的事例真是不胜枚举，在这个过程中，等待者与被等待者都感受到幸福，诠释着“爱与奉献”的真谛。

等待并不是消极无为、听任命运的摆布——那只是懦夫的行为方式。等待不应该成为人生的目的和终点，而只能是人生旅途中的一个驿站。等我们在这个驿站“酒足饭饱”之后，就应该重新上路。等待不是人生的主旋律，等待之中会有幸福的体悟，但是人生的大幸福不会在消极等候中产生。

“文武之道，一张一弛。”我们的人生需要多个等待的时刻，这是对人生漫长的马拉松赛跑的休整。休整中，我们摘取意料中和意料外的幸福果实，更是对未来冲刺时力量的积蓄。

著名作家大仲马曾说过：“人类的一切智慧是包含在这四个字里面的‘等待’和‘希望’。”我愿意在希望的行程中稍作停留于等待，在等待中守护着无尽的希望。

破解幸福的方程式

幸福是什么？幸福存在于哪里？我们时常会在生活和工作之余求解幸福这道方程式。“众里寻他千百度，蓦然回首，那人却在灯火阑珊处。”经历很多的磨难之后，我们常常在不经意间发现幸福，感受到幸福。

生活中的幸福是广泛存在的，只不过是我们不善于发现。或许，我们习以为常的一些事物，就可能成为他人艳羡的对象。我们每个人都拥有一笔关于“幸福”的财富，只是我们已经拥有了它，就不把它当作财富了。我的一位朋友曾对我目前“工作单位离住址较近，不用长途奔波”而感到羡慕，他抱怨自己被那拥挤的地铁车厢、漫长的往返时间折磨得快不行了；在没有听到他的话语之前，我根本没有体会到自己已经拥有的这项幸福，甚至还对工作的枯燥和乏味而大吐苦水。幸福有时真的很简单，只要你拥有某些人所不具备的东西，你就已经摘取了一颗“幸福的明珠”。

幸福需要一定的物质条件作为基础。人的首要需求是能够生活下去，否则其他更高的需求都只是水中月、镜中花。衣食无忧、生活稳定而有保障，自己和家人的生理、心理需求能够得到保证，相信这样的状态一定会让大多数人感到幸福。但是，优越物质生活并不能完全保证幸福，否则，世界上最幸福的人就应该是那些最富有、最有名望的人。就像物质界的“能量守恒定律”一样，任何成就的取得必然要以失去其他事物为“机会成本”。因此，那些富豪、名流就没有我们想象的那样幸福，因为他们在实现财富、荣誉梦想的同时，也失去了属于自己的闲暇时间、健康、真情、自我本性等弥足珍贵的东西。所以，物质生活只是幸福的必要条件，而不是充分条件，还有许多其他的因素对幸福的运行起着推动作用。

幸福其实就是一种平衡状态，因为影响幸福的因素很多，而且这些因素之间相互依存、互相制约，所以如果刻意追求其中的某个因素，必然会造成幸福的天平发生倾斜，最终反而使我们更加远离幸福。因此，富豪和名人不是幸福的拥有者，而中产阶级和普通人却常常被幸福所眷顾。幸福的存在有两种形态：一种是外在幸福，即客观存在的幸福；另一种是内在幸福，即某一个体主观感知到的幸福。我觉得，获得内在幸福的境界要比获得外在幸福要高。因为外在幸福是一种可见的、客观存在的幸福，很容易被人们所感知。但是，内在幸福的感知却不是一件容易的事，因为内在幸福是隐蔽的、主观的，非得经历一番大彻大悟、非得抱有对某一价值观的信仰，我们才能获得这一幸福。内在幸福是我们应对人生挫折与困境的良方。“一箪食，一瓢饮，在陋巷，人不堪其忧，回也不改其乐”“饭疏食饮水，曲肱而枕之，乐亦在其中矣。不义而富且贵，于我如浮云。”古代先贤们的境遇在现代人看来是不幸的，但是他们正是怀着“为天地立心、为生民立命、为往世继绝学、为万世开太平”的鸿鹄之志，在困难的条件下为我们留下了宝贵的思想文化财富。“故天将降大任于斯人也，必先苦其心志，劳其筋骨，饿其体肤，空乏其身，行弗乱其所为也，所以动心忍性，曾益其所不能。”面对着在外人看来的苦难，我们需要从内心深处去感悟到这是一种另类的幸福——这是为我们未来的成功积蓄力量。当我们构建了上述的内在幸福时，外在幸福也有可能降临到我们身上，毕竟“宝剑锋从磨砺出，梅花香自苦寒来”。即使无法获得外在幸福，我们也会坚强地、有尊严地活下来，在苍茫的天地之间做“一根有思想的芦苇”。

以上我谈的幸福主要涉及的是每一个个体，但是正如亚里士多德所说：“人是社会的动物。”个人生活于社会之中，社会必然形塑着个体的人格。除了个体对幸福的追求之外，国家和社会也有责任为个人创造一个幸福、和谐的环境。原来我们衡量一个国家的综合国力的指标主要是GDP（国内生产总值）、GNP（国民生产总值），但是随着人们对于GDP、GNP发展带来的负面影响的反思，人们越来越关注经济社会的发展是否真正能给人们带来幸福，由此产生了GNH（国民幸福指数）这一指标。根据相关机构调查测算，目前GNH排名第一的国家是丹麦，这或许出乎大多数人的意料。这一指标包含了除经济发展水平之外的诸多变量：涉及个人生活、工作的方方面面。虽然我国的GDP总量位居世界第二，但是在GNH方面的排名却不靠前，这很可能与社会民生保障方面需要进一步提高有关。有人将“教育、医疗、住房”比作压在中国人身上的“新三座大山”，而随着中国进入老年社会，“4—2—1”家庭的大量涌现，养老问题也成为引人关注的问题。虽然社会经济高速发展，但是如果不解决上述民生问题的后顾之忧，中国人的幸福感一定会大大减损。好在我们党和政府已经对这一问题给予高度重视，“以人为本”思想的提出，把人的因素作为我们经济社会发展的出发点和落脚点；唯GDP论开始被摈弃，对地方政府的考核逐步引入经济发展、招商引资之外的因素；“让人民体面地劳动”，真正使人民群众安居乐业，共享改革和发展的成果。

“衣带渐宽终不悔，为伊消得人憔悴。”我们很多人都行走在寻找幸福的征途中。幸福是一种客观存在，更是一种主观感受。相信在党和政府的努力下，相信我们在人生旅途的不断追索，幸福的斯芬克斯之谜一定会被破解，幸福之花一定会在人间处处开遍。

推开那扇虚掩的门

漫漫人生路，总有很多荆棘坎坷。有些困难是虚幻的，却阻碍了前进的步伐，把追逐梦想的我们挡在成功的大门外。

国外某家企业的老总别出心裁，告诉全体员工不要进入办公室旁的房间。绝大多数员工不敢越雷池一步。天下总有敢于第一个吃螃蟹的勇士，有一个小伙子斗胆推开了房间大门。门只是虚掩着，不费吹灰之力就进去了。除了一张桌子，房间内几乎空无一物。桌子上放着一张纸，上面写着“请把它交给董事长”。意想不到的事情发生了：董事长当众宣布任命小伙子为销售总监。董事长的眼光果然独到，小伙子上任后，销售部的业绩上了一个新台阶。又过了几年，小伙子进入董事会，成为公司决策层的一员。

勇气，让小伙子收获了令人羡慕的成功。让敢为人先的勇士担任销售部门负责人，他一定会带领手下的团队，以开拓创新的精神在竞争激烈的市场中搏杀。在这个日新月异、变幻莫测的市场中，过去的业绩早已随着历史的烟云而消散，只有全力以赴地寻找新的突破，辉煌与传奇才能被续写。

不光在企业经营领域，人生中也需要开拓创新的精神。人生道路充满着不确定性，既有可遇而不可求的机遇，也有需全力应对的挑战。生性懦弱的人，只看到未来人生中的挑战，因此丧失了继续战斗下去的勇气。未来生活中的磕磕碰碰，成为横亘在面前的一道虚掩的门，让他们无奈地原路返回。但凡生活中的强者，却有勇气和信心推开这扇门，怀着亮剑精神直面任何情况。也许是上天眷顾，也许是自身努力，他们坚毅的步伐踏出一条路，最终登上了人生的顶峰，享受他人羡慕的目光。

当然，上面所说的还是一种乐观、理想的状况。推开虚掩的门之后，仍需要保持警惕，随时应对可能出现的变局。在你出发的那一刻，周围可能会产生不和谐的音符：有人会对你的行为嗤之以鼻，有人会对你心存嫉妒，有人会用实际行动设置一些障碍。不要害怕这些！这段时期如同地下的蝉蛹，如同竹子头几年的生长缓慢，它是一种积累、一种蛰伏，更是一种历练。熬过这段时期，人生的帆船会披上一层厚厚的盔甲，抵挡来自各个方向的风浪。要感谢这些干扰和阻碍，它们是成长过程中不可或缺的因素，并将积淀成人生一笔宝贵的财富。

面对人生中一扇扇虚掩的门，用勇气去征服它吧！推开之后，会发现一个崭新的世界，或是美好，或是苦痛，不要有任何的悔恨与懊恼，沿着你选定的道路，坚定地、充满自信地一路前行。

弯腰捡起希望

很多人都在抱怨：为什么只能平庸地度过一生？为什么得不到上天的眷顾？其实，机遇就在脚下，有时候就看你有没有弯腰的耐心。如果你抓住那些看似不是机会的机会，人生或许就会迎来转机。

一个人走进荒漠时曾被上帝告知，尽量多地捡起地上的石子。那个人带着疑惑进入了荒漠，一开始他还听从上帝的忠告，只要看到有石子就捡起来。但是，沙漠内严酷的气候，再加上连续行走的劳累，使他对上帝的话语产生了怀疑。终于，他丧失了耐心，不再弯腰捡拾地上的小石子了，并且还扔掉了其中的一部分。他终于走出了荒漠，安全地返回了营地。当他打开旅行包时，不禁惊呆了：原来那些不起眼的小石子，现在已经变成了闪闪发光的蓝宝石。等他再次返回荒漠时，地上已经没有小石子了，他后悔自己为什么不听从上帝的忠告，但是一切已经不可能重新来过。

很多人的人生经历，其实就如同故事中这个探险者。地上的小石子，其实就是人生机遇。遇到机遇时，我们会被表象所迷惑，从而让机遇白白从指尖溜过。人生是不可逆的，当人生的航船从我们眼前经过后，不可能再被要求退回到启航处，于是，我们只能望着航船的背影而独自叹息。

还是一则从杂志上看来的事例：一位出生在农村的研究生，第一天到校上课后，发现教室内的地板上有一些废纸屑。由于还没有到上课时间，所以老师似乎未到教室。他看了看周围，其他同学似乎也没有清扫的意愿。于是，他默默地弯下腰，将地上所有的废纸都捡拾干净，这一切都被坐在教室最后一排的外国教授看见了。上课铃声响了，教授从最后一排走上了讲台，夸奖这位捡纸屑的研究生，并当着同学的面给了他一美元作为奖励。此后的学习中，这位研究生得到了教授特别关照，最终成为首位获得国际会计师资格认证的中国人、某著名会计师事务所的合伙人。

故事中的主人公，就是抓住了生活中不起眼的“一美元”，他所做的一切，其实也没有付出很大的代价，只不过是弯下腰捡起纸屑。但是，他朴实的品质却给人留下了印象，由此牵引出带给他一生幸福的“贵人”。有了贵人相助，成功自然水到渠成。可能很多年以后，当时和这位研究生一起上课的同学中的很多人，已经泯然于众人，湮没在滚滚的人流中。也许他们还不会明白，如果当初他们也像这位研究生一样，抓住这潜在的机遇，或许人生的轨迹将就此改变。但是，人生不会有“也许”“假设”……

再回到文章开头的阐述，相信很多人不会再抱怨自己为什么不会得到机遇的青睐。上天对待每个人基本上都是公平的，成功者其实并不比普通人有着更多的机遇，只不过他们善于抓住转瞬即逝、看上去不是机遇的机遇。而平常人只是生活在没有机遇的抱怨中，由此对人生自暴自弃，进一步迷失前进的方向。如果留心当下、留心自己的脚下，很多“小石子般”的宝石和“一美元”正躺在地上,静静地等待着我们去发现……

“黑夜给了我一双黑色的眼睛,我却用它来寻找光明。”但愿我们每个人都有一双慧眼,善于发现人生中的机遇与希望。当某些不起眼的机遇出现在面前时,请放慢脚步,弯腰将它捡起。不要管周围人的评价和异样的目光,让未来的成功回击一切蔑视和留言。

弯腰不是低贱,而是捡起希望,只要有弯腰的勇气与信心,成功之神将会在未来某个时刻叩响你的人生之门。

拥有一颗宽容的心灵

著名的大文豪雨果曾说过:“世界上最宽阔的东西是海洋,比海洋更宽阔的是天空,比天空更宽阔的是人的胸怀。”拥有一颗宽容的心灵,可以省却人生之路上的诸多烦恼,拥有属于自己的快乐。

正如我们不可能找到两片一模一样的雪花,每个人的天赋、个性、能力等方面都存在一定的差异。“人是社会的动物”,离开了特定的群体,人几乎不能生存下去。亚里士多德指出:“离开城邦而生活的人,不是野兽就是神明。”城邦作为一个带有伦理含义的群体,就被亚氏赋予了十分重要的意义。纵览历史,不论是古希腊的城邦、罗马的世界帝国,还是中世纪的封建采邑、近现代的民族国家,人总是生活在一定的共同体内,也只有在群体中个人才能实现自己的价值。生活在群体之中,就要面对形形色色禀赋异于自己的他人。有时候,这种差异让我们感到极度的不适与痛苦。正如佛家所云,“爱别离、怨憎会”成了人生八苦中的两种。想想每天必须面对一个令自己不愉快的人,那真是对个人意志的一种考验。很多时候,只能接受命运的安排,因为无法凭一己之力改变这个环境。每当我们为命运弄人而感到无奈时,宽容就可以发挥很大的作用。纪伯伦曾经说过:“一个伟大的人有两颗心:一颗心流血;另一颗心宽容。”用微笑面对那个让你讨厌的人,你得到的将是更多的理解与笑容。“求大同而存小异”,人与人之间的差异和矛盾可以通过沟通与宽容而化解。

以上说的宽容还只是停留在“术”的层面,即作为人的一种生存策略。不应满足于这个层面上的宽容,还应该向更高的理想目标上迈进,即向“道”层面上的宽容努力。如果说“术”层面上的宽容还因为如功利的因素,那么“道”层面上的宽容则出于纯粹道德、善的因素。“宽容不仅是一种雅量、文明、胸怀,更是一种人生的境界。宽容了别人就等于宽容了自己,宽容的同时,也创造了生命的美丽。”(爱默生语)拥有这样一种宽容,是对人性和灵魂的一种提炼。

有人担心:自己对别人宽容,但是别人对自己刻薄又该怎么办?这种担心不无道理,有时候自己的宽容无法换回别人同样的宽容。理想和现实总有一定的差距——我们不是生活在没有一丝尘垢的西方极乐世界之中,周围的人也不是不食人间烟火的圣人。但还是需要一份理想,只有在理想的指引下,才能逐步改变现实生活中的不如意。依照现代市场经济的理性计算的标准,宽容是一项收益与成本不成正比的行为。但是,宽容却播下一颗善的种子,只要土壤条件合适,一定会长成一棵参天大树。如果把参照的时间段拉长,即使根据理性计算的标准,宽容也是收支相抵甚至略有盈余。屠格涅夫曾说道:“不会宽容别人的人,是不配受别人宽容的,但谁能说自己不需要宽容呢?”宽容带来了好的人缘,减少工作和生活中遇到的阻力。宽容使我们保持良好的心态,为我们带来了健康的体魄,使我们有更多时间享受高品质的生活。

宽容是有限度和底线的。对于某些原则性问题,如涉及法律责任认定的问题,绝不能用宽容去否定法治原则。对于罪行的姑息,就是对善行的一种伤害。对于犯罪行为的惩罚,是对已经被扭曲伤害的某些社会关系的调整。当然,我们也应该保护罪犯的基本人权,不使惩罚成为一种过度伤害。在当今法治社会的建构中,"以德报怨"固然值得人们尊敬,但是更需要"以直报怨"。只有用法律的"正义之剑"去裁处社会事务,我们的基本权利和幸福生活才能有坚实的保障。

宽容对于个体的生存十分重要,对于一个国家和社会的发展同样发挥着很大的作用。根据西方社会学家的社会成本理论,如果一个社会的成员之间互相不信任,那么整个社会的运行成本将大大增加。如果社会运行建立在信任原则之上,那么更多的资源便可直接投入到社会生产领域中,中间成本损耗的减少必将导致效率的提升。宽容就是建立信任的"黏合剂",它可以化解人与人之间那层不可见的隔阂。"人们应该彼此容忍:每一个人都有弱点,在他最薄弱的方面,每一个人都能被切割捣碎。"(济慈语)如果社会缺少宽容,人与人之间的协作就很难进行,共同体就面临瓦解的命运。一旦共同体瓦解,个体又将被重新抛入命运的不确定性之中,相信这是大多数人所不愿意看到的。

"海纳百川有容乃大,山高万仞无欲则刚。"宽容使我们变得更加伟大、更加坚强。"忍一时风平浪静,退一步海阔天空。"宽容除了理想化的、乌托邦式的意义之外,更将对生存状况产生不可估量的影响。面对他人的刁难,面对即将爆发的矛盾和危机,如果用宽容之心去涵盖这一切,所有的烦恼与冤仇都将在不经意间烟消云散。

我愿拥有这样一颗宽容的心灵!我愿用宽容去面对一切苦痛,升华自己的灵魂!

沉淀生命

生命之流中，难免会掺杂着很多杂质。是带着这些杂质无奈地前行，还是暂时停下脚步，让杂质慢慢沉淀下来？很多人都会选择前者，因为他们不愿意在生命中做出短暂的等待。但是，我更愿意选择后者，因为沉淀后的生命将更加纯洁、更加接近人性的本真。

曾经听到过这么一个国外故事：青年人汤姆失业后，心情顿时坠入谷底。为了让自己尽早走出眼前的灰霾，他找到镇上的牧师布兰克。布兰克仔细地倾听着汤姆的讲述，并没有给他一个明确的答案，而是将他带进一个古旧的小木屋。小木屋内的桌子上放着一杯水，布兰克问汤姆：“你觉得杯中的水清澈吗？”汤姆点了点头。

布兰克继续追问：“这间小木屋很久没有人居住了，你看桌子上已经布满了灰尘，旁边还有蜘蛛网，为什么杯中的水这么清澈呢？”

汤姆想了一会儿才回答：“灰尘已经都沉淀在杯子的底部。”布兰克对他表示赞同：“年轻人，你刚才的话已经解答了你目前遇到的困境。生活中的烦恼就如同空气中的灰尘，无时不在、无处不在，这是客观存在的事实。不过，我们每个人对待烦恼的方式却可以决定我们的心境。

如果你能像杯中的水那样，将所有烦恼沉淀到生命的角落，这样你的生活将充满阳光。如果你不断的振荡、反抗，即使很小的灰尘也会将你的生命之水搅得一片混浊，影响你的情绪和生活品质。”

新东方创始人俞洪敏老师的经历，也会给我们很多启发。某年的夏天，他沿着黄河旅行。他将黄河水灌进随身携带的玻璃瓶。奔腾不息的黄河，夹带着沿河两岸的泥沙，因此瓶中的水显得十分混浊。过了一段时间，瓶中的水开始变清，泥沙慢慢地沉淀在瓶子的底部。仔细打量一下，沉淀的泥沙大概只占整个瓶子的五分之一，而其余的五分之四都变成了清清的河水。

沉淀的物理现象，大概小学生都能够明白其中的事理：由于水的比重较小，而泥沙的比重较大，于是泥沙随着地球重力的作用沉到了水底。不过，当这个原理转移到平凡的生活中，很多人就很难悟出其中的道理。生命之初，因为没有任何烦恼和忧愁，生活就像水一样清清的。我们无所顾忌地展示着个性，即使有落入其中的沙砾，也很快沉到生命的底端。可是，随着年龄的增长，沙砾越来越多、越来越大，生命之河不再那么清澈。面对沙砾数量和质量上的增长，我们开始自己的反抗。反抗的结果，并没有改变现状，河流越发地混浊，我们的搅动反倒给沙砾更多肆虐猖狂的时机。这时，我们才明白，无谓的、没有目标的反抗，只会增加烦恼与混乱。当我们停下来本能地反抗时，水渐渐地又恢复清澈。我们淡然地看着沉淀的现象发生，这些不速之客被“以逸待劳”而彻底击溃。我们又开始重新上路，无论有更多灰尘、沙砾的进入，都不会让他改变生命的色彩……

刚才描述的是一些生活中的智者对待烦恼、苦闷的态度。不过，他们毕竟只是人群中的少数，普通的芸芸大众大多在生活的烦恼中挣扎、彷徨。我想这或许就是智者与平常人巨大的生活品质差异的原因。其实,从整个生命历程的视角来看,大多数人经历的烦恼与苦难的数量与强度是差不多的。但是,为什么有的人脸上写满生活的痛苦,而有的人的脸上却充满阳光?这主要是因为对待痛苦的态度不同。心随境转则烦恼常在,心能转境则无处不自在。如果将烦恼暂时放下来,让痛苦沉淀在心底,不管最终痛苦是否会消失,它们都只能占据我们心里很小一片空间,那大部分的空间就会被幸福充盈。现实生活中,充满着各种诱惑,我们在匆忙中变得更加浮躁。为了实现所谓的"人生目标",我们不停地压榨着自己,拼命地摇晃我们的生活,不留给自己片刻的宁静。生活由此变得一片混浊,眼前的幸福似乎也都带有了痛苦的成分。尤其是身处逆境的时候,我们更容易迷失自我,更会本能地进行无谓的抗拒,于是痛苦、烦恼、焦虑让我们对未来的生活丧失了信心。并不是说不要有人生目标,不要在遇到挫折与逆境时只是采用消极等待的方式,那样也无助于问题的解决。在现实层面,我们应该积极应对、迎难而上。在心理精神层面,我们需要有一个梳理的过程,这个过程就像水中的沉淀现象。短暂的放下与停顿,会让我们恢复应对困难的理性,进而看清烦恼与困难的真实面目,这样,应对之策和解决之道的产生也就在不远处静静地守候着我们。

让我们沉淀生命,沉淀心情吧!让心灵在浮躁中得以片刻宁静。把那些烦心的事当作每天必落的灰尘,慢慢地、静静地让它们沉淀下来,用宽广的胸怀容纳它们,我们的灵魂兴许会变得更加纯净,我们的心胸会变得更加豁达,我们的人生会更加精彩。

·为什么没想到自己

古印度伽那陀，建立了一整套富有创造力的理论体系。来向他拜师学习的络绎不绝，手下有门徒数百人。其中弟子米内罗最优秀，被选为伽那陀的助手，侍奉在他的左右。

几十年后，伽那陀的须发花白，走路摇摇晃晃。他觉得自己的大限将近，于是把米内罗叫到身边。

伽那陀有气无力地说："米内罗，我在世的时间不多了，可是我的思想还要有人继承。你能否帮我物色一位优秀的关门弟子？"米内罗忧伤地说："师傅，都怪我照顾不周。您说的事，我一定尽力。"

伽那陀又补充了一句："我心目中理想的继承者，不光要有非凡的智慧和极高的悟性，还要有满腹的自信和无惧的勇气。"

米内罗收拾行装，几天后的傍晚出发。伽那陀看着助手远去的背影，由近到远，渐渐成为一个黑点。落日的余晖照耀在他的脸上，更显出他的苍老和孤弱。

几个月后，米内罗领回来几个年轻人，他们都是思想界的后起之秀。他们被要求对伽那陀的命题，提出自己的不同意见。伽那陀起初听得很认真，后来却变得不耐烦。这几个青年很会见风使舵，一瞅见伽那陀的神态举止，立马改变策略，夸赞伽那陀的理论体系，而自己还十分稚嫩，需要进一步指点迷津。伽那陀越发不满意，毫不犹豫地把这几个阿谀奉承之徒赶出去。

伽那陀把米内罗叫到身边："辛苦你了，不过你找来的人，我都不满意，其实……"

话还没有说完，米内罗似乎像犯了错误的孩子，连忙把责任揽到身上："老师，您放心，我一定会不辱使命。哪怕是走到天涯海角，我也一定会找到您中意的关门弟子。"

米内罗的再一次离开，让伽那陀一夜未眠。昏黄的灯光下，他看着身边堆积如山的著作，眼角渗出泪花。

此后，米内罗又找来几拨人。伽那陀依然不满意，不是因为资质和天赋不够，就是为人方面有问题。当米内罗决心准备再次远行时，伽那陀突然大口吐血，倒在书房内。

医生从几十里外赶来，经过一番诊治，无奈地摇了摇头。伽那陀费力地睁开眼睛，看见一旁早已哭红眼的米内罗，顿时清楚了病情。米内罗语气沉重地说："老师，我对不住您，没想到，我到现在还没有找到合适的人选。"伽那陀叹了一口气说："米内罗，除了外出寻找关门弟子，难道你没有想到过自己？"米内罗没有想到，师父几次让他去寻找关门弟子，就是考验他的勇气和自信。本来在师父心中，米内罗是最适合的人选。只可惜，米内罗的表现一直让他失望，始终没有勇气举荐自己，这或许是天意吧……

几天后，伽那陀带着遗憾离开世界，而米内罗站在送葬的队伍中，陷入深深的自责……

很多人在人生的岔路口时，都缺少跨前一步的勇气。为什么没想到自己？为了避免遗憾，在挑战和机遇并存时，请勇敢地毛遂自荐，把最出彩的一面展示出来。

走出安逸的圆圈

读完大学后,他获得一份收入不错的工作,上天还赐予他美丽贤惠的妻子。回想辛酸的童年,他对眼前的一切很知足。

工作几年后,他依旧是公司最底层的职员。同学聚会上,最要好的同学善意提醒他:“年轻是打拼的时节,怎么能裹足不前呢?有些道理几句话讲不清楚,不如参加我主讲的培训吧。”那位同学是小有名气的职业培训师,每年为各类公司开设上百场讲座或培训。他就这样得到一张免费的培训入场券。

培训要持续半个多月,他为此要花掉近一半的带薪假期。这么长时间耗在培训上,有一点不舍得。他做了两手准备,如果培训不对胃口,就执行另一套方案——和女朋友去那个欧洲小岛甜蜜旅行。

第一节课上,他的同学首先在黑板上画了一个圆圈,然后又有一个人站在圆圈中间。同学问底下听课的人:“大家知道我想表达什么吗?”参加培训的人面面相觑,不知道葫芦里卖的什么药。没有一个人吱声,同学转身对着黑板上的圆圈里,添上一座房子、一辆汽车、一些朋友。

画完以后,同学又问了一遍刚才的问题,还是没人回答。他自问自答:“这是你的舒服区。这个圆圈里的东西对你至关重要,你的住房、你的家庭、你的朋友,还有你的工作。在这个圆圈里头,人们会觉得自在、安全,远离危险或争端。现在,谁能告诉我,跨出这个圈子后,会发生什么?”

教室里静了一会儿,一位学员打破了沉默:“会害怕。”接着又发出另一个声音:“会出错。”这时,同学微笑着说:“当你犯错误了,其结果是什么呢?”最初回答的那名学员大声答道:“我会从中学到东西。”

他的同学点着头说:“说得很对,你会从错误中学到东西。离开舒服区后,你学到了以前不知道的东西,增加了见识,所以你进步了。”

他的同学再次转向黑板,在原来那个圈子外画了一个更大的圆圈,还加上一些新的东西,如更多的朋友、一座更大的房子等。画完这些后,他做了一番总结:“如果老是在舒服区里打转,你永远无法扩大视野,永远无法学到新的东西。要使自己人生的圆圈变大,把自己塑造成一个更优秀的人,我们就要走出这个狭隘的圈子。”这下,他彻底打消和女朋友出游的想法,老老实实地听同学讲课。此后半个月时间,同学用图文并茂、理论与事实相结合的方式,深入浅出地讲解职场生存发展之道。培训结束后,一个很好的机会摆在面前,他毫不犹豫地与此前的安逸生活说再见,选择在崭新环境中重新勾勒人生轨迹,并一步步走向企业高管的位置。

他就是著名的企业经理人杜乐森,也曾是那个不敢跨出一步、满足于安逸生活的人。只有勇敢地走出安逸的圆圈,才能不断提高自我,才能在职场的惊涛骇浪中破浪前行。

对自己勇敢地说“不”

20世纪30年代末，IBM公司的产值超过其他同类公司的总和，一跃成为全美最大的商用机器公司。“二战”以后，销售额创纪录地达到14亿美元。

不过，公司仍面临计算机行业的挑战。1952年，由埃里特和莫奇里博士创立的雷明顿—兰德公司，已经拥有全美最多的计算机专业人员，在计算机技术上至少领先IBM公司5年。面对如此强劲的竞争对手，IBM公司该采取什么举措？是放弃计算机领域，还是积极与之竞争？总裁老沃森为此犹豫不决，因为当时使用计算机的只有为数不多的几家大公司，而研制计算机技术要投入大量资金。除此之外，老沃森还有最后一根救命稻草，那就是公司在打孔机市场占有很大份额，也能带来超额收益。通盘考虑后，老沃森决定按兵不动。

可是，儿子小沃森却跳出来唱“对台戏”。他觉得IBM公司不能满足于在商用机器市场的老大地位，应当把重金投入到计算机技术研发上。如果一味保守，肯定会在今后的发展中落后于竞争对手。

老沃森听完很不高兴，父子俩产生了激烈的争论。有一次，两人因公出差，因为意见不合在飞机场贵宾候机厅内大吵起来。最后小沃森气呼呼地说：“你自己去纽约吧，我回公司去了。”

没多久，小沃森的预言就得到验证。当时，全美正在进行人口普查，这本应是IBM公司产品大显身手的舞台。然而经过招投标后，调查局在数据处理时选用雷明顿—兰德公司的计算机，因为其计算速度是IBM公司计算器的19倍。调查局的官员明确告诉老沃森，计算器已经过时，以后政府部门不会再采购这一系列的产品，还提出要终止已经签署的订单。老沃森又急又恼，立刻把儿子叫到办公室，宣布把开发计算机的任务交给他。

小沃森扑哧一声笑出来：“父亲，你总算认识到自己错了。其实，这段时间，我已经制订了一份详尽的计算机研发计划。要不了多长时间，我们就能扭转被动局面。”看来，还是儿子富有远见，他一定能帮助IBM公司走出低谷。

取得父亲的支持后，小沃森放开手脚，对研究机构进行了重大改革，任命麦克道尔为实验室负责人，大量招聘电子技术方面的人才，并进行“国防计算机”的开发。为了打造专属于自己的品牌特色，他花大力气开发商用电脑，聘请冯·诺依曼担任公司的科学顾问，研制出IBM第一台存储程序的计算机，也就是通常意义上的电脑。小沃森还利用自己的推销天赋，展开大规模营销活动。到1956年，IBM公司已占领美国本土70%的市场，而此前领先一步的雷明顿—兰德公司只能吃一些残羹冷炙，媒体戏称美国的电脑业是“IBM和七个小矮人”。由此，小沃森的计算机王国终于初见端倪。就在1956年，小沃森正式接过父亲手中的“权杖”，IBM公司最为黄金的时代也由此开启。

每个人都有一种惰性，那就是希望沿着熟悉的道路惯性般前进。

殊不知看似安全、平静的表面下，隐藏着急速穿梭的暗流。只有不断看到自身不足，勇敢地对自己说“不”，才能在大浪淘沙中始终屹立于潮头，事业之路才会越走越宽。

不要将自己看得太重

还是先讲一则寓言故事吧。大家知道沙漠中最为常见的交通工具是什么？没错，就是骆驼，很多人正是骑着这种非常耐渴的动物度过一片片险恶的沙丘。故事中的那只骆驼，身上并没有骑着人类，而是停着一只小小的苍蝇。骆驼日夜前行，凭借着良好的方向感，终于通过杳无人烟的沙漠。苍蝇却享受搭便车的惬意，不费吹灰之力就行走了很远的距离。它用略带讥笑的口吻说："谢谢骆驼大哥！没有你闷着头憨憨地走，我这个天才也不会这么快通过沙漠。"

骆驼转头看了看苍蝇："你不说话，我还没有发现你呢。此前几天你待在我身上，我根本浑然不觉。现在你要离开，根本不需要向我道谢。你的分量对我来说忽略不计，驮你我根本不费力气。你别把自己看太重，你以为你是谁。"

越是渺小的东西，越是会把自己想象得很高大、很重要，故事中的苍蝇就是如此。不过，一些大人物有时候也会因为把自己看得太重，忍受意料之外的羞辱。

英国著名剧作家萧伯纳在莫斯科访问时，遇到了一个活泼可爱的小姑娘。她长得白白胖胖的，一对水汪汪的大眼睛炯炯有神，头上扎着一个大蝴蝶结。萧伯纳和这个孩子玩了好久，似乎她是自己的孩子。临别时，萧伯纳用带有显摆的口气对小姑娘说："就说今天同你玩的是世界有名的大作家——萧伯纳。"可是，小姑娘却不买大牌的账，用萧伯纳的语气回敬他："今天和你玩的是苏联小姑娘娜塔莎。"

如果说萧伯纳只是在话语上没有占到便宜，那么下面这个名人却真切地感到自己在他人心中的地位。

著名表演艺术家英若诚生长在一个大家庭中，每次吃饭，几十号人都围坐在大厅中一起吃，场面好不壮观。

有一天，可能是虚荣心在作祟，他决定跟家人开个玩笑。于是，他在吃饭前将自己藏在一个不被注意的柜子中。他脑海中想象着后面的场景：众人就像一锅乱粥，像没头苍蝇一般满屋子找他。等到大家的脸上显出有些绝望的表情，他再从柜子里从容地走出来，乐呵呵地冲家人傻笑着。

设想归设想，现实却不是一个人的主观意志所能决定的。他躲到柜子里很长时间，也没有听到外面发生任何异样的声响。他将柜子推开一条很小的缝隙，顺着缝隙观察外面的情况。大家都很镇静，好像什么也没有发生。他经常坐的那个座位空着，好像是对他一种无声的讽刺。偶尔会有人提到他，不过别人很快认为他是有事不能回家吃饭。晚饭在规定的时候结束，大家酒足饭饱、渐次撤离饭桌。等到所有人离开，他才有气无力地从柜子里出来。桌上只剩下残羹冷炙，他只能用这些充饥。

名人尚且如此，更遑论我们这些芸芸众生。我经常会听到朋友们在抱怨，说他或她的老板怎么不厚道，自己累死累活地为公司创造效益，就像一头默默耕耘的老牛，但是工资卡上的数字却不会有预期的增长。真想辞职不干，看老板在自己离开后陷入怎样的窘境。

很多人还真的将这些想法付诸实施，不过他们遭到和英若诚同样的命运。老板的企业并没有陷入瘫痪，每天依然有条不紊地运转。反倒是辞职者陷入找工作的苦战，不得不重新包装自我，才将自己“售卖”给新的老板。

从这些事例中，我反复告诫自己：永远不要把自己看得太重要，否则就会大失所望。

其实不将自己看得过重，也可以为繁杂的心灵卸下负担。正因为对自己期望不是过高，也不会因为得不到而苦恼。

米兰昆德拉有部小说叫《生命不能承受之轻》，讲的就是生命中有太多事，看似轻如鸿毛，却让人难以承受。其实很多情况下，我们就是将自己看得过重，如果对自己的估价有所降低，又何来这难以承受之轻？

行远路的智慧

每个人都曾有过走远路的经历，那似乎遥不可及的终点、处于衰竭边缘的体能，让我们有一种孤弱无助的感觉。可如果将这段漫长的路途，分解成一个个比较容易达到的目标，旅程的折磨感是否会因此有所减轻？

读大二的暑假，一位室友邀请我去他家乡做客。他的家乡在一个小山村，交通有些闭塞。坐了一天一夜的火车，又在有些残破的长途汽车上颠簸了3个多小时，随后的路程只能靠我们的双脚去完成。这条山路并不好走，路上的小石子硌得双脚生疼。我从小就生长在都市之中，从未走过这样的路，很快脚底就磨出了水疱。

我身边的室友却没有露出明显的疲态，从他有些轻盈的步伐中，这段行程似乎是一种享受。我感到有些不解，他的体能状况并不比我好多少，怎么就会如此轻松呢？

毒辣的太阳照在身上，似乎要吸干身上的每一滴水珠。我不停地补充水分，但喉咙还是有种火烧的感觉。我步频越来越慢、步伐越来越小，眼看就坚持不下去了。

室友知道我快不行了，他使出转移注意力的一招。路边的一块巨石、几棵老树、一座破庙，他都能够讲出一些道道。这些故事扑朔迷离、跌宕起伏，我渐渐忘记旅途的疲惫。还意犹未尽之时，朋友拍了我一下肩膀："到我家了，后面的故事请听下回分解。"

一幢砖瓦结构的屋子，赫然屹立在我的眼前。而西方的天空，已经被落日的余晖染得鲜红。

朋友打来了清凉的井水，略有些浮肿的双脚泡在里面，顿感疲劳减轻不少。朋友脱掉鞋袜，也把他的脚浸在水中。我问他："今天你怎么耐力这么好？"他用手搓了搓脚背说："其实也没什么，你还记得我讲过故事中的那些情景和事物吗？因为从小就在这里长大，我对这条路上的一草一木早已熟烂于心。因此，当我每次走这条山路时，我就在心里把路分成了好几段。每一段路的终点，都有一样标志物。正是每一个目标变得清晰，我才不会被路的漫长所吓倒。有了精神上的支柱，走路时我也不会感觉那么累。"

我这才明白，原来室友采用了目标分解的方法。相同的办法，曾经帮助日本选手山田本一获取世界冠军。

1984 年的东京国际马拉松邀请赛中，原本并非夺标热门的日本选手山田本一，出人意料地夺得了世界冠军。自然，他成了媒体追逐的对象。当被问及如何取得桂冠，他淡然一笑说："凭智慧战胜对手。"一句看似平淡的话，显然不能令当时的人信服。他们认为他是在故弄玄虚。马拉松运动中力量因素占据很大的成分，智慧占据的比重很小，用智慧战胜对手，或许是这位冠军选手的一种客套。

不过，山田本一的传奇并不是昙花一现。两年后的意大利国际马拉松邀请赛，山田本一再次独占鳌头。记者当然想挖掘这位双料冠军背后不为人知的故事，他们再次把相同的问题抛给他。山田本一是一个很低调的人，他依然给出了同样的答案“用智慧战胜对手”。这个答案让记者们很失望，一篇精彩的深度报道只能就此作罢。

“用智慧战胜对手”的真实内涵，终于在山田本一的自传中得到破解。他说每次比赛前，他都会仔细地将比赛线路仔仔细细地勘测一遍。他会把沿途比较醒目的标志记录下来，比如银行、大树、比较奇特的房子……正式比赛时，他就以百米冲刺的速度奋力向第一个目标冲去，随后就以相同的速度向着下一个目标进发。42 公里的赛道，被巧妙地分割成一小段一小段。正是这一个个目标并不难达到，让达到终点也不至于变得如此艰难。

有了明确目标，我们就会将行动与目标进行对照，找出其中存在的差距。要达到目标，就要像上楼梯一样，一步一个台阶，把大目标分解为多个易于达到的小目标，脚踏实地向前迈进。当每一个目标达到之时，更进一步增强了我们完成总目标的信心。每前进一步，达到一个小目标，就会体验到“成功的喜悦”，这种“感觉”将推动他充分调动自己的潜能去达到下一个目标。我们行动的动机就会得到维持和加强，从而努力克服行动中的一切困难。

生活中很多人做事会半途而废，不是因为难度较大，而是觉得距成功太遥远。他们不是因失败而放弃，而是因心中无明确而具体的目标乃至倦怠而失败。如果我们懂得分解自己的目标，一步一个脚印地向前走，也许成功就在眼前。

行远路的过程中，我们需要找寻能够很快达到的路标；而人生的旅程中，我们也应该明确下一步努力的方向。这样，我们才不会在行走中迷失方向，失去取得最终胜利的信心。

拥抱人生智慧
——读《菜根谭》有感

伟大的哲人培根曾说过:“历史使人明智,诗歌使人智慧,演算使人精密,哲理使人深刻,道德使人高尚,逻辑修辞使人善辩。”通读《菜根谭》全书,我犹如和作者进行一场穿越时空的对话,倾听他精练的人生智慧。

“谭者,谈也,性定根香。”明代隐士洪应明就是取此句之奥义,将自己的积年之作命名为“菜根谭”。该书是融儒、道、释意蕴于一体之智慧结晶,人生奥秘和终极情怀跃然于书中,每条语言字数不多,但却融入了人生最深的感悟。全书由原文、译文、评点三项组成的条目一共360个,上至治国、平天下,下至修身、治家,人世间的大道无所不包。正因为书中包罗万象、发人深省,因此古人对此书这样评价——“嚼得菜根香,百事可做。”

读《菜根谭》需要良好的环境与氛围,周边过于嘈杂、心态过于浮躁,是无法读懂书中的深义。《菜根谭》需要静静地读、细细地品,这样菜根才会越来越香,心智才会越来越高。最好是在夜深人静的时候,泡上一壶清茶、点上几支清香、放上一段优美柔和的音乐,我带着虔诚的心情翻开书页。读到精妙之处,我常常会心一笑,似有迦叶尊者拈花一笑的意境。夜已深沉，知名或不知名的虫儿在远方吱吱地叫着，隔壁房间是家人匀称的鼾声，我就着这样的天籁，重新找回那个真实的自我，轻轻地擦拭心灵上的尘埃。

几乎任何人都可从书中找到有用的妙语警句：政治家能觅到治国安邦之策，比如“议事者身在事外，宜悉利害之情；任事者身居事中，当忘利害之虑”。企业家能寻到立足商界之则，比如“宠利毋居人前，德业毋落人后，受享毋逾分外，修为毋减分中”。教育家能找到教学育人之方，比如“教弟子，如养闺女，最要严出入，谨交游”。佛家能悟到超脱随缘之道，“释氏随缘，吾儒素位，四字是渡海的浮囊。盖世路茫茫，一念求全则万绪纷起，随遇而安，则无人不得矣”。真可谓仁者乐山、智者乐水，各取其需、各得其所。

俗话说：“做人难，难做人。”从我们降生世界开始，就面临着做人的难题。无数的历史典籍，都会不厌其烦地教诲我们为人处世之道。《菜根谭》当然也不会疏略“做人”这个人生第一要务，它是这样说的：“做人无甚高远事业，摆脱俗情便入名流，为学无甚增益工夫，减除得物累，便臻圣境。”短短的一句话，便为我们勾勒出如何为人处世的图景。很多人眼中，人生最大的意义就是取得他人无法企及的成功。正因为抱着这样的思想，他们就如同被套上重重的枷锁，吃力地行走在人生的旅途中。其实，做人并不一定非要取得什么丰功伟绩。历史上能够有所成就的人终究只是少数，大多数人只能沦为凡夫俗子。我们不应受到那些励志类书籍不恰当的蛊惑，让心灵沾满名利的污秽。只要摈除外物的诱惑，便可以达到至高无上的境界了。其实只要能做自己喜欢做的事，人生就被我们赋予了意义。真的没有必要为了所谓的成功扭曲自己，一切随遇而安。

也许人们会说《菜根谭》这类古籍有特定的时代背景，在科技高度发达的今天，早已失去现实的意义。我却不这么认为，甚至觉得有这种想法的人是对这本智慧之书的轻慢。单就它的文字表述，就好像一碗清新的心灵鸡汤。《菜根谭》词句简练明隽，婉约优美，它亦骈亦散，熔经铸史，兼采雅俗。它似语录，却有语录所没有的趣味；似随笔，却有随笔所不及的整饬；似训诫，却有训诫所缺乏的亲切醒豁；且有雨余山色，夜惊钟声，点染其间，其所言清霏有味，风月无边。它没有华丽的辞藻，却将人世间为人处世之道讲解得淋漓尽致，那些经过千百年锤炼过的精髓才是它真正意义的所在。

书中还有很多处文字，精练地表述着宽容、真诚、善良、淡泊、辩证的品质和境界，对于精神空虚的人们来说，无异于一剂良方。正如英国作家狄更斯在《双城记》开头写道："这是一个最好的时代，也是一个最坏的时代。"相比古人，发达的科技给了我们舒适安逸的物质生活。可与此同时，科技也剥夺了古人曾有的精神家园。因为工作生活节奏太快，人们少了与自然亲近的时间，少了思考人生与未来的悠闲。这个时候，我们真应该静下心来好好读一读《菜根谭》，它如一溪清泉，能涤去我们焦躁的尘灰，化解我们心灵的积烦，净化我们的心灵，为我们带来善意的忠告和警策。这样一本启迪心智、开发慧根的书籍，又怎会有过时的那一天？"一千个观众就有一千个哈姆雷特。"相信每一个翻开《菜根谭》的读者，都会在读完后收获颇丰。它就像一位饱经世事、睿智谦和的长者，毫无保留地传授着人生之道。只要用心去读，就一定有所裨益。

东方已经开始泛白，我翻着《菜根谭》略微泛黄的纸张，度过这个不眠之夜。漫漫人生之路，有这样一本书的陪伴，我不会再感到彷徨与迷茫。我愿与智慧为伍，与灵魂共舞，嚼着菜根的淡淡清香，从容淡定驶向远方。

密 码

密码是人们物质财富日益增多的产物。虽然能阻止他人对财物的侵犯，却也伤害了人与人之间的信任与交流。因此，如何让密码成为财物“守护神”的同时，不让它的负面作用充分显现，成为一个值得深思的问题。

没有私人财产时，密码没有存在的意义。封建专制社会中，由于没有人权、民主、自由，任何人、任何财物都可能成为强权者掠夺的对象。人们不会去费尽心机设置密码，只会考虑如何用有限的武力或其他强制手段保存自己的财富。中华人民共和国成立之后，私有财产本身也在很长一段时间内不被法律承认，无法取得合法地位，因此人们不敢对获取、守住财富存有任何非分之想。这种局面终于在改革开放后，有了明显的改观。通过辛勤的劳动，普通民众逐步分享到改革发展的成果。面对日益增多的劳动成果，如何使它们不受到任何非法侵犯，就成为亟须解决的问题。于是，密码就在这股市场经济快速发展“浪潮”的冲刷下应运而生。

密码的产生确实为人们的财产筑起了一道“安全大坝”。但与此同时,由密码衍生出的“密码思维”却让我们丧失了人性中值得珍藏的东西。首先,是人与人之间的信任。“密码思维”将任何人都假想为财物可能的侵犯者。人们设置了有形的密码之后,可能会在“密码思维”的左右下,在心灵中也设立一道“密码”,将他人拒之于千里之外。君不见,马路上有人需要帮助,我们在伸出援手前,还要做一番利害的思虑;以往电视中看到的画面、生活中遇到的场景顿时涌上心头,最终“密码思维”占据了上风,我们对号入座地认为帮助他人可能会引起不必要的麻烦,要做的就是将潜在的威胁消灭在萌芽状态。得到陌生人帮助时,还会对他人的动机产生怀疑:他对我这么好,是不是有其他目的?以上施助者和被助者之间的不信任,只是整个社会中人们互相不信任的缩影。其次,是人与人之间的真情。过去的旧式里弄,各家各户的大门都敞开着,人们好似生活在一个大家庭中,由此印证那句“远亲不如近邻”。随着住房条件的改善,现在每家每户都将防盗门紧闭,这扇大门就好像一道横亘在人间真情上的“密码”,只有特定的人群才能通过这道“密码”的筛选,使人们的交际范围仅限于家庭或工作学习场合。由于家庭成员忙于工作或学习,他们之间不会有很深层次的交流;在工作或学习场合,人们往往是竞争关系,由此造成厚黑学流行、人性的冷漠。越来越多的人感叹真情的缺失,怀念几十年前亲如一家的邻里关系。“密码思维”使相互信任、真情关怀逐渐成为“社会稀缺物”,当稀缺达到“不能承受之轻”时,社会良性、和谐运行就有可能受到威胁。

密码不仅造成人际关系的紧张,还给部分人的生活带来麻烦。下面所说的故事是我的真实经历:有一次,到单位附近的一家银行领取到期的五年定期存款。习惯性地输入了自己熟悉的密码,电脑却显示密码输入不正确。难道将密码记错了?又输入几个曾经使用的密码,语音提示依然不依不饶地说："对不起，您的密码输入错误。"我在银行柜台前耽误了大半个小时，忙得满头大汗，依然没有输入正确的密码。看来，不可能记起密码了，只得回家取来身份证，在工作人员的指导下办了密码挂失。虽然最终取到存款，但直到现在仍然心有余悸。我想，很多人一定和我有相同或相似的遭遇，当他们无奈地面对电脑这位"冷面无私的包青天"时，不知作何感想。

当然，不是主张要废除密码，那样反而会造成社会秩序的混乱。只是在享用密码带来的利益，是否会对它的负面性，比如密码思维进行反思？经济生活可能离不开密码，但是精神、情感生活却不能被密码所束缚。否则，密码将异化成为我们的主人，我们也将在密码思维的诱惑下，将人性中的善良与真诚丢失，相信这是大多数人所不愿意看到的。

密码，只是我们追求幸福生活的工具和手段，并不是幸福生活本身。认识到这一点，我们就能对它善加利用，最终登上驶往未来幸福生活的快速列车……

把石头变成艺术品

第一眼看到这些“作品”，很多人以为是大自然鬼斧神工所造就。可是，它们却出自一位艺术家的巧手。借助神奇的引力作用，他让一块块不起眼的石头焕发了艺术的魅力。

他叫迈克尔，大学毕业后并没有马上踏入职场。背上行囊，他独自浪迹天涯。这天，迈克尔来到海边的沙滩。他发现远处有一大堆石头，还有很多人在周围拍照。来到近前，他发现大石块相互叠加，相互间的接触点极小，上面的石块好像悬在空中，随时可能掉下来。迈克尔暗想：难道有什么东西在支撑着它？就在他纠结时，人们对一位中年男子响起热烈的掌声。原来，这些石头造型并非天然形成，而是这个男子的杰作。对方告诉迈克尔，并没有使用诸如黏合剂、支撑杆、特殊磁场等作弊手段，唯一起作用的只有地球的重力。

迈克尔当场就想拜中年男子为师，学习石头平衡的绝技。对方摇摇头说他学不了，因为练这个需要很长时间，需要很大的耐心。“你还年轻好动，肯定耐不住性子。”迈克尔很失望，只好怏怏地离开。

回家后，迈克尔的脑子里依然是那些平衡石头的雕塑。强大的好奇心，驱使他去尝试。他联系了一个朋友，从一个采石场拖来很多大大小小的石头。可能大石头的平衡更容易掌握吧！他决定先从体积较大的石块试手。因为手力的不足，再加上缺乏一定的耐心，大石头从双手中掉落下来，重重地砸在脚面上。顿时，钻心地疼，弥漫他整个身体。众人七手八脚地将他送进医院。

医院里，得知他受伤的原因后，临床的病友对他说："因为堆石头而受伤，这又是何苦呢？能从堆石头中获得什么吗？"就连他最好的朋友约翰也泼他冷水，劝他痊愈后不要再做这件事，还不如好好地找一份工作。他的心瓦凉瓦凉的，好像自己做了一件很愚蠢的事。

晚上做梦，他梦见有人在他面前堆出一座石头雕塑。对方语重心长地告诉他，一定要有耐心，这样才能成功。醒来后，他仔细咀嚼这句话，觉得自己要坚持做下去，不过要改变策略。回想整个受伤过程：拿石头的时候，双手在颤抖，显然是手部力量不足；呼吸显得很急促，这样很难专注于石头的平衡上。什么项目既能培养耐心、专注力，又能锻炼手力呢？在朋友的推荐下，他和一位冥想大师学习冥想术。一开始他很难静下心来，过不了几分钟就会心猿意马。为了磨炼心性，他强迫自己排除杂念。终于，他可以长时间沉浸在无我感觉中——任凭思绪涌入脑海，又轻轻将其拂去。

做了精神上的准备后，迈克尔又从网络上查询相关资料，这才知道早已有好些个平衡石头的大师。通过博客和其他网络社交平台，迈克尔试图与他们取得联系。好在这些大师都是很热心的人，他们将入门的经验倾囊相授。首先就是要找到每一块石头的平衡点，接下来就是顺应这个重力规律，耐心地、反复地尝试。就是这些大师，也不能一蹴而就。"师傅领进门，修行在个人。"无论寒来暑往、无论风霜雨雪，迈克尔都在他家的院子里练习平衡石头。很多人在背地里讥笑他在做一件无意义的事，他不去理会这些流言蜚语，一门心思做着这件事。终于有一天，他达到了梦寐以求的艺术效果。

有了这手绝活，迈克尔参加了美国达人秀，短短几分钟内，就摆出一个高难度的造型。他一路闯进决赛，虽然没能获得冠军，不过还是被很多人所熟知。他成为媒体关注的焦点，不久后举办了个人平衡石头雕塑的艺术展。

平衡石头需要耐心和专注，其实做很多事又何尝不是如此？唯有不断地投入和付出，梦想之花才能结出丰硕的果实，进而将我们的人生之路点缀成一段梦幻之旅。

你只是自以为很努力

大多数人都觉得自己很努力。每天，人们被密密麻麻的日程填满：抓住了甲乙丙丁，又不愿放弃ABCD。深夜时分，看着一堆“未竟事业”，满足感和成就感油然而生。

这样努力够了吗？现实似乎对此并不感冒。收获季节，很多人耷拉着脑袋，对收获与付出不成正比耿耿于怀。“我这么努力，还不能取得好的结果，这怪不得我。”

A君就如上面描述的那样，自诩很努力，收益却微薄。上课时，我会在思想上“溜个神”，冒出一个荒诞不经的想法。可是A君不会这样。他的注意力全在老师身上，笔记本上留下密密麻麻的记录。放学后一起回家，他不会搭理我的邀约，在那张破旧的写字台上忙碌着。我不忍心去打扰他，继续在室外“不务正业”。等到释放完青春的荷尔蒙，才悻悻回到自己的书房。

可是每次考试结果出来，A君都会变得愤世嫉俗。“我每天都这么辛苦，怎么才拿到这点分数？看看你，不知道在做什么，经常能进前三。老天真是不公平，凭什么给你这么高智商？”

我哪有什么高智商？他以为自己很努力，但功夫都用在刀刃上了吗？ 24小时中，除了睡觉、吃饭，就只有学业，他的脑子受得了吗？看似很努力，不荒废任何时间，实则单位时间的学习效果很差。如果每天花在学习上8小时，只有1小时能学进去，还不如休息2—3个小时，剩余的五六个小时效果更佳。只可惜A君不明白这个道理，认为自己还不够努力，变本加厉地压榨自己。高考后，他去了一所三本院校，此后就断了联系，再无他的消息。

再说说我的同事B小姐，业余时间几乎没有什么缝隙：星期一学瑜伽，星期二学日语，星期三学空手道，星期四学插花，星期五读书沙龙，星期六写作，星期天则在锅碗瓢盆上忙碌。除了这些，她还要悉心打理她的微信公众号、今日头条、简书号、微博。更新消息、文章，与粉丝交流互动，忙完这些常常是凌晨时分。有人说，这样的生活还是蛮好的，文的、武的都有，多丰富啊！

如果只是玩玩而已，这样的安排确实不错。但B小姐不是这么想，她希望自己成为“上得了厅堂，下得了厨房，斗得过小三，打得过流氓”的御姐。问题就来了。一个人的精力就这么点，把有限的精力投入到无限的需要努力的领域中，能取得最佳的效果吗？结果她每样学得都不精，微信公众号、今日头条、简书号、微博也都经营得不死不活。

“我已经很努力，失败不能怨我。”遇到不如意时，这句话能成为宽慰自己的理由。如果想彻底解决问题，就该想想这种自认为的努力，是否努力到点子上。如果这种努力不给力，甚至方向性错误，还是趁早掉转枪头，找到新的努力方向。否则越努力，错得越厉害。

不要总把“我很努力”挂在嘴上，努不努力，别人能看得到。多反思一下努力本身，这才能让努力变得更有成效。

危险来临时，他们Hold住

危险像一个可怕的幽灵，随时随地会发动袭击，让我们手足无措。能否在危险来临时Hold住，体现着一个人的智慧和境界。

齐桓公“唱歌”脱险境

齐桓公真够狠的，在王位争夺战胜出后，还要将潜逃国外的兄弟逮回来。齐鲁两国为此激战，鲁国战败，只好当“孙子”，割让土地，将避难的公子纠杀死。齐国还有一个条件，交出公子纠的老师管仲。鲁庄公面露难色，管仲是当世奇才，一旦放归齐国，必定会使齐国兴旺。齐国使臣说，管仲曾射了齐桓公一箭，他要亲手杀死管仲以解心头之恨。

管仲知道，这一定是好友鲍叔牙在解救自己。不过，他心里还很忐忑，鲁庄公的大臣一定会劝他把自己追回来。要是被追兵赶上，自己肯定没命了。怎么办呢，必须想办法尽快离开鲁国。

管仲想起农家人在耕作时，会哼些小曲消解疲劳，干起活来速度更快。他不久前谱写的《黄鹄之歌》，曲调激昂有力，唱起来会使人精神振奋。他就在囚车里唱起这支“古代进行曲”，引得押运者在一旁跟唱。他们一路上欢声笑语，速度越来越快。原本两天才能从鲁国国都到达齐国边境，他们只用了一天。后来，鲁庄公果然在众臣苦劝下反悔，派了几百铁骑追赶押运管仲的囚车。只是管仲一行人早就过了边境，追赶者空手而归。

鲍叔牙将管仲引荐给齐桓公。起初，齐桓公不肯起用对自己有一箭之仇的管仲。还是好友力荐，才让管仲出任齐相。正是在这位贤相的治理下，齐国国势蒸蒸日上，很快成为威震中原的霸主。看到这个结局，估计鲁庄公肠子都悔青了。

袁盎“故意找碴儿”避灾祸

袁盎是汉朝初年的楚地人，为人正直，说话不会转弯。这不，他在无意中得罪宦官赵谈，让他起了报复的念头。

话说这个赵谈早在汉文帝还是藩王时，就在这位君王身边悉心伺候。他为人精明、善于钻营，深得其宠信。等汉文帝登上皇位后，赵谈可谓要风得风、要雨得雨。文武百官都争相巴结他，但有人是例外，他就是袁盎。

袁盎就是看不惯这个马屁精，他向汉文帝进言：“赵谈只是一个宦官，按照祖宗律制，不能参与朝政。现在圣上您不仅让他参与政事，授予他实权，还封赏他亲戚官爵，只怕今后会有什么隐患。陛下难道忘记秦二世时的赵高吗？”一席话，说得汉文帝低头不语。

“世上没有不透风的墙。”袁盎的这些话，让赵谈气得火冒金星，准备好好收拾这个愣头青。赵谈身边的小太监，和袁盎的侄子袁种关系不错。袁盎得知这个消息,脸色很难看。赵谈在皇帝身边,随时随地可以说自己的坏话。时间久了,难保汉文帝不听信谗言,怎么办呢?还是袁种鬼点子多,他在袁盎耳边嘀咕一阵。

几天后,袁盎去觐见东宫太子,碰巧看到赵谈坐在皇帝车驾左边的车辕上。他急忙迎上前去,跪在地上进言:“臣听说,能陪伴天子乘坐六尺车驾的,应该是顶天立地的英雄豪杰。我大汉人才辈出,并不缺英雄,陛下为何要与宦官同坐一辆车呢?”一句话,说得汉文帝哈哈大笑,当即让赵谈下车。天子无戏言,赵谈纵然有千般万般的不情愿,也只好把打落的牙齿往肚里咽。

从那以后,赵谈屡屡在汉文帝面前说袁盎的坏话。但汉文帝对这些谗言置之不理。

事后,袁盎再次称赞侄子所见高明。那天,袁种对袁盎这么说:“您应该当众侮辱赵谈,虽然他以后会更加讨厌你,但皇上知道你和他有过节儿,他再说什么就不管用了。”

王戎摔进粪坑保性命

公元302年12月,西晋齐王司马冏在洛阳大开杀戒,河间王司马颙、成都王司马颖趁机起兵讨伐。面对来犯之敌,司马冏赶忙召集文武群臣商议对策。群臣们都沉默着,朝堂上静得出奇。

司马冏指着王戎说:“王戎,你是尚书令,给大家做个表率吧。”王戎知道再不说话,可能性命不保。他对司马冏说:“目前,我方将士无心恋战,如果拼死抵抗,恐怕结果不会很妙。不如……”“你快说,我不会怪罪你。”“大王不如从长计议,暂时让出兵权,退回封地,将来可以东山再起。”“大王，切勿听信他一派胡言。”说话之人叫傅荣，没什么本事，只会凭空陷害大臣。他早想当尚书令，觉得眼前是扳倒王戎的机会。“我这是为大王着想。如果你有更好的计策，可以讲出来。”傅荣也很狡猾，没有接王戎的话题：“你怎么能让大王回到封地？试问从古至今，有几个返回封国的王侯，最终能保全性命？你这么说，分明是心存不轨。”

王戎被逼到很被动的境地。他灵机一动，痛苦地捂着肚子，不时发出呻吟声。司马冏问他怎么回事，他说：“老臣上朝前，服了点寒食散，现在药性发作，还请大王准臣去上茅厕。”

等了半个多时辰，王戎也未回到大殿。司马冏派人去查看，那人慌慌张张地回来说：“不好了，王大人掉进茅坑。”司马冏带着朝臣来到大殿旁的茅厕。果然，王戎在粪坑中，将其捞上来后，浑身屎尿，臭不可闻。司马冏派人将其送回家去。

第二天，王戎家人向司马冏捎来信息。王戎回家后不省人事，醒后变得疯疯癫癫，什么人都不认识。司马冏没有再追究他责任，所有精力都放在抵御外敌上。

王戎心里清楚，只要再坚持一些日子，藩王军队就会破城，到那时就能躲过一劫。果然不到十日，洛阳城破，司马冏兵败自杀。动乱局面终于过去，王戎也恢复了理智。

面对危险时，单纯躲避是无用的。齐桓公“唱歌”、袁盎“故意找碴儿”、王戎存心跌进粪坑，都是用智慧应对危局。对于这样的智者，危险也只好甘拜下风，去找那些懦弱者麻烦了。

提供过期食品的咖啡馆

近年来,国内频发洋快餐过期肉、染色馒头等食品安全事件,让公众几乎患上了“食品焦虑症”,保质期也成了饮食安全的警戒线。英国却有这么一家咖啡馆,专门提供过期食品,非但没有倒闭,还成了很多家境贫困学生的福音。

咖啡馆的经理萨姆·约瑟夫是一个二十出头的年轻人。几年前,他还是一名大二学生,他在网络上看到一条报道:欧盟国家计划取消部分食品如干面、大米和咖啡等的保质期,原因是每年因保质期问题而浪费的食品多达8900万吨。过了保质期的食品,究竟还能不能被食用?约瑟夫和同伴从市场上采集了大量过期食品样本,送交专业食品安全鉴定机构检测。检测结果显示,保质期不是认定食物变质的唯一标准,超过保质期并不代表马上腐败、变质,有一部分刚过期的食品还是符合食用的标准。

得知此结论后,在剩下的大学时光中,家庭贫苦的约瑟夫每天都是吃刚过保质期的食物,再也没有花钱去购买食品,从而节省近5000英镑的学生贷款用来完成了学业。

大学毕业后，约瑟夫打算在学校内开一家专门卖过期食品的咖啡馆，以接济在校的贫困学生。然而，他多次到学校管理委员会递交申请时，得到的却是冷冰冰的否决。学校管理委员会认为这是一个荒唐的决定，过期食品在印象中就是应该集中销毁的，怎么能供应给学生？

一次，约瑟夫偶遇了当初检测过期食品的一位专家。他把自己的想法告诉专家，得到对方的赞许。专家被他的诚意打动，向校方提供了详尽的监测数据和分析材料，以此来说明“刚刚过期的食品中有一部分符合食用的标准”。两个多月后，约瑟夫的咖啡馆终于被允许在校园的东北角的空地上开张。

约瑟夫制作了精美的小册子和海报，用图文并茂的方式宣传部分过期的食品依然具有食用价值，以此打消人们心中的顾虑。正式营业首日，咖啡馆内人头攒动，限量供应的过期食品很快被一抢而空。

此后每天，约瑟夫都从附近的大商店收集刚刚过期的商品，并立即放入冰箱；还和连锁烤鸡餐馆签署了协议，取得它们不要的烤鸡；从当地农场得到蔬菜、水果等。此外，他还成立了一个由志愿者组成的网络，收集各处要扔掉的可食用食品。

咖啡馆每天都会更换菜单，上面还有大龙虾、绿奶酪和海鲜拼盘等食品，很多贫困的学生、无家可归者纷纷来此就餐。其中有一些伪装起来的商人，他们实地考察咖啡馆的运营情况后，与咖啡馆达成了合作协议，除了提供原材料外，还给予资金上的支持。

咖啡馆的社会影响力越做越大，约瑟夫计划开办更多的咖啡馆，让人们重视可食用食品被浪费的问题，同时也满足社会上更多人的需要。

“两壶水”解刁难

1911 年，孙中山就任中华民国临时大总统。挑选内阁成员时，他力排众议，让刚从欧洲回国的王宠惠，出任首任外交总长。王宠惠年仅 30 岁，是各部总长中最年轻的一位。

当时中国积贫积弱，外有帝国主义列强虎视眈眈，内有各派武装势力犬牙交错。正所谓“弱国无外交”，多年来与列强交锋屡战屡败，让中国外交只能看别人的脸色。不过，王宠惠却不信这个邪，年轻气盛的他，立志要在国际舞台上为中国挽回颜面。

有一次，王宠惠参加在伦敦举行的各国外交界交流会。会议结束后，东道主设宴款待各国来宾。宴席上各国外交官的座次，泾渭分明地体现出国家实力的强弱。王宠惠被安排在最不起眼的角落，对此也只能忍气吞声。宴会进行到尾声时，有位英国贵妇人特地走过来问王宠惠：“听说贵国的男女都是凭媒妁之言，双方没经过恋爱就结成夫妻，那多不对劲啊。你看我们，都是经过长期的恋爱，彼此有深刻的了解后才结婚，这样多么美满啊！”

王宠惠笑着回答：“这位女士，中国和贵国的婚恋问题，不像你想象的那样。打个比方，就好比两壶水。我们的一壶是冷水，放在炉子上逐渐热起来，到后来沸腾了，所以中国夫妻间的感情，起初很冷淡，而后慢慢好起来，因此很少有离婚事件。而贵国夫妻的婚姻像一壶沸腾的水，结婚后逐渐冷却。听说你们国内离婚案件比较多，莫非就是这个原因吗？”一句话，说得这位贵妇人哑口无言。她本来想羞辱一下这位年轻的外交官，没想到却自讨没趣。

作为一名外交家，王宠惠在很多场合要面对西方人的刁难，像上面一样应对迅捷、词锋机敏。他有力地进行回击，维护了祖国的主权和尊严。这充分诠释了他的智慧和拳拳爱国之心。

丁晋公巧解修复难题

宋真宗大中祥符年间，宫廷内遭遇一场大火，许多房屋在烈火中被烧毁。原本金碧辉煌的皇宫，显得一片狼藉。

宋真宗不愿在“废墟”中将就过日子，下了一道圣旨：三个月内，必须让皇宫焕然一新。先后有几位大臣接了这个差事，却发现是个几乎不可能完成的任务。修缮皇宫需要大量泥土和木料，古代交通条件很简陋，基本上只能靠人力来运输。要全部凑齐这些建筑材料，最少也需要三个月，几乎剩不下后期施工的时间。这些人颇识时务，找出种种借口推辞。

正当皇帝一筹莫展时，有个人站了出来。他叫丁谓，当时还只是一个三品京官。回家后好友劝他，这是个吃力不讨好的苦差事，很有可能无法按时完工。到那时，皇上一定会龙颜大怒，保不好还会有性命之忧。丁谓感谢好友的善意，说已经想好了破解之策。

这天夜里，丁谓没有睡觉。他组织征调过来的民夫，连夜开挖靠近宫门的大街。几天过去，丁谓都在干这件事，似乎把原材料的事抛在脑后。好友坐不住了，问丁谓在干什么？再不去筹措泥土和木料，肯定会有违圣命。丁谓只是呵呵一笑，让好友少安毋躁，说过段时间自会知晓其中的玄机。

一周后，大街变成了巨大的沟堑。大量被挖出的泥土，源源不断地送入宫中。泥土短缺的问题，就这样轻松被解决。随后，他又命人把汴河大堤挖开，使汴河水流到沟堑里。两个时辰内，沟堑被水填满，变成了一条小河。此后，来自全国各地的船只，上面载着所需的建筑材料，沿着这条人工河顺流而下，迅速而顺当地到达宫内工地。丁谓只用了一个月的时间，完成了别人三个月才能做到的事。剩下的两个月，丁谓一直在建筑工地上忙碌。到了截止日期，宫殿崭新如初，甚至比没着火前还要雄伟、气派。

完成施工后，大量建筑废料急需处理，不过这个问题难不倒丁谓。他把人工河里的水放干，扎紧汴河的大坝，废弃的烂瓦、灰土被填到沟堑中。只用了几天，恼人的垃圾不见了，这里又重新恢复为大街。

丁谓用这个办法，取土、运料及废料渣滓的处理问题，一下子便都妥善解决了，计算下来，共节约费用十多万元，真是“一举三得”。宋真宗对丁谓的办事能力很满意，提拔他为参政知事（副宰相）。从此，他的仕途平步青云，一直做到枢密使、同中书门下平章事（宰相），前后共在相位七年，并被封为晋国公，可谓荣耀一生。

有些问题看似无解，其实只要换一种思路，从全局考虑问题，就能找到破解难题的妙方，从而收到事半功倍的奇效。

让强敌送来军粮

1875年，左宗棠被任命为钦差大臣，督办新疆军务。他立即率军出关作战，誓将叛乱者阿古柏彻底赶出新疆。

军粮转运问题，一直困扰着左宗棠。新疆地处内陆，只能用骡子或骆驼搬运。沿途气候恶劣，运输非常困难，成本也很高。而西征军粮食消耗量极大，仅仅张曜所部16营，每月就需要粮食48.7万斤，马料5万斤左右。

就在左宗棠苦思冥想之际，俄国人索斯诺福齐来到府衙中。此人是俄国军官，曾多次参与沙俄对邻国的侵略。在这个节骨眼上拜见，他来此意欲何为？

左宗棠客气地接待了索斯诺福齐，对方提出一旦中国收复乌鲁木齐、玛纳斯等城，就立即将伊犁交还给中国，决不食言。这次来访，主要想促成中国开放茶市，左宗棠没有拒绝他。

此后，索斯诺福齐拿出一幅地图，递给左宗棠。接过地图一看，左宗棠十分惊讶，他才来中国几天，怎么对西北的地形了如指掌？他微微一笑，从书架上取下一册《乾隆内府舆图》，交到索斯诺福齐的手中。索斯诺福齐看后，由衷感叹中国人在绘制地图上技艺高超。还说除了不会造枪造炮外，中国人做其他事都是世界一流。

“中国人不会造枪造炮”，左宗棠立马不高兴了。索斯诺福齐自知说错话，请他莫放心上。左宗棠却较起了真，把索斯诺福齐带到了西征军在兰州的重要兵工厂——甘肃制造总局。眼前，摆放着各式武器。不仅有仿造法、德等国的新式武器，还能在原有基础上创新。索斯诺福齐亲自试验了几门后膛炮，只有一门不合格。索斯诺福齐彻底服了，竖起了大拇指。

陪伴左宗棠接待索斯诺福齐的湘军大将刘锦棠，把左宗棠拉到另一间房：“大帅，俄国人早有吞并新疆的野心，今后会是我们的劲敌。你怎么毫无保留，把地图和先进武器都给他们看？”

左宗棠笑着说：“子曰，言忠信，行笃敬，虽蛮貊之邦，行矣。你对人诚信，人家也会以诚相待。再说了，俄国对我们的情况了解已经很多，再行遮掩就不太好。让他们知道我们有强大的军事实力，反而不敢再对我们有虎狼之心。”

回到会客厅后，索斯诺福齐对左宗棠的胸怀和品格表示钦佩。他还知道左宗棠在运送军粮中遇到麻烦，愿意从俄国运来 500 万斤粮食，接济西征大军，每百斤运费只需 7 两 5 钱银子。

这真是一个天大的好消息。500 万斤粮食，简直就是雪中送炭。更重要的是，每百斤运费只要 7 两 5 钱银子，只有普通运费的一半，能节省 37.5 万两白银，左宗棠当即答应。索斯诺福齐离开后，手下人都认为他一去不复返，左宗棠却认为他一定会如约运粮的。他说俄国人此行有两个目的：一是试探我们到底有多少实力；二是想利用大清牵制英国在亚洲的扩张势头。见到兵工厂内的先进火器，再加上他有求于咱们，他还会食言吗?

事实果然如左宗棠所料。两年间，左宗棠的部队总共得到500万斤粮食。这500万斤粮食，为缓解西征军粮食缺乏，确保中国收复新疆战役的胜利，起到了至关重要的作用。

很多时候，我们不能锋芒毕露，有必要隐藏自己的真实实力。不过在特殊情况下，审时度势示强，反倒能震慑敌方的进犯。左宗棠就深谙此道，通过展示实力让俄国人心存忌惮，还得到了他们送来的救命粮，这可谓一举两得。

在遗失行李中“淘宝”

1970年,20岁出头的布伦达·坎特雷在一家保险公司工作。当时美国和世界经济不景气,坎特雷的收入水平并不高。由于儿子刚出生,需要花钱的地方很多,他还做了一份卖箱包的兼职补贴家用。

有一天下午,一位在航空公司工作的朋友,来到坎特雷的箱包小店做客。那位朋友无意间聊起,每年航空公司的仓库里,堆积着大量无人认领的箱包。出于好奇心,朋友试着打开其中一个行李箱,在里面发现一些高档化妆品和首饰。碍于管理制度,这些箱包在过了三年保管期,就会被当作垃圾处理掉。“什么,无人认领的行李箱里,有高档化妆品?”坎特雷顿时来了兴趣。一个大胆想法在脑海中酝酿,把这些无人认领的行李箱低价买进来,如果里面有什么值钱东西,自己不是赚了吗。

坎特雷通过这位朋友,与机场负责人取得联系,表示自己愿意购买无人认领的行李箱。负责人起初有过犹豫,这么做是否合乎航空管理条例?经过仔细考虑,还是答应了坎特雷的请求。坎特雷租了一辆卡车,花300美元买下十几个行李箱。开箱以后,里面有一些衣物和生活用品,他将这些东西在自己的小店售卖。

由于价格比其他地方低很多，坎特雷的生意很好。半年后，他回到家乡建立UBC公司。由于乘飞机的旅客数太多，以至于很少一部分丢失行李物品就能装满这个大商店。UBC会派卡车到全国各地，收集没人要的行李箱。购买行李箱时，UBC不会开箱验货，能否从中淘到有用东西，带有赌运气性质。不过很多行李箱中都有电子产品、珠宝、体育用品、家居用品以及很多很多衣物，坎特雷基本上稳赚不赔。

行李箱在到达UBC后，会经过严格的分拣程序。并非所有物品都会摆上货架，工作人员会根据物品性质和使用情况，决定最终流向。除了出售，还有捐赠和丢进垃圾桶两种处理方式。

UBC商场里的货品中有60%是衣服，销售前都会洗涤或干洗。由于处理的衣物较多，UBC商场成为阿拉巴马最大的洗涤和干洗中心。这里有很多普通衣物，比如T恤和牛仔裤，也有很多高端服饰，比如范思哲发布会上的裙子等。

好运时常会发生。尽管珠宝首饰、艺术品出售前都要估价，但估得准不准就另当别论。有一次，一位顾客在UBC买了一件艺术品，只花了60美元。后来他才知道，发现这件艺术品的实际价值是2.5万美元。当然，还会发生完璧归赵的巧事。一位来自亚特兰大的男人，给妻子买了一双滑雪靴。回到家里发现，这就是他们去年旅行时丢的，因为妻子的名字还写在里面。

现在，这个百货商场面积近4000平方米，覆盖了整条街，已经成为阿拉巴马州的一个著名景点。商场仓库里的商品总计超过100万件，每天还有7000件商品更新，其中85%都来自丢失行李，剩下的来自公司购买的无人认领货物。在这个领域，UBC是独一无二的，没有其他竞争者。因为UBC和美国国内的运输公司都签有排他协议。现在，这里被称为“世界遗失行李之都”，由于售价一般为原价值的20%—50%，每年吸引来自美国各地的100万人前来游玩、购物。

UBC真是个奇妙的地方，充满了无限可能，吸引无数淘宝者跃跃欲试。而更令人点赞的是坎特雷那双慧眼，帮助他从看似不起眼的遗失行李中发现巨大商机。

用人才不用奴才

有一天，一位中年人闯进IBM公司第二代掌门人小沃森的办公室。他气呼呼地对小沃森说：“我还有什么盼头？丢了销售总经理的位子，干着不起眼的闲差。我想尽快离开这里。”

尥蹶子的人名叫伯肯·斯托克，是IBM公司“未来需求部”负责人。他是刚刚去世不久的IBM公司第二把手柯克的好友，而柯克与小沃森是死对头。伯肯·斯托克很自然地认为，好友柯克一死，小沃森定会找机会收拾他。于是决定破罐破摔，辞职了事。

小沃森脾气一向很暴躁，他的手下经常因办事不力被严厉呵斥。面对故意找碴儿的伯肯·斯托克，他并没有发火。他知道，伯肯·斯托克是个不可多得的人才。虽说此人是已故对手的下属，性格又像匹野马桀骜不驯，但为了公司前途，小沃森还是决心极力挽留他。

小沃森亲自为伯肯·斯托克搬来椅子，让他有话坐下来慢慢说。伯肯·斯托克又冲他发泄一通，无非是工作没成就感、缺乏挑战性、没有职业愿景。小沃森等伯肯·斯托克全部讲完后，才缓缓地说：“如果你真有本事，那么不仅在柯克手下，在我和我父亲手下都能成功。如果认为IBM公司对待人才不公，那么你可以走，我不会为难你。否则还请你留下，因为这里有比其他公司更多的发展机遇。相信我的话，一定会在以后得到验证。”

小沃森的诚意打动了伯肯·斯托克，他决定留下来继续为IBM公司效力。事实证明留下伯肯·斯托克是极其正确的，因为在促使IBM进军计算机领域，伯肯·斯托克的贡献最大。当小沃森极力劝说老沃森尽快投入计算机行业，遭到他父亲强烈反对，公司总部响应者也寥寥，只有伯肯·斯托克全力支持他。此后，两人携手努力，把规划一步步变成现实，使IBM免于灭顶之灾，并走向更辉煌的成功。

后来，小沃森回忆录中，说了这样一句话：“在柯克死后挽留伯肯·斯托克，是我有史以来所采取的最出色的行动之一。”

美国五星上将麦克·阿瑟曾慨叹：“人才有用不好用，奴才好用没有用。”大凡真正有本事、有作为的人才，多是有主见、有思想、有傲骨的刚正不阿者。管理者应该最大程度容忍他们的“坏脾气”。正是秉承“用人才不用奴才”的理念，让小沃森开启IBM公司最黄金的年代。

重奖“懒惰者”

2013年初，查理在温哥华市中心开了一家五星级酒店。开业后，客人络绎不绝，入住率常在八成以上。平时，查理很少待在办公室。市郊的高尔夫球场上，经常会出现他的身影。

2013年9月，他又度过了一个悠闲惬意的假期。返程前一天，一位朋友问他，酒店事务千头万绪，怎么还有这么多闲心打球？他笑着说，自己是个“懒人”，凡是能吩咐手下人干的事，他绝不亲躬。很感谢这些员工，把酒店打理得井井有条。他的话，引来周围羡慕的目光。

从高尔夫球场回来，他叮嘱人力资源部：年底前，要从全体员工中，评出十名最“勤快”员工和十名最“懒惰”员工。人力资源部不敢怠慢，经过一个多月的考察甄别，两份名单汇总到查理手中。

十名最“勤快”的人先被叫进办公室，查理进行了一番勉励。接下来，轮到十名最“懒惰”员工进去。得知上了这份名单，他们心里沉甸甸的，被戴上“懒惰”这顶帽子的员工，离被辞退已经为期不远。这次谈话，很可能是让他们卷铺盖走人。

不过，情况似乎不那么糟糕。一进门，查理面色平静地说：“优秀员工表彰会上，请各位做个发言。希望你们说说，为什么会被评上最‘懒惰’员工？写好发言稿后，让我先过目一下。”他们心里盘算着，估计老板想拿他们做反面典型。这是挽回印象的机会，写得好或许能让老板回心转意。

几个人的发言稿都变成了检讨书，对自己的懒惰进行了深刻反省。发言稿交上去后，查理直摇头说：“我没让你们这么写，而是想看你们如何完成工作。”这十个员工的稿件又改了两次，直到查理满意为止。

员工表彰大会上，十位最勤快员工首先上台，查理与他们一一握手。随后，是十位最“懒惰”员工的发言。底下的人越听越糊涂，这哪里是在自我检讨，好像他们才是这次表彰会上的主角。

十人讲完后，查理走上台笑着说：“下面我宣布，他们十个人荣获年度最优秀的员工。”下面一片哗然，很多人窃窃私语，怀疑老板是不是吃错了药。查理挥了挥手说：“大家听我解释一下。其实，你们一年的工作都很好。不过，我曾多次暗地里观察他们，发现他们身上的‘懒’，其实是一种工作上的高效和智慧。他们总喜欢一口气把工作干完，讨厌多走半步路，讨厌再做第二次，比如总是一次性把餐具送上餐桌，一次性把客房收拾干净。在别人眼中，他们好像整天闲着，似乎是在偷懒。但在我眼里，最优秀的员工全无例外的都是‘懒汉’，因为他们的‘懒’是建立在高效率上。因此，我希望你们在忙碌时，能多花些心思在工作效率的提高上。如果每个人都能变成那样‘懒’，酒店的发展会更加蒸蒸日上。”说完，他把不菲的奖金递到最“懒惰”员工的手中。

查理用独到的眼光，辨析出“懒惰”与“勤奋”只是相对而言，背后隐藏不为人知的密码。长期以来，人们对懒惰深恶痛绝。但从某种角度来说，“懒”能成为一种创造动力，也能提高工作效率。只要“懒”得睿智、“懒”得高效，这种懒惰就值得我们去追求。

“围魏救赵”化解商战危机

20世纪初叶，中国民族工业还处在起步阶段，国内工业品市场大多为外资企业垄断。纯碱市场也不例外，来自英国的卜内门公司独领风骚。这时，被誉为“中国化学工业之父”的范旭东站出来，于1918年成立中国第一家制碱企业“水利制碱公司”。

范旭东并不急于扩大生产线规模，增加产品销量，而是在产品质量上下功夫。他深知，没有过硬的产品，即使短期内或很风光，长远来看也会受制于人。经过八年的实验，范旭东终于打破外国人的技术壁垒，研制出品质卓越的“红三角”牌纯碱。产品推向市场没多久，就获得消费者的一致认可，一时销量大增。凭借这款产品的成功，水利制碱公司初步具有与卜内门公司掰手腕的能力。

卜内门公司岂能让原先的战利品被他人蚕食？他们不是通过产品质量、服务等方面与中国企业正面竞争，而是想出一个损招。才过了一个多月，“红三角”牌纯碱的销售量锐减。范旭东赶忙派手下人去打听，这才知道英国人从他们国内调集大批纯碱，以原价40%的低价向中国市场倾销。谁会和便宜货过不去呢？这下可好，在市场上初露头角的水利制碱公司，陷入进退两难的尴尬境地。如果范旭东以牙还牙，同样用低价应战，不久就会入不敷出，亏损严重。但如果不这么做，公司产品大量积压，资金链就会断裂。正所谓应战是“找死”，不应战是“等死”。

范旭东急得茶饭不思，满脑子都是公司眼下的困局。再三思虑，始终没有想到周全的办法。但一则消息，让范旭东看到了曙光。这天，有位友人来拜访他，随手拿着一份报纸。友人指着报纸上的头条新闻说：“你的竞争对手卜内门公司真厉害，不仅在中国占据垄断地位，就连日本的街头巷尾也全都是它的产品。我劝你还是早点收手吧，免得赔大了。”

范旭东有些不服气，一把抢过报纸，仔细看起来。看到卜内门公司在日本的销售额，他情不自禁地敲了下桌子。范旭东高兴是有理由的，因为脑海里终于出现了对策。

范旭东立刻行动，调集优质的“红三角”纯碱，装船销往日本。他以其人之道还治其人之身，同样采取低价倾销策略。没多久，日本碱价大跌，经过这么一搅和，英国人手忙脚乱、仓促应战。僵持一段时间后，卜内门公司终于撑不住，主动找到范旭东，请求价格谈判。经过谈判，英国人接受了范旭东的所有条件，即永利纯碱公司在中国市场占55%的份额，而卜内门公司不得超过45%；如果卜内门公司要在中国市场上调价，必须事先征得范旭东许可。

朋友纷纷向获胜的范旭东表示祝贺，其中也包括那个朋友。范旭东嫣然一笑，说要感谢这位朋友，把对方弄糊涂了。他这才解释其中的缘由。原来，卜内门公司的产品在日本的销售额，远远大于在中国的销售收入。如此降价竞争，英国人蒙受了巨大的损失，而范旭东打入日本市场的纯碱，只占其产量的很小一部分，损失自然要小很多。经历此番博弈，范旭东乘胜追击，进一步壮大企业的实力。1927年，“红三角”牌纯碱在美国万国博览会荣获金奖，更让当时被外国人看不起的中国人扬眉吐气。

如果范旭东正面应战，势必会陷入极其被动的地位。通过朋友提供的信息，他精确地找到对方的命门，从而一击制胜。每个对手都有弱点，与其和对方硬碰硬，还不如围魏救赵，直指对手的弱点，让对手顾此失彼，这样取胜的概率也会大大增加。

·把小人召入麾下

曹彬是北宋开国名将，为宋太祖赵匡胤一统天下立下了汗马功劳。为此，司马光盛赞他“为人仁爱多恕，平数国，未尝妄斩人”，而蔡东藩把他列为宋初将领之首。

公元960年，赵匡胤建立宋朝时，周围还有好几个割据政权。他采取各个击破、由弱到强的战略，先后攻灭南平、后蜀、南汉等政权，对实力最强的南唐形成合围之势。此时，南唐的统治者李煜沉迷于歌舞升平，贪图眼前安逸，一味向宋朝屈服。他主动上表，希望取消南唐国号，愿意成为宋朝附庸。公元974年秋，宋太祖两次派使者通知李煜到开封朝见。李煜害怕被杀，故意称病不去。

宋太祖闻讯大怒，任命曹彬为主将，率领十万大军征讨南唐。临行前，太祖给了他一把尚方宝剑，说：“副将以下，不听命者斩之。”曹彬叩头谢恩，接过尚方宝剑。接着宋太祖又问曹彬还有什么要求，曹彬想了一会儿说：“请皇上恩准，让田钦祚将军担任另一路的前敌指挥。”宋太祖低头沉吟了一会儿，同意了曹彬的请求。

曹彬的这个请求，出乎大多数人的意料。这个田钦祚是一个不折不扣的小人，为人既贪婪又狡猾，尤其喜欢争名夺利，最让人讨厌的是他喜欢在背后打小报告。多年来，很多大臣吃过他的苦头，对他唯恐避之不及。现在把他召入曹将军的麾下，会不会对南征造成负面影响？好些人找到曹彬，希望他能改变主意，不要让田钦祚担任指挥官。曹彬微微一笑，感谢众人劝诫的好意。不过，他依旧坚持把田钦祚带在身边。

大军浩浩荡荡地出发，直指南唐的都城金陵。尽管遭到了一些抵抗，不过北宋军队还是顺利地攻入金陵城。城破后，李煜被迫投降，随后被押到开封去。手下人担心会出现“一粒老鼠屎，坏了一锅汤”的情况，自始至终没有发生。

凯旋后，曹彬这才向心腹透露其中的奥妙。此番南征前，他估计时间可能会很长，任务也会十分艰巨。不过，只要前方将士用命，朝中群臣的鼎力支持，最终获胜是不成问题的。多年带兵，他对将士用命这一点是不担心的，唯一让他揪心的，就是自己领兵在外，朝中可能会有人挑拨离间。正所谓“谎言说一千遍，就变成了真理”。老有人在圣上耳边嘀咕坏话、进献谗言，很可能会坏了大事。到那时，自己带兵在外，根本没有机会申辩，就会蒙受不白之冤。自己受点委屈不算什么，耽误皇上的千秋帝业，却是极大的罪过。而这个田钦祚，就可能是这样的跳梁小丑。要防止他暗箭伤人，最有效的方法就是把他放到眼皮底下，将他派到战场上。他一旦被我召入麾下，并得到官职和功名，就没心思和时间在背后对我使坏。我是拿功名利禄，堵住他的嘴。再者我还有尚方宝剑，他根本不可能掀起风浪。一旦他图谋不轨，我可以来一个先斩后奏。

把小人召入麾下，充分展示出曹彬用人、处世的智慧。当普通方法无法化解难题时，不妨另辟蹊径，尝试超常规的方法。唯有敢于不走寻常路的人，才能走出不一般的成功之路和事业征程。

第三辑

韶华易逝

或许年轻的你感到烦恼是一种包袱，是一种难以名状的痛苦。但是若干年之后，这些烦恼将成为一笔财富，这种感觉会随着年龄的增长而体会到。没有烦恼的青春绝对是一个不完整的、遗憾的青春。年轻的心灵，需要经历一次次打击；年轻的生命，需要承载孤寂；含苞待放的花朵，需要忍受风雨交加的夜晚。当一丝乌云暂时遮住了太阳的光芒，你不要抱怨，更不要恐惧，稍微等待一会儿，温暖的阳光又会照耀着我们继续前行。

《新月集》《飞鸟集》
——吹响我人生的风铃

没有成长的得意，没有岁月流逝的伤感。当我吹灭生日蜡烛的那一刻，手里捧着《新月集》《飞鸟集》，我听到一种音乐在渐次弥漫。“叮当叮当”，那不是我的风铃在歌吟吗？

没有和泰戈尔《新月集》《飞鸟集》相遇时，我曾经有过一丝年轻的彷徨。我感慨岁月无情流逝，那颗童心好像已经泯灭。嗟叹的同时，我又意识到自己精神状态上的不成熟，有时处理事务时缺乏一定的理性思考。人生存在很多美丽的偶然，无意中我遇见了泰翁的这两本诗集。它们从两个不同的角度丰富着我的人格，从而奏响了我人生独有的华章。

“叮当叮当”，《新月集》似一阵柔和的清风吹响我人生的风铃。诗集中勾画的恬淡的田园、儿童的天真，使我隐隐约约地感受到陶渊明式的风格。诗人生活的那个年代，正是英国殖民统治最残暴的时期。诗中描写的这些美好事物，正是对幸福生活的向往、对现实生活的退避。理想与现实的巨大落差，使字里行间流露出诗人的迷茫与淡淡的哀愁。

更为重要的是,《新月集》使我再一次拥有一颗童心。当我长时间埋首于繁杂忙碌的事务中,我会感到一份孤独与失落,亦会怀念起青少年时期无忧无虑的生活。少年的风筝已经飘远,那时的记忆也逐渐变得模糊;但是,《新月集》第一篇突然将我拉回那个纯真的年代:

“我独自在横跨过田地的路上走着,夕阳像一个守财奴似的,正藏起它最后的金子。”

“白昼更加深沉地投入黑暗之中,那已经收割了的孤寂的田地,默默地躺在那里。”

“天空中突然升起了一个男孩子尖锐的歌声。他穿过看不见的黑暗,留下他歌声的辙痕踏过黄昏的静谧。”

多么美丽的黄昏落日图!我想,如果我处在这样一个恬静、清幽的环境,所有的烦恼会顿时烟消云散。特别是诗中的那个男孩子,他更像一个天使。他的声音打破了环境的寂静,体现了静中有动的效果。他的歌声代表着无忧无虑,是内心情感的直接抒发。我想起自己小时候高兴时,也会用歌声将快乐传递给别人。《新月集》中的每一首诗,其实都是一个童年的歌谣。泰戈尔将儿童的言语、行为、心理、神态,活灵活现地展现在我面前。它使我觉得童心不是一个时期拥有的物质,而是一辈子永恒的财富。

“叮当叮当”,《飞鸟集》更似一阵猛烈的疾风吹响我人生的风铃。人终究是要长大的,保留一颗童心固然重要,但是心性的成熟更是生存的必要条件。《飞鸟集》似一阵狂风,吹走了我内心的不成熟的状态,带来的更多是理性与思考。《飞鸟集》中的每一句话,都可以说是一句句精辟的、蕴含哲理的警句。从这些“语林的精华”中,我感受到作者不平凡的人生经历和感受,使我对待人生的态度不再是一种理想化的状态。

《飞鸟集》中的许多诗句或许我无法记住，但是其中有两句至今记忆犹新：

“蚌将昔日的欢乐和痛苦埋藏在心里，用心血灌溉，用思想磨炼，最终孕育出一颗闪光的珍珠。”

“山的最高峰是不毛之地，所以通往山巅的路才是陡峭崎岖，荆棘丛生。”

或许，这两句诗想表达的事理十分浅显，但是诗人借物喻理，使朴素的哲理带上了智慧的光芒。这两句诗对我的影响十分巨大，曾有一段时间我将它写在纸条上贴在书案前的墙上，激励我勇敢地面对人生的挫折。从读《飞鸟集》的那天起，我告别了懦弱，重新塑造出一个刚毅的自我。从那天起，我可以为了理想与真理付出我的一切；从那天起，我可以用冷静的思维、客观的眼光审视世界、审视人生。

《新月集》《飞鸟集》对我的人生是同样重要的，它们从正反两个侧面对我的性格进行互补；它们从不同的视角诠释着人生，使我明白生存的意义；它们更是茫茫大海中的指路明灯，导引着我的生命之舟不断地前行。

“叮当！叮当！”书案上放着的《新月集》《飞鸟集》不断吹响着我人生的风铃。我的风铃在摇曳，我的风铃在歌唱，那是一颗年轻的心在律动，那更是对大师的一种吟诵……

翻开过去的日记本

有一本小学时代的日记本，我一直悉心保存在书橱内。日记本的内容不是很多，记载着我曾经有过的欢乐与梦想。尽管其中很多事物只能成为回忆，但是却能从中重温最为本真的自我。

日记本被较好地保存下来，本身也是一个偶然事件。记得五年前，我费尽周折终于找到了一份比较称心满意的工作，于是我决定清理一下书橱内堆积如山的书籍。可能是我比较保守，学生时代所有的教科书、练习册、考卷几乎被原封不动地保留下来。为了给未来的藏书留出空间，我不得不将一些没有用的教科书和练习册送到废品回收站。从堆积如山的教科书中，突然掉出几本黑封面的笔记本。捡起来一看，原来是自己从小学三年级至五年级写下的日记。我一直在寻找这些“童年记录”，现在是“踏破铁鞋无觅处，得来全不费工夫”。立即将它们转移到“安全地带”，并小心翼翼地用湿纸巾擦拭上面沾染的尘埃，让它们享受一番“贵宾级的待遇”。

几天后闲来无事，翻开日记本回忆彻底离我远去的童年。打开日记本的扉页，上面写有一首“歪诗”：日记日记，天天要记。一天不记，就要忘记。下面还歪歪扭扭地署着我的大名，似乎在骄傲地宣称这本日记本的主人。通过这首歪诗，可以看出当时对写日记还是有抵触情绪。毕竟当时写日记并不是自愿行为，而是老师布置的家庭作业。一个十岁左右的孩子，每天除了上学、放学、考试、写作业，几乎没有什么生活经历，要坚持每天写日记确实不是一件很容易的事。于是为了交差，自己当时绞尽脑汁地编造一些事情来糊弄老师。不过，总的来说，日记本内记录的事件基本上是真实的，毕竟孩子的心灵还是纯洁无瑕的。通过日记，我体会到曾经经历过的酸甜苦辣。

日记中记录最多的内容，就是学习考试、校园生活等那时最主要的生活情景。考试前，我都认真仔细地复习，生怕遗漏一个知识点；考试中，我按部就班地答题，平稳地度过了每一个关口；考试后，我心情忐忑，担心考试成绩不能如意。关于考试，日记中写得最多的就是担心考试成绩的揭晓。我在日记中反复写道："我为这次考试成绩担心，害怕如果考不好，就要挨打了。"尽管我没有经历过挨打，但是这种恐惧感却伴随着我整个小学时代。现在看起来，这种想法似乎有些幼稚，因为即使我的成绩不太理想，父母也不会采用粗暴的方式对待我。可是，周围同学却有这样的"惨痛经历"，让我感受到"达摩克斯之剑"始终高悬在头上。不过，这样的想法也有益处，让我明白如果没有达到承诺的预期结果，就应该承担相应的责任。正是在这种意识的主导下，我在工作中始终兢兢业业，一丝不苟地做好领导交办的各项任务。或许，我应该感谢当初的这份恐惧感。

孩子的天性是玩耍，父母带出去玩、与伙伴玩也是日记的重头戏。当时的学业压力，还没有现在的学龄儿童这么重。完成了学校教育和家庭作业后，剩下的时间基本上就是属于个人的。家里的空间有限，再加上没有其他的玩伴，我会到外面寻找小伙伴或者缠着父母去公园、游乐园。通过日记，我想起与三五同龄人对邻居家葡萄架所做的恶作剧，想到父母陪伴下在公园人工湖上的泛舟，那些时光都是多么美好啊！每隔一段时间，姑妈都会带着表弟到我家做客。表弟比我小三岁，也和我一样地贪玩。拿出家里所有的棋牌，和他在象棋、国际象棋、围棋、飞行棋、斗兽棋、强手棋等世界中PK对决。我们常常是难分伯仲，很快一天的时光就在欢笑与争吵中消逝。每次姑妈带表弟离开，我的眼泪几乎都要下来了。不过，我们俩都在期盼下一次聚会。现在由于种种原因，我童年最好的玩伴——表弟几乎不来我家。伴随着岁月的冲刷，我们都忘记一起度过的快乐时光。不过，这些日记本却像一个见证人，忠实地告诉我曾经发生的一切。看完这些记录，我有了一种和表弟进行联系的冲动，希望和他重温这些值得记忆的岁月。

日记中还有一块内容，就是发泄对某人或某事的不满。孩子的表述是没有任何遮拦的，他不会思考说了这些之后会带来什么结果。明明知道日记本的内容是给老师看的，依然照写不误。我曾经详细地记述了一位老师的得意门生在老师不在场的情况下的两面派作风，并用反问的句式、犀利的语言责问她是不是配得上班干部的称号。日记本交上去以后，老师并没有很快给我答复。我就像一个无知无畏的斗士，一连好几天批判这个“班干部”，并痛陈她犯下的“罪行”。终于，老师在班级上点名批评了这位同学，并让她好好反省。我体会到将军凯旋般的喜悦，在日记本上不再提及此事。前段时间，我遇到了这位在日记本上被我狠狠批判的小学同学。我把当时写下的日记给她阅览，她哈哈大笑，说我有成为“叛徒”的可能性，竟然为了一点小事可以出卖“阶级同志”。后来，我们成了很好的朋友，这其中也有日记的功劳。

我经常会在工作闲暇之余，翻开这一本本过去的日记本。上面不太工整的文字，透露出我童年的稚嫩。不过，我喜欢这种稚嫩与童言无忌。童年虽然已经离我远去，但是童年的记忆却不会随着岁月而消失。我希望在我生命的最后一刻，仍有这些最美好的事物陪伴着，那该是多么惬意、多么值得神往啊！

翻开过去的日记，我又开始了新的思索……

感谢烦恼，感谢青春

“人生不如意事十之八九。”总是极不情愿地忍受烦恼，尤其是什么都不确定的青年时期。“我很郁闷”已成为许多年轻人的口头禅。难道风华正茂的青年人已经失去活出精彩人生的信心？显然不是，这正体现了年轻人对生活的敏感与热爱。

烦恼总是伴随着人一生的旅程。少年时期的烦恼，充满着幼稚和物质。那时总是执着于眼前，随着事物的变化而产生单纯的情感。中年时期的烦恼，来源于这个复杂多变的社会。从父母的脸上，我读出谋生的艰辛，更品味到一份对生活的责任。老年时期烦恼依然存在，只是老人们已无暇享受。经历了几十年的风风雨雨，老人们已是“任尔东南西北风”，一份恬淡与幽静书写着生活的麻木。

但是，青年时期的烦恼与以上的烦恼大不相同。青年时的烦恼如同一碗浓茶，虽然初尝苦涩，之后便是沁人的清香。青年时的烦恼好似一坛陈酒，虽然啜之浓烈，饮后顿感酣畅淋漓。青年时的烦恼如同一首乐曲，虽然带着一丝婉约，悲怆之后夹杂着雄壮。

青年时的烦恼充满着青春的激情。虽已跨过成年的界河，但毕竟涉世未深，冲动与激情是最大的特征。可以为社会“冷暖”拍案而起，可以为国内、国际时局争得面红耳赤。当然，年少的轻狂是要付出代价的——激扬文字终究只是纸上谈兵。但烦恼之后，不会放弃过去的理想，只会改变处理事情的方式。烦恼只是激情暂时的低谷，低谷之后很快又会来到另一个高峰。

青年的烦恼体现着对理想的追求、对未来的憧憬。青年人的眼光永远注视着远方，而不是对过去成绩的依恋。理想是一盏指路明灯，它始终指引着我们在人生的风浪中前行。但是，理想又是难以把握的。当我们经过努力，跃上人生的新一级台阶后，理想也会同步地往上前进一格。经过数次的“同步运行”之后，挫败感难免会产生。但烦恼无法阻碍对理想、对未来的渴望。只要有一丝希望的“火花”，我们就会不顾一切地去追逐。梦想有时如同镜中花、水中月，虽然有无法得到的可能性，但没有理想的人生却是苍白、乏味的。

青年的烦恼表现出对生活的热爱——热爱与怨恨有时只是一墙之隔。对生活热爱到一定的程度，就会专注于生活的每个细节。当某个细节产生不和谐的音符时，就会产生失望，进而发展成为烦恼。人的本源是热爱生活。青年人由于未受到世故思想的侵蚀，依旧坚守着人的本源。烦恼蜕变于热爱，亦会对热爱产生促进作用。生活不会无休止地攻击其人，烦恼的阴云终究会云开雾散，生命的红日又会重现在你眼前。此时，心中将有一份满足感。怀着对生活的感激，会进一步去感悟生活、热爱生活。

青年的烦恼证明我们处于“生存”的状态，而不只是“存在”。笛卡尔的“我思故我在”勾起了对“生存意义”问题的思考。“生存”包含着一种理性，闪现着“以人为本”的思想光芒——凸显出人的主观能动性。

“存在”只是一种状态，有时可能包含着无奈。“有的人活着，但他已经死了。”正说明肉体存在而精神不存在的无奈。青年人不愿意处在这种状态，希望灵魂在肉体的存在中闪光。烦恼使灵魂得到了升华，更可以充实生存的意义。生存不只是为了物质上的幸福，更是为了精神、灵魂上的满足。

或许年轻的你感到烦恼是一种包袱，是一种难以名状的痛苦。但是若干年之后，这些烦恼将成为一笔财富，这种感觉会随着年龄的增长而体会到。没有烦恼的青春绝对是一个不完整的、遗憾的青春。

年轻的心灵，需要经历一次次打击；年轻的生命，需要承载孤寂；含苞待放的花朵，需要忍受风雨交加的夜晚。当一丝乌云暂时遮住了太阳的光芒，你不要抱怨，更不要恐惧，稍微等待一会儿，温暖的阳光又会照耀着我们继续前行。

年轻的生命/不要用愤怒的眼光/注视着烦恼/衔着感激/感谢烦恼/感谢青春……

行走在理性与激情之间

理性与激情，如同阴阳轮转一样，游弋于不同的人生阶段、不同的历史时期、不同的学科领域之间。从理性中，我们感受到人性的厚重；从激情中，我们见证了生命的活力。感谢上苍，造就了理性与激情两种行为方式；而在这不同的排列组合中，也成就了五彩斑斓的历史发展和大千世界。

什么是理性？什么是激情？恐怕每个人会给出不同答案，正如“一千个观众心目中有一千个哈姆雷特”。理性与激情是两种截然不同的世界观、人生观，由此形成两种不同的行为方式。在理性原则的支配下，人们眼中的世界和人生历程井然有序地运行着。因此，人们努力寻找世界与人生的运行规则与秩序，并将自己的行为限定在这些规则与秩序之中。当人们内心中升腾起激情时，世界与人生也就成了偶然的产物。这时，人们通常认为，“人有多大，世界就有多大，人生就可能向着无数的方向发展、延伸”。就这样，人们突破了原有规则与秩序的束缚，书写着前人不敢想象的传奇。

大多数人的一生就是由激情摆向理性的过程。年轻时，激情“燃烧”着岁月。年轻人如同一个不稳定的化学元素,不断挑战着权威和既定的秩序。俗话说:“嘴上没毛,办事不牢。”年轻人被扣上了不成熟、不稳重的帽子。等到年轻人成为新的权威,或只能在平凡中度过余生时,激情的火焰渐渐熄灭,理性的原则逐渐占据思想与心灵的高地。这时,人们走向了心智上的成熟,人生的运行轨迹也逐渐稳定下来,但是思想的火花和智慧的棱角也被似水年华所磨平。

但是,也有部分例外情况,例如存在“小大人”和“老顽童”的现象。对于前者,我感到了深深的忧虑。这些乳臭未干的孩童,还没有品尝到童年的快乐,就在某些人的驱动下,过早地戴上人情世故、沉稳老练的面具。不知道他们长大后回忆童年时,会作何感想? 对于老顽童,我还是感到一丝欣慰。看似回到生命的起点,其实是一个“正、反、合”的过程,是在一个更高的层面上实现人性的复归。在理性这湾平静的湖水中投入激情这块巨石,一定会掀起阵阵波涛,进而扩散出层层涟漪。

在不同历史时期,理性与激情也会占据着不同位置。在稳定的和平年代,理性占据着主导地位。人类社会在理性支配下一步步走向繁荣与文明。当革命、动荡的冲击波到来时,激情成为时代的主旋律。革命的仁人志士用满腔的热血,砸碎了那个腐朽的旧时代。激情是推动历史快速发展的火车头,它让理性原则下的量变升华为质变。因为只有突变的断裂性而没有渐变的连续性,人类社会不可能有发展,所以理性下的和平占据了人类历史的大部分时期;但是,我们却不能忽视激情的短暂爆发,否则,人类将在理性主宰下的稳定与安逸中渐渐堕落,更谈不上历史和人类社会的发展。

不同学科中,理想与激情也扮演着不同的角色。起初,学科分类还不是很精细,大部分学者都集中在人文学科中。这时,个人的灵感与激情成为推动学科发展的主要力量。伴随着文艺复兴、启蒙运动、科学革命，自然科学从人文科学的母体中分娩出来。自然科学讲求精密性与确定性，理性原则自然而然地被所有科学家所推崇。但是，当科学技术高速发展、科技成果产生异化、“唯科学论”逐渐占据学术的主流时，理性原则成为人们的反思对象。当人们越来越觉得理性原则无法解决所有问题（诸如文化、生态环境、社会问题等）时，人们又开始从激情中寻找力量。整个学科的发展史，也就如同个人的发展史那样，经历了“正、反、合”螺旋式的上升过程，并画出一道优美的弧线。

很难评价理性与激情孰优孰劣，因为在不同的人生阶段、不同的历史时期、不同的学科领域，这样的对立转化无时无刻不在进行着。评价理性与激情所带来的意义是无意义的，因为两者是相互渗透和转化的。

完成手头的工作后，暂时终止理性的“电路”；开始丰富多彩的业余生活时，我又开启激情的“开关”。每天，我都行走在理性与激情之间，而我的一生也在这两者间不停地切换……

我逐渐喜欢上这样的行走与切换……

有个声音叫回忆

回忆就像耳边一曲永远唱不完的歌,不断叩响我的心扉;回忆就像一座隐形的桥梁,沟通着过去、现在和将来。每当聆听回忆发出的声响,灵魂和思绪似乎也飘到了过去。

夕阳下,我走在家门口这条熟悉的小路上,回忆小时候在此经历的种种快乐。遥想当年,自己对于自我、他人、社会、世界等范畴还只是懵懵懂懂,只顾享受当下的快乐。那是一种何等的惬意!不用为说错一句话、做错一件事而烦恼与懊悔;不用为了明天或近阶段的重要工作而紧张与担忧;不用为了个人和家庭生存的重担而寝食难安。只可惜,这样的日子已经一去不复返,无忧无虑的快乐只能留存于记忆中。对于青少年的回忆,勾起对于时光流逝的伤感。年幼时,对于时间的概念似乎可以用永恒来概括。那时总觉得时间过得很慢,为什么自己还没有长大?但明白时间的有限性后,挥霍光阴的底气和资本就荡然无存。直到现在,我对于时间的流逝已经到了恐慌的程度,越是回忆过去美好事物,这种恐惧感的程度就会加深一点。回忆让我察觉到时间这辆高速前进的火车,自己被它远远地甩在身后,即使做出任何努力,也无法阻止它全速前进。

岁月是流动不居的，因此不同年龄的人群针对回忆的态度就迥然不同。年轻的时候，对于回忆是那么的不屑。对于青年人来说，一切皆有可能，很多人生的谜题暂时没有最终的答案。正因为将目光的关注点主要落在未来的岁月，很多领域正等着他们攻城拔寨，青年人因此就不愿意放下手中的事务仔细回忆经历的一切。

人到中年，大多数人的前途和命运基本上尘埃落定。能不能出人头地，抑或只能庸碌一生，时光已经给出答案。年轻的冲动与激情，被岁月的年轮消磨得所剩无几，留下更多的是对人生和社会的理性思考。这时，很多中年人会对过去进行回忆和思考，在这回忆和总结中夯实自己事业的基础。“会当凌绝顶，一览众山小。”经历这一番反思之后，大多数人迎来事业的最高峰。所以，中年人对于回忆的态度中包含着更多理性的成分，既有青春年华流逝的伤感，也有为了更好地行走在未来人生道路所做的思考与规划。

“夕阳无限好，只是近黄昏。”虽然不愿意承认自己已经老了，但生理规律是任何人的意志无法抗拒的。除了生理器官上的衰退，个人社会价值的认同感也逐步降低，这也是部分人在退休之后，无法适应闲暇的突然“笼罩”的主要原因。这时，老年人的内心还剩下一大堆需要进一步整理的、年轻时代的回忆。回忆给老年人带来时间上的充实感，让他们感受到自己曾经轰轰烈烈地爱过、恨过、享受过、痛苦过、快乐过、忧伤过……几十载风风雨雨，已经被浓缩成一个个或美好、或凄凉、或激动人心、或懊丧不已的片段。老人们小心翼翼地捡拾起这些碎片，像呵护着无价之宝一样珍藏在内心中。不过，老人们的回忆已经回归到纯粹的本源，不带有任何功利的目的。过去的恩恩怨怨、是是非非、利害得失，早已经物是人非，老人们已经不大愿意再将情感投注到上面。更多的时候，他们就像孩子一样，静静凝视着过去的岁月，好像在欣赏一部精彩的影片。

时间能带走的，只是客观有形的物质，却带不走人们的记忆。回忆将生活的底片洗成了灰色，等待着人们的重新解说。也许，记忆中那个令你爱得刻骨铭心和恨得切之入骨的人，都已经蜕变成一个个简单的符号，就像无机物一样，没有特别的意义。

不知不觉中，已经走到了这条小路的尽头。对于现在来说，刚才的所思所想又成为我记忆中新的碎片。望着悠长的小路，我感慨万千——这条小路好像代表着人生之路，行走过程中没有精力去思考和回忆，只有等到回望时才能领悟到很多人生真谛。

又走在另一条路上，也许新的生活已经在不远处等待着我……

活过很多次

曾有一只猫，它活过一百万次。在它循环往复的生命历程中，曾是国王、水手、魔术师、小偷、老婆婆、小女孩养的猫……

它的死法千奇百怪，被乱箭射死、被水淹死、被锯成两半、被狗咬死、被勒死、自然死亡……生时，每一个主人都对它很疼爱，死亡的那一刻，主人们也都留下伤心的泪水。它看似很幸福圆满，不必为生存担忧烦恼，不必为食物奔波忙碌，就连死后都有人帮其埋葬、料理后事。可是，猫却并不快乐。很多次生命历程中，每一次都不能做真正的自己，都不能自由安排最终的命运走向。没有因为每次死亡而落过一滴泪，因为生前不值得留恋，短时间内也可死而复生，死在它眼里变得很微末。

生命轮回多次，每次都停留在猫这个形态上，连它自己都感到有些腻味了。终于有一次，它不再附属于任何人，而是一只自谋生路的野猫。上天还算眷顾，给它一副很威武、很英俊的外表。凭借这美丽的皮囊，它成为很多母猫的宠儿。它们围在它身边，有的送大鱼，有的送上等鼠肉，有的送珍贵礼物，有的为它舔毛，猫却看不起这些顶礼膜拜者。因为在此前很多次生命中，类似场景经历过无数次。

最终，来了那只白猫。起初，白猫显得十分冷淡，好像一位高贵的冰美人。猫走到它身边，告诉它自己活了很多次，得到的只是白猫轻描淡写的一句："是吗？"这只白猫，敢藐视自己，它并没有生气，想通过某种方法让它对自己产生敬佩。为此，它表演了空翻绝技，那是在马戏团学到的。白猫依然不为所动，依然是这么冷冷的。它终于不再那么孤傲，说了一句很平实的话："我可以待在你身边吗？"白猫说："好吧！"就这样，这只猫从此一直陪伴在白猫身边，它们拥有很多可爱的小家伙。这只活过很多次的猫，再也不提当年之勇，爱白猫和小猫们胜过爱自己了。岁月流逝，白猫越来越老，终于在某一天安安静静地走了。猫第一次哭了，哭了很多天。泪水被它哭干，进而是红色的鲜血。几天后，它一动不动地躺在白猫的身边，自那以后再也没有活过来。

最后一次生命终结时，猫儿终于找到属于自己的幸福。那只白猫升华了它的灵魂，让它感受到生命的珍贵，不必在无奈和乏味中继续轮回。虽然它活过很多次，但每一次都是形同嚼蜡、索然无味，因为不能自主地去生活、自主地去爱。没有爱的生命是苍白的，而没有自由的生命更是无奈和苦涩的。

活过很多次代表生命的长度，而幸福与否取决于每一段生命历程的质量。行尸走肉的人生、枯燥乏味的人生、备受压抑的人生，即使活得再长久，也只能是一种煎熬。活出自己的精彩、活出人生的滋味，绝对比那种赖活式人生要增色不少。和相爱的人在一起，自己爱着对方，对方也爱着自己，哪怕经历太多的曲折和苦痛，回望时也是一种甜蜜。做自己喜欢的事，同时还能成为谋生的手段，这样的人生旅程令人艳羡。

不应该去刻意追求生命的长度，而应探索生命的厚度与质量。只要活出人生的味儿，能自主地决定人生的走向，我们就不会感到遗憾。

我愿展开宽厚的翅膀，飞向那片充满爱与激情的天堂。相比这一点，活过很多次的诱惑只是一片浮云……

青春感悟

前段时间，影片《致我们终将逝去的青春》在各大影院热映，勾起“80后”一代对于青春的集体怀念。我也是“80后”群体中的一员，对于影片所反映的主题深有同感。面对即将流逝的青春，我的内心有着太多的感慨与惆怅。

还有不到一个月的时间，我就将迎来自己29岁的生日。倏忽间，20岁生日的烛光似乎还在眼前隐约可见。那个盛夏的晚上，很多亲人陪伴着我度过这个重要的时刻。在众人的祝福声中，我携着勇气踏上了青春奋进的道路。完成大学学业后，我又在千军万马挤独木桥式的竞争中获得这个令人艳羡的职位。崭新的生活图景，就像书页一样在我面前缓缓展开。我怀着虔诚的心情，认真地阅读着社会这本大书。不过，骨感的现实很快就让我脑海中丰满的理想变得支离破碎。我整天消耗在琐碎、枯燥的工作中，激情就像潮水退潮一样潜伏到心灵的最深处。此后几年，我就在这习惯性的麻木中度过。

我的思绪又回到现在，没想到自己也是即将奔三的人。一旦年龄由2字头变成3字头，或许青春就会像袅袅炊烟渐渐飘远。看着青春骑着快马从我身边疾驰而去,我只能目送他矫捷的身影渐行渐远。

席慕蓉在《成长的痕迹》一文中写道:“很多愿望,我想要的,上苍都给了我,很快或者很慢地,我都一一地接到了。而我对青春的美的渴望,虽然好像一直没有得到,可是走着走着,回过头一看,好像又都已经过去了。有几次,当时并没能马上感觉到,可是,也有几次,我心里猛然醒悟:原来,这就是青春!”

青春,就是这样让人捉摸不定。只有当回望过去的精彩时,才知道青春曾经来到过我们的身边。因为身处青春时不懂得欣赏,我们的内心留下遗憾,感觉自己没有充分享有青春带来的美好。每次和同学聚会,都会聊到那时的校园时光。大家的想法几乎都和我相同,那就是校园生活是多么美好啊!而遥想十年前,我们都还在抱怨学业负担重、学习压力大、考试竞争激烈。于是,我们用文字抒发着对于教育考试制度的不满,甚至感到自己是天底下最苦命的人。可是,这种想法随着踏入社会发生彻底的改变。

无休止的加班、老板的苛责、客户的刁难、业绩考评的压力……这些元素充斥着社会人、职场人的生活。不付出不可能有回报,付出了也不一定有回报,彻底颠覆我们以前的思维模式。明知道这样的生活模式在危害着健康、猎杀着幸福,我们却不能加以拒绝。因为有房贷、车贷、家庭开销等巨大的生活成本,它们就如同一个个深邃的大坑,等待着我们用汗水甚至血水去填平。我们只好像蚂蚁或工蜂那样,辛勤地劳作在一间间格子中,苦熬着宝贵的青春。

不过,青春也不完全是灰色的记忆。每当过了繁忙的季节,我总会给自己的心灵放一个长假。收拾好行囊,邀上三五好友,踏上远行的旅程。金色的海滩上,我们像孩子一样赤脚狂奔,让奔腾的浪花亲吻我们的脚踝;秀美的青山绿水中,我们恣意地呼吸着新鲜的空气,微微的清风吹散我们的心事。我们在空旷之地大声地呼喊着、尽情地嬉闹着,重新找回那个纯真的自我。

或许,我们不应该因为青春正在逝去而难过。正像《成长的痕迹》一文中所说:“也许事情总是不一定能如人意的。可是,我总是在想,只要给我一段美好的回忆也就够了。哪怕只有一天,一个晚上,也就应该知足了。”不要对未来发生的情况过度的担忧,因为你的忧虑并不会改变青春逝去的现实。更重要的是把握好当下,让现在的快乐成为明天你的美好记忆。与其纠结于青春何时结束,不如拥有一个高质量的青春,让笑声成为你青春的主旋律。

如果说生理上的青春是有时间年限的,那么心理上的青春却可以长期拥有。保持一颗年轻的心,其实你就从另一个层面占有了青春。相反,如果外表是翩翩青年,但是内心的理想与激情却早已破灭,你和垂暮之年的老朽又有何区别。我曾经看到一位作家对写作经历的一段自述,他说自己完全沉浸在作品的情节中,好像蜕变成20岁的青年。一个多月的时间里,作家几乎都是通宵,从华灯初上一直鏖战到东方吐白,饿了就吃点零食,渴了就喝点牛奶,困了就在电脑旁打个瞌睡。他说自己好像找回了年轻的感觉,他很久没有这样透支自己的身体。有的朋友劝他要注意身体,毕竟已经不是20岁的小伙子,但是他却乐此不疲,他觉得只要心里是20岁,那他就是20岁。

当然,我不赞成作家透支身体的做法。只是我赞同他那颗年轻的心,那是火一样的热情,只要认准一件事,就毫无顾忌地做下去。我希望能够找回这样一种状态。

虽然青春岁月中蕴藏着太多的苦涩与酸楚,但是相比快乐与幸福,这些都只是一片随风飘逝的乌云，很快会被温暖的阳光所驱散。面对即将离去的青春，我也不再迷茫，因为有了这样一份美好的回忆，我的人生早已没有任何的缺憾。

“一句话，一辈子，一生情，一杯酒。”或许，青春就能从这些细枝末节中被我们感悟……

把岁月藏在记忆中

左前方是一个光鲜明亮的女孩儿，牙齿皓白，长发乌黑。扎着的马尾辫，在脑后一晃一晃，荡漾着青春活力。微风牵引着梧桐树叶蝴蝶般轻盈地舞动，追着女孩儿的长发向前漂移，缠绵不去。远处的提琴声若隐若现，像是风儿在耳边呢喃低语。

又回到了校园，既那么熟悉，又如此陌生，物是人已非。蓦然回首间，离开象牙塔快十个年头。那年夏天，很热，阳光很炽烈，火一般的激情。刚跨过高考沟壑，被抛入无边的自由境地，有迷茫，更多的是欣喜。常常在林荫小道上漫步，轻轻地嗅到泥土的清香，野花的芬芳，还有那满眼的绿色。走累了，在路边长凳上坐一会儿，看河中的黑天鹅嬉戏，抑或更加懒散，躺在一大片草坪上，头枕着青草，眼望着蓝天和云朵。"宠辱不惊，看庭前花开花落；去留无意，望天空云卷云舒。"倏然间，我似乎有了贤士的风骨。脑中，飞舞着一些胡思乱想，那是一颗无拘无束的灵魂在躁动。在校园内，我可以毫无顾忌地去想、去念、去思、去忆。不会迎来嘲笑声或鄙夷的目光，因为周围都是单纯的身影。就在思想不停的舞动中，岁月的每一天也就这样静静地翻过去，好像一页页书籍，经过后会留下些什么，又留不下什么。

还是一个热得难耐的夏季，这次是别离、是忧伤。越是珍贵的东西，只有在失去的时候才充分显示它的价值。比如大学、比如青春，这个曾经被无数次吟咏、无数次吐槽的词汇，握在手里时，我是那么的不屑，就像一个亿万富翁，肆意挥霍着手中的财富。一旦意识到快要挥手作别，我才蓦然醒悟：一个悲怆带着苍凉的时刻到了。

捏着手中的毕业证书，这只是一张很薄的纸片，却承载了太多的岁月。从背上书包的那一刻，生命的意义似乎就在为了获得它而不断努力。当十多年光阴被踩在脚下、这张纸片为我所拥有时，一切的意义和价值似乎在一瞬间被掏空、被清零。我是与一个时代告别，这个时代承载着太多的梦想、太多的激情。过去慢慢成为一个黑点，心在此时却静下来。将自己拾掇好，向着未来自信地走去。

这些美丽的日子，可以感觉到它就在身边潺潺流过。弹指之间，去年岁末与今日相隔已是万水千山，而失去的岁月，其实就在昨天。

幽微的阳光照在手心上，分割成一块一块，每一块都曾是一段令人难忘的日子。过去安静地躺在那里，等待着我去回忆、去追念。拿生命中绚丽的阳光，在心间如潮水般蔓延开来，照得我通体明亮。

时间不为任何人停留，我们唯有追随。新年叮当的钟声，像是茶香一般的温馨而妥帖。那些未可知的岁月，同样令人快乐而期待。

把岁月藏在记忆中，等待空下来的时候，再小心地翻出来，由此把自己的人生充实。有过去可供自己翻捡，这样的人生注定不会让人失望。

缘　分

在这个物质、浮躁的年代，我还是相信缘分的存在。无论别人怎么看待这个虚无缥缈的东西，我依然会做一个最为忠实的观众，看着缘分在人生的舞台上尽情表演。

缘分，是一个让人憧憬的美丽词汇。因着它的牵线搭桥，将两个本来不相关的人联结在一起。在缘分的牵引下，两情相悦的青年男女渐渐找到属于他们的真爱。相识的过程也许是偶然的——可能是街上的偶遇，可能是醉人的回眸一笑，可能是一个不经意的举动……不过这随机性的背后，却蕴藏着必然的东西。一切似乎早已注定，将这对男女一步步引到这条幸福的道路上来。无论相隔多远、无论分别多久、无论经历多么大的困难，他们会义无反顾地走到一起。这真是一个美妙的化学反应过程，体内的荷尔蒙产生着当今科学暂时还难以解释的变化。缘分带来一首首动听的爱情婚姻赞歌，也留下一段段可歌可泣、催人泪下的人间情话。

缘分，只能是一个主观上的感受，很难进行自然科学所采用的理性分析。缘分到了，就是感觉到了，多一分不行，少一分也不行。两个有缘分的人，必定是心有灵犀，能够感受到对方的所思所想。常常是一个会心的眼神，就能够完成一次心灵的交流。因此，缘分不仅仅属于男女之爱，更常见于兄弟之间、亲属之间、朋友之间。因为缘分，我们可以为他两肋插刀、赴汤蹈火。因为缘分，我们可以不计个人的得失，将自己全部的关爱倾注在对方身上。人性的光芒在缘分中得到升华，一个个微小却伟大的灵魂点亮了历史的星空，引得后人们驻足仰望。

缘分总是一个来去匆匆的神秘人，它总是在不经意的时候来到我们的身边。问题的关键在于，我们能否把握住缘分。相信很多人都会有一种缘分稍纵即逝的感觉，就像那段经典的电影台词所说："曾经，有一份真挚的爱情摆在我面前，我没有珍惜，等到我失去的时候才后悔莫及，人世间最痛苦的事莫过于此……如果上天能够给我一个再来一次的机会，我会对那个女孩子说三个字：'我爱你。'如果非要在这份爱上加一个期限，我希望是……一万年！"因为无法把握住缘分，让很多人留下难以抹去的伤痛。所以，我们要珍惜身边每一段或大或小的缘分。

缘分也是有时间性的，过了设定好的"保质期"，它就不再像原初那样光鲜。当缘分到达尽头之时，我们应该尽快从这种阴影中走出来。人生终归是南柯一梦的徘徊，每一个驿站，总有人遇见，总有人会离开。踏过的旅途，凄清而摄人心魄的艳美，一场繁华的轮回。当爱成为一本厚重的隽文，每一个曲折离奇的故事，每一段刻骨铭心的思绪，每一个时光的轻叹，需要我们去读懂和参透。当那个人被遗忘在这纷扰中，我们是否会回看这灯火阑珊的红尘，是否会停住脚步，为我画一场风雪中的凄绝，幻化成苍白的字眼。终究还是诉不尽我所有的残香满楼，终究还是笔墨不了一场古道柔肠，纵使这身后的悠然韶华满腹情殇，也不过你眼中的尔尔。

珍惜缘分吧！让每一段缘分都能开出美丽的花朵，这样我们的生命才会熠熠生辉。

行走在旅途中

人生的旅途中，每个人都在匆匆地行走。起初，我们还知道自己出发的起点和需要到达的终点。但是行进一段路程后，发现自己迷失了方向。我们依然只顾赶路，已经没有停下来的勇气。

我经常会在节假日外出旅游。旅行的本来目的，是寄情于山水之间，放松个人的身心。每次旅行之后，总是感到些许惆怅，觉得缺少一些“元素”。为了不给旅行留下遗憾，总会在每一处景点拍照留念。照片拍了不少，但是它们根本起不到记录的功能。望着电脑里一大堆效果不佳的风景照或人物照，我常常想将其删去。或许，我本来可以有更多闲心欣赏自然的美景。但是，我却将宝贵的时光浪费在摄影上。虽然可以带来成就感，但是如果要以牺牲亲近、感悟自然为代价，我宁愿选择关闭相机。

现实中的旅行还可以再来，但是人生的旅途只有一次，如果错过了，很可能无法再次邂逅那些经典时刻。年幼时，幼小的心灵常常会许下许多美好的愿望：我想成为科学家、作家、教师、宇航员、学者……儿时的梦想总是那么纯洁与伟大，虽然有些幼稚，但是那毕竟是一个明确的方向。终于有一天，我们变得成熟、变得理性了。大部分人选择了遗忘，将童年的理想远远抛在脑后，最终走向“平庸”。还有一部分人继续坚守着梦想，不断地努力着，希望登顶的那一天早早地到来。虽然这些人在不断前行，但困难也是如影随形，远处的“顶峰”依然在静静地看着“奋斗者”。这时，这些人中的绝大部分又感到迷茫，他们试图对外来的“干扰”进行抗争，但是没有成功。为了让自己不再如此痛苦，他们成了第二批“逃离者”。

这时，极少部分人度过了极为痛苦的“高原反应”，继续在“风雪交加”的恶劣环境中迈出坚实的步伐。终于，他们到达了众人梦寐以求的顶峰。仰望苍穹，这部分人感觉自己真是不虚此行。但是此时，他们体会到“高处不胜寒”的感觉。终于，下山的那一刻到来了。带着成就感，当然也夹杂着一丝遗憾，他们走在下山的道路上，虽然没有登顶时的荣光与鲜花，但是已经无愧于自己的人生，为自己短暂的生命附加了别人难以构建的意义和价值。

当然，我们应该对这些时代的弄潮儿表示崇敬，不过他们毕竟是少数，绝大多数人没有享受的福分。那么人生是否就没有意义和价值呢？不是。虽然可能在平凡中度过短短数十寒暑，但是同样可以实现属于自己的精彩。我们要做的，就是尽量将自己的潜能发挥到极致。同时，我们在人生的旅途中，应该经常暂时停下自己的脚步。看一看周围美丽的风景，重新核对一下前行的坐标，不断地向着自己的顶峰进发。

旅行是一门遗憾的艺术，所以人们才期盼下一次旅行的到来。人生中也会留下很多遗憾，因此这才不断鞭策我们不断努力与前行。遗憾既可以是一种客观存在，也可以是一种内心感受。当我们年老时，可能会为年轻时的某些决定而后悔——当时的我们由于“不识庐山真面目，只缘身在此山中”的缘故，不能明了自己的选择可能给人生之路带来什么。不过，“谋事在人，成事在天”，人生中既有必然性，当然也夹杂着很多的偶然性，譬如机遇、贵人相助等。很多情况下，偶然性决定着我们的人生轨迹。人生就如同一盘暂时没有结局的棋局，我们只要考虑己方的棋子的运行，至于对方可能的布局，或许只有上天才知道。

又一次踏上了新的旅行，当然，这只是我人生旅程中一个小小的插曲。这次，我将在旅行中更多地走近自然，更多地倾听自然的天籁。或许，仍会错失很多美好的风景，但是我不会再感到遗憾……

落　叶

“无边落木萧萧下，不尽长江滚滚来。”看着片片落叶从树上飘落，内心涌起岁月流逝的哀愁。“岁月不复来，一日不再晨。”时光让树叶从绿色变成枯黄，可落叶并没有悔恨，因为它们有过青春和精彩。

如果落叶有一颗会思考的心灵，一定会记起发芽的那一刻。“东风好作阳和使，逢草逢花报发生”，那是一个充满希望的季节，万物都在暖阳和微风中生长着、萌动着。在雨水滋润下，一颗颗嫩芽为光秃秃的枝丫增添了无限的生机。它不断地向外舒展身躯，终于覆盖了整棵树的顶端，这时，盛夏的脚步已越走越近。烈日的炙烤下，树叶将凉爽留给赶路的行人。和着自然的节拍，树叶不停地舞动着，婆娑的身影让已经凋谢的花蕾感到自惭形秽。但是，盛极而衰的周期律却在此时上演。风变得越来越有力，树叶开始明白，自己的使命已经完成，谢幕的时刻或许马上就要到来了。拒绝了树干的挽留，树叶重新回到了大地的怀抱。“落红不是无情物，化作春泥更护花。”在众人的脚步下，落叶融化为下一个春天的养料，助推着万物的轮回。

心疼地捡起一片落叶，茎秆已经变得模糊不清。不过，表面粗糙的纹路，还是告诉我曾经历春天的乍暖还寒、夏季的疾风骤雨。经历了太多的考验，这才铸就百折不挠的性格。现在，它已经安静地回归到生命的本源。不过，更多的同道者又将在曾经走过的道路上继续前行。缓缓地将它平放在带着湿气的泥土上，因为这是它力量的来源。

我想，最该感谢落叶的，应该是整棵大树。树干是整棵树生命的灵魂与核心，树叶只是它的护卫者。但是，漫漫严冬，树干无法为这些护卫者输送足够的养料。为此，它含泪向它们作别。正是因为落叶的牺牲，那些千年古树才历经岁月的峥嵘、承受血与火的洗礼。如果树干能用言语表达自己的情感，它一定会将一声诚挚的“谢谢”送给落叶。这时，我想到自己成长的经历。每次经历成长的低谷时，总有很多人为我在默默的付出，甚至做出一些牺牲。但是，我却没有回报这些人的付出与牺牲，甚至连一声谢谢也没有说出。看到了落叶，就想到帮助过我、在我成长中为我操心的父母、亲人、朋友……这些人实在太多，以致无法一一列出。可能一辈子也无法报答他们的恩情，只能像树干一样默默地在内心寄存一份感激。

“梧庭多落叶，慨然知已秋。”没有古人那份悲秋的情节，因为秋天是一个收获的季节，它是对一个生命周期的总结与升华。落叶在回归自然中，也收获一份淡定与成熟；它并不理会文人墨客略带忧伤的情感，继续积蓄着力量，等待着在来年春天彻底地爆发……

听　雨

对于下雨天，很多人会陷入忧伤的低谷。阴沉压抑的天空，凄冷的雨水，让生活和工作中集聚的负能量瞬间找到释放的理由。可是，我却喜爱在雨天坐在窗前，静静地倾听雨水的吟唱。

微风卷来漫天的水汽和迷雾，我俨然听到雨水轻盈的脚步。“好雨知时节，当春乃发生。随风潜入夜，润物细无声。”雨水带来生命的希望，当它敲打大地的时候，唤醒了已埋藏整整一个冬天的生机勃勃。“天街小雨润如酥，草色遥看近却无。最是一年春好处，绝胜烟柳满皇都。”满眼的绿色是雨水精心雕琢的杰作，它给人欢愉、给人无限的憧憬。悠长的时光，就这样次第流转，牵引出无数悠远绵长的思绪。窗外依旧在飘着细密的雨丝，我要做的只是放下内心的浮躁，静静地聆听它的曲调。

我的童年是在外婆家的老房子度过的。那里是一大片私房，屋顶是青砖灰瓦。这种屋子冬暖夏凉，尤其遇到下雨的时候，这种感觉尤为奇妙。雨水滴落到瓦片上，发出清脆的声音。渐渐地，雨水就顺着屋檐一层层地流下来。天依旧阴沉着，甚至不时还会响起一两声惊雷。可这丝毫没有惊到我幼小的心灵，相反雷声成为这曲雨水交响乐的鼓点伴奏。雨水从屋檐来到地面，在地上形成一个个小水塘。后续的雨点滴在水塘上，溅起一个个可爱的水泡，就好像一双双孩童顽皮的小脚，在水面上踩出的朵朵浪花。

风雨几载，流年偷换。恍惚昨日还是不谙世事的青涩少年，今日就已一身红尘，满脸的沧桑和无奈。这连绵不绝的雨水，如同内心曾经勾勒过的、色彩斑斓的梦想。每一个梦想诞生的初始阶段，总是那么高大、宏伟，看上去显得如此诱人。可在现实这一巨大的地心引力牵制下，不得不向着地上的水坑妥协，由此泯然于众人。雨点汇入水塘后，就是梦想灰飞烟灭的时候。听着哗哗的雨声，我的心也渐渐地变得迷离起来。

都市的高楼林立，让我没有机会再近距离地接近那清脆的雨声。就好像一件件琐事和世俗，将那个纯真的我渐渐浸润。不过，我依然会在夜半时分，独自倚在窗前，听那雨点敲打玻璃窗的声响。尽管声音生硬了不少，但丝毫没有减弱我的愁思。对于一个满怀愁情的人，即使楼前没有梧桐，房后没有池塘，也没有邻人多事种芭蕉，那雨声也依然很凄苦、很悲凉。

不过，我很快释然了，听雨时不再被忧愁的情绪占据所有的心灵。愁苦和烦恼，或许只是我的庸人自扰。外在的环境，只是一个外部因素而已，绝不会改变一颗莲花纯洁的内心。只要有一颗脱俗的心、一颗本真的心、一颗率性的心，我随时能够听到大自然的天籁。就在听雨的时候，我会放下平日里的工于心计、理性的计算，回归曾经的心灵家园。

雨是云朵的泪，这泪既可以是苦涩的哭泣，亦可是喜悦的另一种表达。听雨时，你的心情会决定你品出哪一种感觉。

在站台驻足

初春的早晨，天气微冷。站台的墙壁上，斑斑驳驳，刻着岁月的印记。铁轨向着远方蜿蜒，告诉你未知的方向。

工作劳累之余，背起行囊，浪迹远方。踏进车厢时，夜已深沉。没多久，车厢内响起阵阵鼾声。怀着出游的兴奋，我久久不能入睡。放眼窗外，只见大团大团的黑色，好像一幅净素的水墨画。枕着“咔嚓咔嚓”车轮与铁轨的摩擦声，我衔着一份欢愉酣然入梦。

阳光洒进车厢，将温暖重新带回身边。慵懒地伸着懒腰，把所有的疲惫瞬间甩到很远。这时，车已停在一座小站。因为等候前方列车，火车要停站25分钟。车厢内空气太沉闷，我拖着有些麻木的双腿，缓缓向外走去。

寒冷而清新的气息，一股脑灌注到体内。久居城市的我，好久没有吸到这么新鲜的空气。我恨不得打开身体的每一个毛孔，贪婪地吮吸着，好像在喝一杯最美的琼浆。刚才还躲在云彩后的太阳，又一次露出灿烂的笑脸。它通体金黄，散发着并不算太刺眼的光芒。

这真是一个很不知名的地方，至少我的记忆中就从来没有出现过这个地名。它就是地图上一个不起眼的小点，甚至很多情况下并不会在地图上被标注出来。作为这条交通动脉的一个支点，很多列车不会将它作为歇脚的地方。就在我发愣的时候，好几列火车从我身边飞驰而过，拖着轰鸣的声音驶向远方，只留下眼睛看不见的尘埃。

不去管这些匆匆过客，我的视线又回到站台。不知不觉中，身边多了很多售卖小玩意儿的小贩。他们并没有用尽全力地向顾客吆喝着，只是轻轻地问你一声，然后就寻找下一个目标。连到了这里的小贩都这么悠闲，看来小站有一种魔力，一种让人们不再焦急的魔力。

站台的墙壁，早已被岁月染成了杂色。两根方形的水泥柱子，扛着长方形的站牌，矗立在由灰石板铺成的站台中央，站牌上黑色的字体，在岁月的侵蚀下已不见当时的鲜活醒目。几株斑驳着绿荫高耸的杨树，仪仗兵一样散站在狭长的站台上。那热烈的姿势，仿佛当火车经过时，便会拍起绿色的巴掌表示欢迎、欢送。粗糙龟裂的树皮，如同暴晒过的稻田一样，发出一阵阵焦渴的呼喊。

欣赏这些景色时，我发现一个老妇，满头的银发，一脸的褶皱。她一动不动，眼睛望着远方。我不禁想起十几年前的情景：考上一所外地高校，我不得不离家。当我已上车，母亲在站台上向我挥手，口中咕哝地说着“出门要学会照顾自己”的话语。每年放假回家，我都看到站台上等候的母亲，眼神中带着极大的渴望。天下所有的母亲，都牵挂着远方的游子。无论他们走多远，这条亲情的纽带都无法割断。

这方小小的站台，将相聚和离别高度地浓缩。它无言地蹲在那儿，或许是等着你们的相遇，或许是看着你们别离。聚与散、分与合，人生的种种图景就在这里上演。很多人希望与相爱的人永远在一起，可是一切的分分合合皆起于缘、终于缘。缘分到了，我们自然会相聚在站台上，看清彼此的面容。一旦缘分终了，我们是否也可以坦然地望着他远去的身影？不要只接受欢乐，是否也应该在生命中留出痛苦的位置？只有懂得承受这样的欢愉与苦痛，我们才算通过人生的考试。从此，不再有所顾忌，生命的曲线又开始成长。在站台上驻足，我仿佛见证一场幸福甜蜜的终结，仿佛看到一颗伤痛的心被抚慰。不需要哭泣，泪水不能挽留时间的足迹。守着头顶上的暖阳，烘烤你潮湿的心。

再有两分钟，火车就要重新启程，我带着不舍离开站台，又一次回到沉闷的车厢中。再过一会儿，我就要上路，去迎接下一个未知的站台。不过有了刚才的思索，车厢不再是一种压抑，因为它就是生活的常态。存在就是合理的，我要去接受这乏味。

有时候，我们需要独处，静静地在站台上驻足，看透生命迸发出的绚烂光泽。有了这种体验，生命就值得回味。

人生/需要停靠站/但愿在我驻足的站台/有一盏明灯/照亮我前行的路……

春日随想

漫长、难熬的冬季，终于开始收拾厚重的行囊，撤退到遥远的北方。和煦的阳光、温暖的春风、争奇斗艳的花草，春天的意象正在广袤的大地上缓缓延伸。人们喜爱春天，陶醉于春天，渴望这美好的景象能够常驻人间。

一阵暖暖的清风，从南方深处席卷而来。它不似冬季的寒风，肃杀着生命，让天地苍穹变得了无生机。它就像一个楚楚动人的使者，唤醒了沉睡一冬的生物。土壤上，枯黄的草儿首先醒来。嫩绿星星点点地破土而出，逐渐汇聚成整片的绿色。树枝上，有的嫩芽张嘴欢笑，接着延展出树叶。春意，在鲜艳的花朵上绽出；春风，把春天的气息静静传播。

耳边传来阵阵鸟鸣，那么清脆、那么自然，欢快地迎接春的到来。每年的同一时刻，鸟儿们重新回到这片土地。整个冬天的离别，让它们归来时带着别样的兴奋。它们成群结队地徘徊在头顶上，画出一条条优美的抛物线，宛如正在跳着一支美丽的华尔兹舞。空中的白云，就像一团团诱人的棉花糖，唤起我童年的梦想。真想飞到高空，将这些美丽的云彩摘到手中。

从大地的复苏形态开始，春天也在描述着春的开始。许多浮尘，亦已见证着心灵崛起的瞬间。不远处的山坡上，映山红已经肥硕。一坡坡一丛丛，铃铛般的花苞正释放着季节的脆响。走进盛开的群花，宛若听到了它们演奏出的交响。河水抖落了身上厚实的盔甲，不知疲倦地流动着，舒张着有些麻木的筋骨。岸边的春红柳绿，似乎只是象征性缅怀着花的走序，一切都在深深的回眸里。

我情不自禁地脱去鞋袜，光脚踩在柔软的草地上，似乎感受到母亲般的抚慰。小草和泥土带来一种痒痒的感觉，春的气息那么真实地贴近肌肤。露珠停留在叶片上，好似一颗颗晶莹的珍珠，久久不肯滑落。不肯滑落的还有春天的色彩，明亮而轻快。不敢太急，徐徐地移动脚步，印下一条清新的痕迹，像是春天不经意抹过一笔淡淡的油彩。陶醉在这美满的春意盎然里，一觉醒来——又是下一个春天！

人们也褪去了有些压抑的冬装，换上了轻便的衣服。田间地头，活跃着一个个忙碌的身影。他们的辛劳，就是希冀秋天能够收获到幸福。农人们赤脚踩在泥土中，翠绿的秧苗被一排排整齐地栽下。他们额头光洁，汗水滴落在土地中。世世代代，他们就用这种最为朴实的方式演绎着自己的生活。这葱葱茏茏的一生，希望和梦想始终雕刻在生命的旗帜上。

还有很多踏青寻春的人，他们卸下平日里的烦恼和喧嚣，在春日美景的面前找寻那个失落的自己。他们欢笑着、蹦跳着、追逐着，没有了工于心计，没有了尔虞我诈，似乎回到了无忧无虑的童年。春日以极大的宽容，接纳从屋里出来舒活的人们。它就像一位智者，见证着一段段或平凡、或非凡的人生。

只要愿意等待，每一年的春天总会在那个时刻到来；而如果你有足够的自信，人生的春天也会在“灯火阑珊处”静静地守候着你。

明媚的阳光照在我身上，柔和的春风轻拂着我的脸庞，还有那满目的春色，这个时刻既是瞬间，亦是永恒，它将永远镌刻在我的心中。

成长，永不停息

草是率性而发的。春风的滋润下，无边无际地生长着，为广袤大地抹上了一层绿色。前面还有几座高山，那里没有肥沃的土壤。倔强的草儿们，硬是征服了那些坚硬的石头。俯瞰脚下，它们带着微笑，悄悄地擦拭身上隐隐作痛的地方。

山上缀满大片的黛绿，很大气、很磅礴的色彩。一切生命，都源于那颗随风而舞的种子。远离母亲温暖的怀抱，它带着留恋和寂寞。可是想到未来的那片新天地，它的心情是欢愉的。顾不上遐思，它的双脚早已触碰到大地。从那以后，它就开始和寂寥、荒凉、磨难做着顽强的抗争。

把脸贴到草叶上，有一种毛茸茸的质感，那是生命最原始的质感。虽然平凡得不起眼，却不庸俗得惹人厌。谛听它们的呼吸，那是平静幸福的心跳。是啊！它们在不断地成长，浩瀚的时空长河中，它们和其他生命体一样，用一份真诚的、热爱生活的心在不停地成长。

它们竟有这样的生命张力，看似孱弱的身躯中，蕴含着不可战胜的能量。甘甜清幽的气息，缓缓地荡漾开来，沉醉了远道而来的阳光，陶醉了远行千里的游人。

我们，不就是默默成长的亿万棵小草中的一员吗？

生命的初始阶段，我们是那样纯粹，没有掺入任何杂质。我们在渴望中成长，在成长中渴望。岁月化作一份份期盼，我们在不断编织梦想中走过一圈圈年轮。成长中，我们的手中不停地接过东西，很多是物质上的。收获渐渐化作成长的意义，却不知这份收获背后隐藏着什么。早已习惯在生活破碎的底片上，收获空洞的场景；习惯在闪着物欲的光环中，枯竭着那条精神的河流。热闹喧嚣过后，头上多了一丝银发，心中却总觉得缺少什么。早已忘却成长的定义，只是一味地在自我设置的藩篱里，绕着毫无意义的圈子。

这就充分验证了一句话，经济基础未必会带来精神上的幸福。这是成长过程中必然会经历的烦恼，每个人都会为此付出一定的代价。只是有的人能很快醒悟，而有的人，一辈子都不曾体会到。很欣赏下面这段话：有的人是面朝外，终生的精力都放在取得社会成就和被他人承认上，向每一个缝隙伸展自己的枝丫，想方设法与各类人攀上关系以备不时之需。而有的人是内视的，他的注意力不会聚焦在外面的风起云涌，而是内心的潮起潮落。“咬定青山不放松，任尔东南西北风。”只要心中有这个“魂”，外在世界的变化都不会在心境之湖上掀起波澜。这才是成长的终极目标，希望每一步，都能向着这个目标不断靠近。

成长是不会停息的，苦恼和烦闷只是生命的一段小插曲，终将会成为记忆中的过去。所谓成长，不就是在生命最本质、最自然的状态中，一种灵魂的超升，一种对梦想图景的追求，一种生命之翼的展翅飞翔吗？

又见这片绿色，我重新看到那个被隐藏许久的自己。

这顽强的草，这厚重的魂，这永不停息的成长！

记忆是一座城

我们每个人心里，都有一座城。那座城，有街道，有熙熙攘攘的人群，有爱恨离愁。只不过这座城，藏在记忆的最深处。

这座城的最底部，是朦胧的、看不清的。那时的我，是那样的柔弱、娇小。响亮的啼哭，带给家人的是愉悦和欢欣。饿了，要哭；饱了，要哭；不舒服了，要哭；舒坦了，也要哭。没有语言的桥梁，哭是与外界沟通的唯一方式。

年龄稍长一些，记忆城堡的轮廓慢慢清晰。不清楚这个时间节点在哪里，或许是一次志得意满，或许是一次黯然神伤。总是一件让自己刻骨铭心的事，把记忆的闸门打开。一件件不寻常的事、一个个鲜活的人物，波涛汹涌地向我涌来。

学生时代的记忆，大多和学习、和考试有关。还好学习上开悟较早，我不会因为解不出题目抓耳挠腮。记得初中时，同班有个学习成绩极差的男生，家长是老师办公室的常客。他不是那种自暴自弃的学生，每天听课也没看他怎么走神。只是他作业完成情况，实在糟糕得很。为了交差，我成了他的“救命稻草”。当时把作业给他抄，还觉得是哥们义气。然而现在回想起来，心里却有一丝愧疚，这是在纵容他，让他学习上更加不思进取。其实，他的动手能力很强。听他说，家里一些家用电器，总被他拆得七零八落，随后还能恢复原样。要是他家长懂得引导，或许结果不会像后来那么糟糕。

三年过去，他的学习成绩稳坐第一名，倒数第一名。和社会青年接触后，他彻底堕落。初三那年，他被警察带走。记得他离开时，看了看我，眼神中有些哀怨和无奈。当时，班里已经没人去搭理他，只有我还和他说说话。作为他仅有的朋友，我却没法救他。只见他瘦长的身影，越飘越远。

高中三年，暗恋一个校花级女生。她美得让人如沐春风，即使不施粉黛，也是倾国倾城。我和她不同班，只能悄悄喜欢她。路过教室后门，都会偷偷张望一下。有一次，我和她被学校派去参加全国物理知识竞赛。为了备战，我破天荒和她在一起复习。她问了我几道题目，深邃的明眸，直溜溜地看着我。或许，这只是我的幻觉。没关系，就让我再多一点时间，沉浸在我自个儿搭建的“两人世界”中。竞赛结束，我和她都获奖了。她为了感谢我，请我去学校对门的麻辣烫海吃一顿。我被辣得嘴唇发麻，所有想说的话，哆哆嗦嗦地缩回去。

高考后，她去了东北一所高校。数千公里的距离，彻底扼杀了我和她在一起的可能性。

大学校园有恋爱最肥沃的土壤。不谈一场轰轰烈烈的校园爱情，枉做一回大学生。爱情，我有了，却不是轰轰烈烈。那是社团招新，我遇到个子娇小的她。她也是来报跆拳道社的。年底的社团展演，我和她搭档表演女子防身术。我这个正人君子，还不知道怎么演“流氓”。她给我做示范，让我慢慢入戏。就在众目睽睽下，我倒在她的拳脚下。

尽管在外人看来很没面子，我却感到很乐意。

然而和所有校园恋情一样，我和她最终无疾而终。离校那天，夕阳染红了半边天。她带着婆娑的泪眼，走了。

很想去抓住城中的人和事，却发现随着时间流逝，他们早已被时光的沙砾掩埋。只留给我，那个虚幻的概念。

记忆是一座城，让我们在夜深人静时，悄悄打开城门，小心翼翼地走进去。不要再想着去抓住什么，那样只会徒劳无获。

赤壁随想

余秋雨在其散文《苏东坡突围》中写道："也不知是东坡成全了赤壁，还是赤壁成全了东坡。"我乘着一叶扁舟，于清秋的早晨，来到这片充满故事和沧桑的土地。曾经的喧嚣都已成为过眼云烟，只有那位文坛大家坚毅的眼神，勾起我的遐想与思绪！

人间道，花前月下两茫茫。赤壁赋，锦瑟年华怎奈何？

正大门的门楣上"东坡赤壁"四个大字，仿佛时光让记忆停留在宋朝。当年的千杯不醉至今只剩残影；那段佳话却是沉吟至今。醉，是一种潇洒的姿势，纵一苇之所如，凌万顷之茫然。所有的风景幻化成一场沉重的话剧，这里有山盟海誓的爱情，也有金戈铁马的凌云壮志，也许，它仅仅是将难忘埋葬。游东坡赤壁，好像经历一次心灵的洗礼。

也许，它只是一个时代的幻影，它只是一个永恒的梦，如针刺在胸口。遥望这里，甚至会有面湖而立的释怀，造物主用他的绝代风华完成了你，却留下了千年垂泪的霓裳羽衣。醉在这里，如梦初醒，红尘其实意犹未尽。

步入大门，楼阁挺立，绿树参天，间有曲径通幽。沿着青砖小路直上八卦桥，迎面是一片宽阔的草坪，青草如茵，流水潺潺。绕过此地过一小桥，便是当年苏轼泛舟之地。池边空地上，耸立着一尊6米高的乳白色东坡全像。东坡先生手执书卷，面对长天，衣衫飘逸，凝神伫立，似在思索宇宙之真谛。

越苏轼像，拾级而上，我来到赤壁最重要的景观——二赋堂。堂上匾额系李鸿章所题，堂前对联系辛亥革命领袖黄兴所撰。该赋堂古色古香，以青砖铺地，给人以久远古朴之感。正堂中竖立的木壁顶梁而立，木壁前后分别刻着前、后《赤壁赋》：前者为楷书，端庄清新，乃清代黄冈教谕程之祯所书；后者为魏书，古老凝重，系近代书法家李开先所书。

当被贬黄州的奏令放在面前，东坡先生只能将满腔的激情，化作笔下不朽的诗篇。“老夫聊发少年狂，左牵黄，右擎苍……”“小乔出嫁了，雄姿英发，羽扇纶巾……”虽然早已不是翩翩少年，但是他依然胸怀天下、心系黎民。站在滔滔的江边，他斟一杯凉酒，仰天长啸、临江而饮，祭奠那些曾经建功立业的英豪，追思已经逝去的岁月。

寻思远迹之间，他不禁顿悟出“哀吾生之须臾，托遗响于悲风，取山间之明月，听江上之清风……”他不再悲观、迷茫，决意脱去官场的华服，选择以朴衣素食为生的自然生活。他的足迹就是他自己对人生最真实的顿悟。在最崎岖的山路上，他点燃了前进的火把；在最寂寞艰辛的为官生涯中，他寻找到了光明与信念。面对人生的困境，他反而更为旷达释然，用豪放的性情和理性的思考，来压制内心深处对人间冷暖和世事无常的感伤。他“大江东去”的豪迈，“千古风流人物”的激昂，“人有悲欢离合，月有阴晴圆缺”的旷达，引发后代无数人的共鸣。他用诗文把自己的人生历程留给了青史，沉淀出不朽的艺术。历史永远记住这个风流人物，他用心灵的月光照亮黑夜的路，用乐观旷达的心态点化人生旅途。

须臾,一场大雨袭来,妄图洗去赤壁的尘埃。山川焕发青春,芦苇依旧坚韧,风拂晓而过,去或不去,它依旧在那里,不悲不喜。我始终能够察觉到赤壁的泪水,那是一种墨一般的气息,酒香飘来这里,与其融为一体。风景依旧,人却不同。歌曰:“桂棹兮兰桨,击空明兮溯流光。渺渺兮予怀,望美人兮天一方。”流光依然是流光,可是美人早已白发苍苍……

我的眼前,似乎出现一千年前那腥风血雨的场景。胜利者的额手称庆、失败者的垂头丧气,都早已蜕变历史的文字符号,空留我们后人的悲叹。

一阵悠扬的琴声似乎透过时空隧道传来,弹琴者羽扇纶巾,带着一份儒雅的风度。面对“皮之不存、毛将焉附”的危局,他的琴声没有丝毫紊乱,略带犀利的眼神,折射出他对于这场生死之战的自信。

天空早已被无数的火把染成了暗红色,巨大的战船被锁链紧紧地连在了一起。一代枭雄曹操站在船上,任由猛烈的风将他的战袍吹得鼓动翻飞。他就像一只伺机而动的雄鹰,平静的眼神中巨浪翻滚。

然而隔江的另一侧,那位弹琴者早已身披战甲、手握重剑。入夜时分,鬼魅般的夜空中明月高悬,洒下了一层银辉。一阵东风袭来,总攻的时刻已经到来。他用低沉厚重的声音发出命令,令早已焦急不堪的将士们兴奋不已。

黄盖的船队向曹操的百万大军疾驰而去,好像一把尖刀向着敌人的心脏刺去。就在曹操意识到危险时,快船已经喷出烈火,携带着一股势不可当的热浪。船上的将士疯狂地砍着铁索,但铁索异常坚硬,竟连一丝裂痕也没有出现。为了逃生,只得惨叫着跳入了水中。刺耳的兵器碰撞声，沉重的铁索声，绝望的哭喊声，伴随着火焰噼里啪啦的脆响，笼罩着战场上的整片天空，久不停息。

火光冲天的场景，慢慢从我的视线中退去。这些都曾在这片土地上真实地发生过，引发东坡先生以及无数后人的感慨。但愿这样的景象，不要在任何一个地方发生，不要再留给我们的后人更多的叹息。

在这残阳如血、沧海如幕的傍晚，我缓缓地离开赤壁景区。回望身后，我似乎又看到东坡先生的身影，同时出现的还有那恢宏的战争场面。这一“文”一“武”的巨大反差，引发我无尽的随想。

短信，曾经美好的回忆

今年过年时，我收到一位高中同学发来的短信。尽管只是寥寥数字，那份亲切感还是油然而生。尤其在短信不再是普通人问候亲友的首选，这份来自远方的祝福更显得弥足珍贵。

短信何时开始远去？或许从智能手机出现开始，或许从QQ、微信等即时社交软件的兴盛开始。因为字数受限制，还要收取费用，短信在诸多平台或软件的围剿下，渐渐淡出视线。

然而短信带给我的记忆，却不会随着它的离去而消失。

我清晰记得，读高二时很喜欢坐在前排的那个男孩子。正巧那时刚买手机，又通过他的哥们儿要到手机号码。放学后完成作业，斟酌很长时间，我把原先近百字的短信内容，删到只剩下5个字：“我很喜欢你。”点击发送时，手指还微微有些颤抖。

随后，就是满怀期待地等待他的回复，迫切不安又小鹿乱撞。过了整整两个小时，他才回复了一个字“哦”。

“哦”是什么意思？是拒绝，还是一种不情愿的接受？整整一个晚上，我就在揣摩这个语义极其丰富的字眼背后，蕴藏着一颗怎样的心。

既然他没拒绝，那就继续用短信表达我的爱意。短信中出现一些现在看起来很稚嫩的语言：“我在教室的门后悄悄观察你，你看书的样子真好看。”“我在文艺会演上唱的歌曲，好听吗？”“我新买一件衣服，好看吗？”

我身上的种种变化、日常生活中的点滴，都想听到他的评论。很希望他能说“你很漂亮”“我也喜欢你”，但他的回复永远是“嗯”“哦”等一些语气词。

后来的短信越发越长，每次都会花上时间去编辑。可是我精心组织的近500条短信，换来他300条“嗯”“哦”。

我和他最终没有确立恋爱关系，高中文理分班后失去他的消息。只有这几百条短信，成为记忆深处忘不了的回忆。

十年后终于听到他的消息，他因为诈骗锒铛入狱。这个消息在无法和那张英俊明亮的面庞联系在一起。好在还有那些短信，我只当没有看到这条消息。

短信不仅会带来物是人非的感觉，还会见证一段段经历时间考验的感情。

我的大学室友莫莫，就是用短信来传递情意的。大一开学前的军训枯燥乏味，不断挑战新生们的体能极限。每天晚上回到寝室，只想着尽快冲个澡躺在床上。

只有莉莉是例外。她回到寝室的第一件事，不是从床底下翻出脸盆，准备好毛巾、肥皂、洗发水、沐浴露等洗浴用品冲向澡堂，而是迫不及待地翻出冷落了一下午的手机，查看来自他的信息。

她能想象出发短信的他，一脸的“猥琐”，被他的室友称之为“贱人”。他比莉莉高一届，是大学新生报到时认识的。

他们经常会在一个晚上，发上百条信息。除了对着破手机傻笑，莉莉还会将这些甜得发腻的文字，一五一十地读给寝室的其他三个姑娘听。

那是一个个很美妙的夜晚，只因有了短信，只因有了这些饱含真情的文字。

后来QQ、微信逐渐流行起来，莉莉和男朋友还是用短信联络。男朋友的家庭条件不是很好，但并不在意每月一笔“不菲”的短信费。

就在他们的婚礼上，他们所有发送的短信被编辑成一个PPT，播放给所有参加婚礼的嘉宾观看。

这是最精彩的VCR，是任何写真集、视频所无法取代的。

莉莉今年28岁，女儿八个月。因为工作繁忙、经常出差，夫妻在一起的时间很少。不过她丈夫将莉莉的微信置顶，她的电话为专属铃声。除了使用微信和各种社交APP，他们还是会不定期地发一条短信。

这份一如既往和不变的初心，见证了莉莉的爱情和青春。感谢短信，让她始终被岁月温柔相待。

除了爱情，其他美好的情感也能在短信的文字中传递。

比如在高三时，我的情绪画出了一条扑朔迷离的走势图。情绪低落时，很想找一个人倾诉。那时候父母工作很忙，身边没有男朋友，原先暗恋的他也换了手机号码。无奈之下，我只好去骚扰哥哥。

哥哥在异地读大学，打长途我有些舍不得。于是，就编辑一条一两百字的长短信发送给他。

哥哥的回复总是很及时，字数常常是我发送内容的两三倍。他在短信中引经据典，将古往今来的名人故事囊括其中。现在看起来，这些内容不过是一些心灵“鸡汤”。不过在当时，“鸡汤”对深陷低谷的我来说，就是在饿得受不了时别人递上一碗白粥。

后来才知道，哥哥在大学里的专业课任务很重，经常在实验室做实验。不过他收到我的短信，宁可停下手头的活计，绞尽脑汁编辑一段能让我满血复活的“鸡汤”。

对于一个理科生来说，要把文字说得顺溜可不是一件容易的事。为了能持续供给“鸡汤”，他只得走近图书馆内，以往很少靠近的文史类书架。

因为在他心中，我就是他最珍贵的妹妹。

那些短信，被我好好珍藏着。

还有很多曾经的闺蜜，现在都已经失去联系，都是在短信里发来长长的问候。哪怕只是很朴实的语言，也能让我温暖好久，让泪水在眼眶里打转。这份纯真，或许在后来简洁的通信工具中再也无法找到。

我最近发送的一条短信是半年前。那是我退订一份套餐业务，发送给一个以 106 开头的号码。

现在的短信，或许只存留于找回某个密码、到银行办理某项业务进行安全验证。昔日带有温情的短信，只剩下工具上的作用。

但这并不妨碍我对短信的怀念。因为它记载着逝去的青春，记载着让人感动得热泪盈眶的亲情、友情和爱情。

每份情感，都需要一份载体。短信就在很长一段时间内，承担了载体的作用。

常常会在闲暇时，翻出那些或幼稚、或纯情、或嬉笑怒骂的短信。因为每个人都要有一个精神家园，尤其是在这个生活节奏越来越快的年代，需要暂时停一下脚步，喘一口气，回归那个精神家园。

感谢短信，见证过曾经的我。尽管已是记忆，但它会用另一种方式继续陪伴我，走完剩余的人生。

心中盛开的百合花

几个月前，我和家人游览了济南红叶谷生态文化旅游区，景区内姹紫嫣红的百合花，像一群身着艳装的云裳花仙子，在微风中曼妙地舞动婀娜的身躯。眼前的一切是那么的自然和谐，让我浮躁的心灵得到释放和洗涤。

眼前的景色，使我不由自主地想起记忆深处的那个女孩，她标志性的微笑一直印刻在我的脑海中。或许，她本身就是一朵散发着幽香的百合花，在我的心田里静静地绽放……

第一次和她相遇的时候，我还是一名大一新生。那天，从图书馆自修出来，天色已经有些昏暗。我的肚子早已唱起了“空城计”，于是我步履匆匆地去食堂解决“温饱问题”。

路上，我看到校园内的商业街上新开了一家花店，很多鲜花摆放在门口，微风拂过，传来阵阵清香。这时，一个20岁左右的女孩出现在我的视线里，她长得很清纯秀丽，似乎刚被清水过滤一般。她穿着一件白色的连衣裙，这身装扮将她的皮肤映衬得更加白皙。她瘦弱娇小的身材，让任何见到她的人顿生怜爱。落日的余晖照在她的身上，好像是一朵盛开的百合，阵阵清香悠悠地从她的身上散发开来。一切都是那么的美好、那么的宁静！此时，她正热情地招呼着顾客。光顾花店的，大多是有了心上人的男生，他们买花都是为了让女生开心。女孩精心地为男生们挑选着鲜花，似乎那些鲜花是送给她自己的。男生们心满意足地拿着花束离开，女孩则用清纯的目光送着他们远去的身影，眼神里充满着幸福……

这样一位百合花般的“花仙子”，完全将我的注意力吸引了过去。这时，她发现我在一旁痴痴地看着她，脸上荡起了一丝红晕。她很快意识到自己的责任，招呼我说：“同学，你不想为她买一束鲜花吗？”

我礼貌性地说：“谢谢，我暂时不需要。看得出，你很爱鲜花，否则你不会这样精心地呵护它们。”

女孩轻声地说：“你过奖了。我只是觉得，花草也像我们一样，它们的生命同样需要我们去尊重。每次我在照料它们时，我似乎能够听到它们在悄悄地诉说着感激。”

我被女孩这句诗情画意的话语打动了，多么单纯的女孩！她竟然能够听出花草发出的声音！如果没有对花的挚爱，她能够有这样的感受吗？

我让女孩为我精心挑选一束百合花，谎称是送给我的亲友。能够看到她瘦削的背影，我感到很满足。鲜花在她的拨弄下，似乎也带有了灵气。我还特地买了一个花瓶，将买回的百合花小心地供养起来。花瓶中的百合花就像这个长相清秀的女孩欢迎着我。我静静地凝视它，枕着它的芳香进入知识的海洋……

从此，我和女孩成了朋友。通过闲聊，我知道她来自一个贫困山区，目前正在另一所高校求学。为了补贴学费，她来到这家花店兼职。薪水不是很高，不过能够基本满足每月的生活。花店的工作有些枯燥，可是她却做得有声有色。花店的玻璃橱窗，总是被她擦得一尘不染，就像她那颗美丽的心灵。有时，我问她会不会对日复一日的工作感到疲惫。她便反问我：“天天都可以闻到花香、看到花朵绽放，又怎么会累呢？”

那天，我第一次在她的脸上看到了忧伤。我问她原因，她说刚接到老家的来信，说妈妈得了重病，急需要用钱。说着说着，她的眼泪流了下来。我掏出了身上所有的钱，递给了正在落泪的她。她怎么也不肯收，并对我的好意表示感激。最后，我把这几百块钱硬塞到她的手里，她才没有拒绝。不过，她还是让我留下了地址，等她有钱以后，一定会还给我。

几天后，她就从花店消失了，取而代之的是一个有些木讷的男生……

再次走进花店，我感到一种怅然若失的感觉，眼前依然闪现着她的身影。我询问她的去向，那个男生的脸上写满了疑惑。我依旧买了一束百合，好像希望从花中看到她的倩影。

或许，她只是一个过客，只是在有限的时间段内点亮我的星空，而我的心却一直惦念着她……

三年后，我面临大学毕业。由于求职的艰辛，工作还没有着落，这让我焦躁不已。这时，我收到一张汇款单和一束百合花。汇款单上的数字就是我借她的几百元，而淡雅的百合花散发着沁人的幽香。

那个身影又出现在我的眼前，手中拿着一束美丽的百合花款款向我走来……

我迎着她的方向走去，突然她的身影变得模糊，随后像烟雾一样消散在空气中……

我的思绪又回到了眼前的花丛，百合花正在将它们最美丽的一面毫无保留地展示在游人的面前。而我的心里也有一朵纯净的“百合花”，我会为这份美好守候着，不会轻易地放弃……

母亲，请你慢些老去

小时候，总是对那些神魔鬼怪心存恐惧。现如今，这些鬼魅之事不会再勾起什么畏惧，可我依然有害怕的东西——那就是怕母亲一天天变老，最终离我而去。

母亲把所有的爱都倾注在我的身上。下岗之后，她打了两份工，工资所得全部补贴家用。好几次，她都晕倒在上下班的路上。尽管母亲如此拼命挣钱，家里的经济条件依旧十分拮据。她只能扳着指头过日子，可在我身上却不吝啬花钱。每每想到这一点，我心中就带着一丝酸楚。母亲把大好青春年华，都奉献给这个家庭、奉献给我。

我工作的那一年，母亲正好到了退休的年龄。她终于可以从繁重的工作中解脱出来，拥有大把可供支配的时间。我对母亲说，以后这个家庭的重担落到我身上，您就等着享清福吧。好几次，我让母亲出去旅游，她都因为怕花钱而一口拒绝。在她眼中，尽管我已经工作，有了一份稳定的收入，依旧是一个还没长大的孩子。她还在为我的终身大事操心。要办成这件事，需要积累相当的物质基础。母亲只能继续抠抠搜搜地过日子，从牙缝里省出一分一毫。就连我每个月孝敬她的钱，她也分文未动,替我在银行里存着。她说这是传统,哪个母亲不希望儿子未来生活幸福呢?

每天晚饭后,只要时间允许,我都会陪母亲在小区周围散步。从前,都是母亲走在前,而我急匆匆地跟在后面。现在这样的先后顺序发生了变化,母亲的步子开始跟不上我。我只能等在前面的路口,看着母亲缓慢地挪动着脚步。“人老腿先老。”或许这就是母亲衰老的标志。可她还不到六十岁!外面七八十岁的大妈,还在公园或一些开阔地上畅快地跳着广场舞,而她却出现未老先衰的症状!一阵清风掠过,将母亲的头发轻轻吹起。以前母亲一头飘逸秀发,如今已是半黑半白,而且白发大有盖过黑发的趋势。从外表上看,母亲比实际年龄要老上十岁。这是她长期操劳的结果。她为我这个不大懂事的孩子操碎了心!

母亲的记忆也在迅速衰退。很多事情,没过一会儿就会从她的记忆中消失。好几次,她茫然地站在房间中,不知道自己进来做什么或找什么。遇到出远门,我一定要有很好的耐心——因为不可能一次就能顺利地从家中出发。常常刚到小区大门,母亲会突然想起忘了什么东西在家里。气喘吁吁地回去取来,却发现又把另一样东西落在家里。

再过二十年,母亲的状况会更加不如现在,我真的很难想象这样的境况。我只能在心中慢慢企盼,这一时刻晚点到来。因为处在事业发展的关键阶段,经常加班的节奏让我有种窒息的感觉。不过即便如此,我还是抽出有限的时间,多陪陪生活有些空虚的母亲。她并不缺物质上的东西,但是需要来自我的精神上的慰藉。

我害怕失去母亲,因为她是我最亲的人。请您慢些老去,好让我有更多的机会表达孝心。

·三十年后绽放的爱之花

“爸爸，以后这辆车就是你的。”拿到这把车钥匙，“父亲”感动得老泪纵横。就在这一刻，他多年来播撒的爱之花的种子，在儿子的心头绽放，并结出了丰硕的果实。

他叫路易斯，一直没有孩子。他和妻子好几次联系孤儿院，希望领养一个“小天使”。可孤儿院送来的孩子，不是智力有问题，就是身体有残缺。就在这时，杰克走进路易斯的家门。

杰克是路易斯挚友迈克的独生子。迈克的妻子在产子后去世，而迈克则在27岁被查出肝癌晚期。死不会让迈克恐惧，唯一放心不下的是杰克这个孩子。他才2岁，正需要父母的关爱。母亲走了，他又当爹又当妈，结果积劳成疾。一旦他也走了，这孩子谁来照看？他想到了好友路易斯，他们是一起长大的好朋友，把孩子托付给路易斯他很放心。

迈克伸出那双苍老的手，握住路易斯说：“我就要走了，杰克还小，需要人照顾，我把他交给你好吗？”

好友即将离去，路易斯心如刀割，他毫不犹豫地答应了迈克的请求。在迈克的葬礼上，路易斯暗暗发誓：一定要把这个孩子抚养成人。

就这样，杰克成为路易斯的“儿子”。有时候，杰克会问父亲迈克去了哪里，路易斯骗他说父亲去了很远的地方，等他长大后就会回来。他像对待亲生儿子那样，让他沐浴在爱的暖阳中。三年后，路易斯的妻子在一次车祸中意外身亡。路易斯哭成了泪人，他的世界似乎陷入一片阴暗中。只有5岁的迈克安慰路易斯：“爸爸，你不要这么伤心，还有我呢。”这是杰克第一次喊爸爸，他似乎一夜之间长大了。

杰克8岁的时候，路易斯带他去看一次车展。各种品牌的汽车将展会点缀得熠熠生辉。路易斯很想拥有一辆雪佛兰1957年款的汽车，可是当时的经济条件根本不允许。离开展会时，路易斯还频频回头张望那辆展台上的雪佛兰汽车。杰克看在眼里，对路易斯说：“爸爸，等到三十年后您过生日时，我送你一辆这样的汽车。”这年，路易斯30岁。

路易斯根本没有把儿子的话放在心上，他认为孩子只是说说而已。随着时间推移，路易斯早就忘了这个承诺，却一直挚爱这款车。每当马路上有雪佛兰1957年款通过时，他总会驻足站立一会儿，眼神中充满着渴望。直到杰克用力地拉了拉他的手，他才从入神的状态中走出来。

杰克18岁的时候，路易斯把他的身世一五一十地告诉他。为了给他一个充满阳光的成长环境，他一直隐瞒着事实。杰克一下子愣住了，无法接受这个事实。他离开了这个家，这个让他十几年来一直依恋的家。

几年的时间里，路易斯没有杰克的音讯。他认为杰克不会原谅他的欺骗，可能这辈子再也见不到这个孩子。可四年后，他收到一封远方的来信，寄信者是杰克，请求他宽恕当初的任性。他现在大学刚毕业，处在事业奋斗的关键期，所以不能马上来见他。等到他事业有成，他就会回到这个家，感恩父亲多年来的养育之恩。

又过了一年，杰克带着未婚妻凯瑟琳回到家中。更让路易斯没想到的，是杰克兑现了三十年前的承诺。“爸爸，您这么多年来让我生活在温馨中，早已在我心中播下一颗爱的种子。这颗种子已经发芽、开花、结果，今天就是您收获的时节。”此时，杰克已经是一家外贸企业的高管，年薪已近千万美元。两年前，他花了重金买了这辆收藏版的老爷车，因不到时间就一直放着，直到“父亲”60岁生日才送给他。

三十年前的承诺，在三十年后变成了现实。爱的阳光，让人们能够穿过幽暗的岁月，把人生中的苦难与挫折熬成花朵，那是开在心灵深处的善良之花。

101岁女教师重返讲台

安妮是英国一名女教师，80多年前首次登上三尺讲台。现在，她又以101岁的高龄，再次回到这个熟悉的地方，用她身上的光芒点亮一颗颗迷茫的心灵。

她15岁时，母亲身患重病去世，父亲伤心欲绝，喜欢上酗酒，经常打骂安妮和弟弟。有一天他酩酊大醉，口齿含糊地对安妮说："你不要去上学了，留在家照顾弟弟。"安妮坚决地说"不"，立刻重重挨了一巴掌。她哭着冲出家门，路上遇到老师。她跟着老师回家，老师慈祥的目光、香喷喷的饭菜，让受伤的心灵得到抚慰。

父亲把家搬得离学校很远，不过有了老师的关心，她每天步行5英里、倒两次火车去上学。为了不迟到，天蒙蒙亮就从家里出发……

一年后，父亲酒精中毒离开了人世。她和弟弟成了孤儿，老师把她俩接到家里。老师有两个孩子，经济条件并不富裕，可是她宁愿亏待亲生骨肉，也把好东西留给安妮和弟弟。一个念头在心中萌发：长大了我也要当老师，就像老师那样，把这份关爱继续传递下去。

接受两年教师培训后，19岁的安妮开始几十年的教学生涯。她把全部心血扑在教育事业上，如同一位精心的花工，温润、栽培每一株幼苗茁壮成长，铸就学生们善良、宽厚、正直的品质。她教出很多优秀的学生，有的成为政界名人，有的成为商界领袖，有的成为学术界的翘楚，更多的普通人则热心公益事业，为社会做着力所能及的贡献。

60岁时，安妮从教师岗位上退下来。丈夫在两年前过世，儿子移民去了美国，她独自一人生活，不过日程表排得满满的。免费辅导贫困学生，为学校做公益讲座……岁数上去后，她不得不离开心爱的讲台。101岁时，安妮住进盖茨黑德养老院，每天有专人照料生活起居。

这天下午，一位中年人来看望母亲——和安妮同住一屋的室友。中年人是一家非营利组织的负责人，最近在搞一个帮助失业人员的公益项目。由于筹措到的资金有限，不能支付给任课老师报酬。正是这个原因，一直找不到合适的教师。母子俩的谈话被安妮听到，她步履蹒跚地走到中年人面前说："我教过几十年的书，反正现在闲着也是闲着，你看我行吗？"

眼前银发苍苍的老太太，让中年人很犹豫。安妮这么大的岁数，万一讲课中发生意外怎么办？安妮并不灰心，反复表达想任教的意愿。最后，中年人被这份执着所感动，答应了安妮的请求。为确保万无一失，他做了周密的准备：上课时，派专人守候在教室内，药箱内备着安妮日常服用的药物和其他急救药品。

安妮被工作人员搀扶着走上讲台。教室内座无虚席，只是这些"学生们"都不认真：有的窃窃私语，有的玩弄手机，甚至还有人趴在桌上睡觉。这些人长期失业，成天就想着吃喝玩乐。逼着他们来听课，会心甘情愿吗？

安妮有多年来的教学经验，决心用精彩的讲课内容，把听课者的注意力吸引过来。她不用空洞的理论说教，而是结合亲身经历和名人的事例，鼓励失业者振作起来。精彩的故事，再加上安妮的语气语调，着实让听课者沉醉其间。几次课后，再也没人开小差。很多人都愿意来听课，因为话语中充满百岁老人的睿智。

意外情况，也曾经在课堂上演过。有次课上到一半，她感觉胸口很闷。她强忍着不适，尽量不表现出异常。坚持到下课后，她这才去服药。脸色白得像蜡，学生们都担心她的身体状况，好些人自发送她回养老院。这天下着鹅毛大雪，几位学生拦下一辆出租车，小心翼翼地将她抬进车厢内。到达养老院后，学生们也一路把她背到房间内。看着这些学生的变化，安妮打心眼里高兴，觉得自己的付出是值得的。

这期培训结束后，失业者们都成为安妮的忠实“粉丝”。学员迈克的话很有代表性：“安妮老师的记忆力非常好，而且脑子清楚，她就是一部活历史。当她讲课时，我们大家都觉得是一种享受。她的讲课不空洞，让我明白了未来努力的方向。”

安妮被人们赞誉为“伟大的安妮”，她用几十年的光阴，点亮很多人生活的光明与希望。尤其是她 101 岁还坚持走上讲台，这种无私付出的精神可歌可泣。

带着“纸爸爸”去旅行

“爸爸，我们来到冰岛的蓝潟湖，这儿风景美吗？”

“爸爸，这里是举世闻名的盖歇尔间歇泉，你看整个喷发过程多壮观啊！”

“我们现在身处金碧辉煌的卢浮宫内，这里陈列着从古代埃及、希腊、埃特鲁里亚、罗马到东方各国的艺术品，还有数量惊人的王室珍玩以及绘画精品。”

蓝潟湖畔、盖歇尔间歇泉旁、卢浮宫内，杨金娜动情地对“爸爸”做着解说，泪水悄然从眼角滑落。

金娜的爸爸在17岁时来到美国，曾打过零工，做过些小生意。后来，他经营一家干洗店，一周工作六天，每天工作十几个小时，睡眠不到六小时。干洗店开在唐人街内，当地很多华人都愿意光顾。一家人的生活，渐渐步入正轨。为了这个家庭，爸爸没时间去旅行。好几次，金娜和母亲都劝他休息，可是他一边答应，一边把这茬忘在脑后。

金娜是个懂事的孩子，学习刻苦努力，最终考取了哈佛大学国际金融系。爸爸因为女儿而自豪，为这个和好友喝酒庆祝，甚至喝到呕吐。

此前，爸爸很少沾酒，这次却酩酊大醉。被人抬回家时，嘴里还咕哝着什么。仔细一听，都是对金娜的赞美之词……

毕业后，金娜进入花旗银行工作。她好几次对爸爸说：“我已经有了工作，您老就不要再这么忙碌。”爸爸乐呵呵地说：“傻孩子，爸这么拼命还不是为了你吗？以后花钱的地方很多，趁现在身体还撑得住，我要多挣几个钱。”金娜的工作很忙，没有很多时间陪伴爸爸。每月她会给爸爸 3000 美元，以弥补内心的愧疚。爸爸却把这些钱都存好，一分钱也没动过。

过度的劳累，让爸爸患上了胃癌。拿到化验报告，金娜的心在滴血。生命的最后阶段，金娜请了长假，白天连着黑天陪在爸爸身边。他一天天消瘦下去，不过依旧把笑容留给女儿和妻子。弥留之际，爸爸说出心中的愿望：“这一辈子辛苦劳累，我没有什么怨言。唯一的遗憾，就是没机会出去走走。哎，要是再给我几年就好了。”

爸爸的话含混不清，金娜却听得很清楚。这些话像一根根钢针，直刺她的内心。爸爸过世后，金娜为此一蹶不振。她辞去工作，把自己反锁在屋子中。她在不断地思索，如何才能满足爸爸的遗愿。

无意中，她翻到爸爸的一个日记本，上面记载着他工作生活中的点点滴滴。里面的很多事让她感动，比如小时候自己弄湿了尿布，爸爸竟用肚子上的热量把尿布焐干。还有一次，爸爸看到自己有危险，奋不顾身地冲上去，结果一头撞到床头，疼痛让他从噩梦中醒来。这样的事实在太多，这本日记，仿佛让她觉得爸爸就坐在旁边。

日记本给了她灵感，何不按照爸爸的身高比例，做一个纸质的“爸爸”？她四处寻找爸爸的照片，却发现他近年来很少照相。最终，她找到一张爸爸在公园拍的留影。照片中，爸爸穿着一件灰色上衣，还没有显得那么苍老。她把照片送到数码工作室，一张惟妙惟肖的“纸爸爸”就此诞生。这张薄薄的彩色纸片，在金娜眼中就是爸爸的化身。

她带上“纸爸爸”，登上前往欧洲的航班。为了这次环球旅行，金娜把所有积蓄都投进去。大半年间，金娜和“纸爸爸”去过很多地方，只剩下大半个骨架的罗马斗兽场，依旧以雄伟之气魄、磅礴之气势而著称；巴洛克风格建筑的伦敦圣保罗大教堂，以其壮观的圆形屋顶而闻名，还有巴黎的地标建筑埃菲尔铁塔、数百年斜而不倒的比萨斜塔、史克卡瀑布……世界各国的美景前，都留下金娜和“爸爸”的身影。

很多网友都被金娜的行为所感动，接受媒体采访时，金娜深情地说：“爸爸为我付出了那么多，我却没有在他生前报答，这是我终生的遗憾。现在我就是在完成爸爸的遗愿。他的在天之灵，一定会听到这些、看到这些。”

多留些时间陪陪我们的父母，用最美的孝心华章，回报他们的辛劳，温润他们的心灵。

老伴，让我再温暖你一程

“老伴，你再等一会儿，儿子马上开车接我们回家。”说这话的时候，何大爷的泪珠充盈了眼眶。

何大爷和老伴都是63岁，老家在抚顺，已经在沈阳居住了二十多年。子女们工作都很忙，只有在节假日才回家探望老人。何大爷腿脚不便，还有多种慢性疾病，日常生活都是由老伴照顾的。可是老伴的身体也不好，患有心肌梗死，身上一直备着救心药。每次她去离家较远的地方买东西时，何大爷总是替她担心。好几次，他提出陪老伴一起去，都被她婉言拒绝。

这天傍晚，何大爷一直吃的高血压药快没了，老伴冒着严寒去药房买药。她出门时，何大爷正在家里读报。电话铃尖锐地响起，传来的信息惊得他差点把话筒掉在地上。来不及锁门，他就往事发地赶去。

这是沈阳入冬以来最冷的一天，气温降到了－24℃。走在大街上，寒风像刀子一般刮过行人的脸庞。何大爷顾不上寒冷，顾不上腿脚不便，用尽所有的力气，赶到了事发地点。此时，大约是晚上6点半。

老伴躺在地上，双目紧闭、面无血色。“老伴，你这是怎么了？”何大爷撕心裂肺地叫起来。他不停地摇着老伴，好像想把她从熟睡中弄醒。可是，她再也不可能醒过来。

警察告诉何大爷事情的经过：17 点 40 分，路人看到老伴突然倒地。好心人拨打了“110”和“120”，5 分钟后，救护车和警车依次赶到。一番急救后，老人并没有从深度休克中醒来。就在半小时前，医生宣布老伴已经死亡，死因初步确认为心梗。通过老人身上新买的药，警方找到了药房，再通过会员卡上的信息找到何大爷。警察将新买来的药交到他手中，上面还残存着老伴的气息。

“老伴，你怎么只顾为我买药？你的救心药呢？”何大爷一边说，一边去掏老伴上衣左侧的口袋，发现里面没有药片。原来，老伴出门前忘了带药。都怪自己，为什么不提醒老伴？是自己害死了老伴！

救护车要把老伴的遗体拉走，何大爷说什么也不答应。“我们老家在抚顺，我想让她叶落归根。”众人只得顺从他的意志，他打电话让儿子开车来接他们。

等待过程中，何大爷对老伴讲起生前的点点滴滴：“老伴，还记得我们第一次见面吗？我提早一个小时就赶到，而你却晚到了一个多小时。那天也很冷，冻得我回家就感冒了。不过，这点不算什么，上天把贤惠的你赐给我，我还有什么抱怨呢？”

“老伴，大儿子出生，差点要了你的命。为了节省医药费，你执意不肯剖宫产。儿子折腾了好几个小时，才来到这个世界。当时，我在产房门口等得都急死了……”

何大爷不停地说着，紧紧抱着老伴，不时整理下老伴的头发，搬动下老伴的腿。老伴的嘴没闭严，他轻轻用手帮她把嘴合上，还抚摸她的嘴唇。何大爷出门时没戴手套，不到 10 分钟双手就冻得发红。周围的路人纷纷劝他："大爷，这天儿太冷了。人死不能复生，你再待下去自己就会出事的，快点起来吧！"可何大爷只是点点头，嘴里嘟囔着："没事，不要紧，我再陪陪她，一会儿车就来了。"

20点39分，何大爷坚持了两小时后，一辆黑色桑塔纳停在他身边。车上下来一位中年人，脸上带着无尽的哀伤。儿子小心翼翼地将老人遗体抱起，缓缓送入车内的座位上。在众人搀扶下，何大爷花了近一分钟才颤颤巍巍站起来。由于长时间坐着，已被冻得浑身僵硬、脸色苍白，走路一瘸一拐。

车内，何大爷依然不停地抚摸老伴用生命买来的药。望了一眼后排座位上的老伴，泪水瞬间如潮水般涌出……

老伴以生命的代价，表达对何大爷深深的爱。而何大爷在寒风中苦苦等候两个多小时，同样用一颗挚爱的心温暖老伴最后一程。这就是所谓的"死生契阔，与子成说。执子之手，与子偕老"吧。

第四辑

仰望星空

仰望星空纯洁着灵魂。除了物质需求外，更需要一个精神家园。按照宗教的说法，即人的灵魂需要安顿。身处逆境之时，心情不舒畅之时，浩瀚的星空便是我们希望的寄托。仰望星空，我们发现：不值得为眼前的一些蝇头小利耗费太多精力。排除负面情绪后，有助于在此后的工作与生活中轻装上阵。此外，人的存在需要一个终极意义。仰望星空，感到冥冥之中似乎有一双眼睛，监督着我们的一举一动；似乎存在着一双看不见的手，在不经意间拨动人生运行的轨迹。有了对人生本源意义的解释，可以使那颗浮躁的心释然了——因为已经在可控范围内尽了最大的努力，已经无愧于短暂的人生。

不能当饭吃

“这些东西不能当饭吃，不要把过多心思放在上面。”每当孩子热衷于学业外的兴趣爱好时，家长总会及时叮嘱。可怜天下父母心，不应该怀疑父母的良苦用心。可是透过这句话，却看到社会中的一种浮躁心理。

年幼的我们单纯、率性而为，如同一张张没有任何痕迹的白纸。对感兴趣的领域，会像勇敢的探险者一样走进那个世界。可是，现行的教育制度却有意无意地扼杀兴趣的“萌芽”，它已经详尽规划一套成功的模式和途径。如果不走这条“阳关道”，就会被视作异端，承受生命难以承受之重。理想和现实之间，我们只能屈从于现实，因为追逐梦想的机会成本实在太高。只好将“兴趣的行囊”“打包”，并与它们“挥泪告别”。由此，错失了实现梦想的最佳时机，没有在最合适的时刻完成生命旅程的第一次“起飞”。

大学毕业之时，自由选择权终于又交回到我们手中。可刚与梦想这位“旧友”重逢没多久，我们不得不背负起谋生的重担，没有大块追梦的时间和精力。这时，再一次来到理想与现实的十字路口，虽然外界有形的强制力被“撤走”，但无形的压力还是让我们再一次选择面对现实。

伴随着年龄的增长和社会阅历的丰富，我们逐渐舍弃儿时的梦想，认可现有的生活方式。于是，又一个平庸的人在社会中诞生。

上面简述一个人由充满理想走向丧失理想的全过程，这其中有着十分复杂的原因，但最主要的原因就是人们的浮躁与短视。社会衡量一个人是否成功，往往采用一些有形的标准，如金钱、名誉、社会地位等。面对激烈的社会竞争，人们更加渴望获取成功，更加渴望以最短的时间、最小的代价占据梦寐以求的“制高点”。人们所做的一切，包括工作和生活，都是在为成功做着准备。在实用主义思潮的感染下，人们不再思考获取成功以外的那些问题。君不见，书店内励志类、成功类书籍被放在显要的位置，占据了畅销书榜的前列，为作者和出版商带来了丰厚的利润。我并没有诋毁励志类、成功类书籍的意思，因为里面确实传授了一些实用的方法途径。可是，生活中除了获取成功外，就没有其他精彩值得驻足停留、细细品味吗？非也。从另一个角度讲，不过度地执着于成功，也为人生留有一定的退路。毕竟，成功者寥寥无几，我们中的大多数只能扮演绿叶的角色，无法品尝到成功的美酒。这时，我们该怎么办？是自怨自艾、自暴自弃，还是坦然面对、另辟蹊径？如果能想通这一点，身边的很多悲剧或许就能够避免。这时，我们就可以发现：原来很多看似无用的东西，比如哲学等，还是能够发挥很大的作用。它帮助我们渡过眼前的难关，为今后可能的成功吹响了集结号。当然，在春风得意之时，这些“无用的东西”也能让我们时刻保持着一份警惕，不让到手的成功只是昙花一现。无用之物有时能发挥大用，正如道之于术有着天壤之别。“无用的东西”往往属于道的层次，指导着“实用的术”正常运行。没有道的规约，术只能得一时之成功，无法长久地守住已经取得的“成果”。

推而广之，不光个人需要思索某些看似无用的问题，钻研某些看似无用的领域，整个社会、国家也需要一部分人研究这些“无用的东西”。物质发展不是万能的，它不能掩盖精神世界内存在的问题。而要治愈精神领域的“病症”，只有依靠这些无用的东西，譬如哲学、伦理学等。这些东西不能产生实用的、短时间内可见的价值，因而不得不忍受被冷落、被边缘化的处境。由于需要长期坐冷板凳，这个领域内的很多人放弃了手中的“道”，转行到其他有着不菲回报的领域。不应一味指责这些人没有知识分子的骨气和气节，因为他们也背负着买房、供养家庭的重担，需要一定的经济条件作为支撑。问题的关键在于，国家社会需要给这些领域内的研究者一个相对宽松的环境，免除他们的后顾之忧，这样才可以轻装上阵。要改变某些短视、浮躁的心理，给这些研究者更多的宽容和更多的时间，这样才会有更好的学术成果不断涌现，帮助国家社会这艘航船乘风破浪、阔步向前。

“这些书不能当饭吃。”母亲的话又一次在耳畔响起。这次，我不再会简单地向现实妥协。捡起儿时的梦想，在不耽误工作生活的前提下，逐步让它变得现实。或许，这些东西在短时间内是无用的，甚至有生之年都是无用的，但是并不会后悔自己的付出，因为我享受这个过程。

梦中意境

黑夜，给忙碌一天的人们追梦的大好时机。虽然已过了追梦的年龄，但是梦境让我看清潜意识中被压抑的欲求。睡梦中，经常会出现那条带有梦幻色彩的小路，行走在其中，仿佛回到童话的年代……

忙完手头的杂务，终于可以卸下“面具”，重新可以做回那个真实的自我。黑夜给了我一双黑色的眼睛，我却用它来寻找光明。或许在现实中，我无法达到理想中的乌托邦。不过没有关系，梦境提供了充足的想象空间。拉上窗帘，点上一支淡淡的清香，最后关闭灼眼的灯光，我终于可以亲吻梦乡的甜美。

虽然已经入睡，但思维还是有些清醒。我知道，这只是在梦境中，绝不是现实，但这并不妨碍我欣赏周围的风景。旅程是从一片茂密的竹林开始的，竹林碧绿碧绿的，好似一块纯洁的翡翠。空气中，弥漫着一股翠竹的清香。过了那片竹林，就来到一条铺满花瓣的小路。路的两边，各种树木参差不齐、各领风骚。树上开着各色艳丽的鲜花，有我认识的、叫得上名的，但更多的是我没有见识过的。相比刚才竹林中的清香，这里的香味更为浓厚、直入心脾。我完全沉醉在这天国般的浓香中，贪婪地吮吸着香味，好像在品尝一款香气四溢的名酒。一阵清风吹来，树上的花瓣纷纷飘落，有的悄无声息地落到地上，有的扑打在脸庞上。看着在空中肆意飞舞的花精灵，不忍心去打搅他们的舞蹈。对于掉落在地上的花瓣，我更是怜香惜玉，不愿意踩到他们。这时，听到了远处传来了悠扬的竹笛声……

笛声好似天籁，时而急促、时而舒缓。我寻着声音的源头，朝那个方向赶去。想象着吹笛者的容貌，那一定是一位“女神”。终于，看清了她的容貌，果然是闭月羞花之色、沉鱼落雁之容，犹如天上的仙女下凡。只见她身着一袭白衣，脸上略施粉黛，不像现代女子的打扮。对于我的意外出现，她并没有感到任何害羞，依然如入无人之境，制造着悦耳的曲调。不想干扰她吹奏的雅兴，只是在一旁静静地听着。一曲终了，她冲我淡淡一笑，随后身体像羽毛一样飘浮起来，转瞬间消失在眼前。

没有感到任何失落——既然此女子不属于凡尘，又怎会在我这个凡夫俗子面前停留更多时间。她肯将尊荣留在我的脑海中，对我已是莫大的恩赐。继续向前漫无目的地走着，不知道将路向何方……

喜欢这样行走的方式，虽然有些盲目，但这正是人生的终极意义所在。也许，人生本来就没有意义。至于生命的意义，很大程度上是由人们的意志赋予上去的。人的一生存在着生命时态，年幼时，生命状态是将来时，总是对未来充满无限的憧憬，希望自己快快长大；成年后，生命状态是现在时，注重当下利益，视线更多停留在脚下的每一步。由于一直被生存负担的重压，已经对未来没有太多的思考。年老时，生命状态是过去时，由于时日已经不多，生命华丽乐章的高潮已经过去，因此总是在回忆过去的经历。在回忆中，既有喜悦，也有哀愁和烦恼。不过经历了回忆和反思，内心会归于平静。正如刚才的所见所闻，只不过是过眼云烟,时间让一切成为历史,似乎好像没有留下任何痕迹。但是,人就是生活在探求生命意义的道路上,正如我在梦境中所做的那一切,依然会无怨无悔地走下去,直到走不动的那一天……

带着微笑从梦境中走出,东方的天空已经慢慢吐白。新的一天又在等待我,更多的可能性和选择又摆在我面前。有过梦境中奇幻式的经历,我不会为自己的选择而后悔。只要演绎出属于我自己的精彩,我就心满意足了。想到这一点,我自信地踏上崭新的“征程”。

钱行？前行

历史长河的波涛滚滚向前，不断拍打着岸边的基石。站在岸边的我凝望着远方，似乎听到了那横亘千古的呐喊声。钟情的我伸出双手，去触摸前行者无畏的足迹。

一、国之脊梁

祖国，一个亲切的字眼。为了她，有无数儿女甘洒热血。汨罗江边，三闾大夫镇静自若，挥就了“举世混浊我独清，众人皆醉我独醒”的悲壮诗篇。端午的龙舟不正在抒发这位文学巨人的一种精神吗？

北海茫茫，一位牧羊人正赶着一群公羊。北风萧萧，举目无亲，但他的心依然随着远方的“母亲”而跳动，手中的荆节见证了他报效祖国的决心。

“臣心一片磁针石，不指南方不肯休。”文天祥在国家危难时，挺身而出、不畏强暴，谱写了一曲“人生自古谁无死，留取丹心照汗青”的壮丽篇章。

岳阳楼上文豪的声音,激励着无数人奋发向上的信念,“先天下之忧而忧,后天下之乐而乐”。

民族之魂融入祖国的大地上,必将孕育出新一代的栋梁,前行者的足迹让我骄傲,前行者的精神更让我折服。

二、士之亮节

美丽的富春江岸边,端坐着一位贤士,那垂钓的长线,让他品味到生活的乐趣与真谛。面对九五之尊的邀请,他没有前行,而是坐守在这山川秀美的天地之间……

“久在樊笼中,复得返自然”的舒畅,“采菊东篱下,悠然见南山”的闲适,塑造出性情雅致的文人墨客的理想生活。“开荒南野际,守拙归园田。”尘世中的纷纷扰扰终于在清新的空气中消逝。手握几卷古书,少的是官场中的尔虞我诈,多的是一份悠闲、一份对于生活的品读与享受……

竹,气节之象征,板桥先生的浓墨,泼得其一身苍翠。掏空了心,却挺拔成节, 生命在泥土中延续。于是, 早晨的太阳映射出它不屈的灵魂,春露秋霜显示了它入骨的本色。

三、君之知己

川流不息的易水,目送着一位侠士,带着知己的重托,提剑出燕京,舍弃了荣华富贵,诀别了故乡的情怀,有谁能读懂他此时的内心?“风萧萧兮易水寒,壮士一去兮不复还”,太子丹的歌声,激起了他“飞盖入秦廷”的动力。天为之动容，地为之震撼，鬼为之折服。

一股波涛向我涌来，它溅湿了我的双手，但我的心中默默地祈祷，

溅吧！溅吧！历史的波涛溅到我脸上和身上。但愿我的言辞能表达出我心中涌起的思绪情怀。名利在淡泊者眼中永远只是一层光环，虽然相握之手已远去，但历史会永远包容。

我注视着前方，穿透水天间的分水岭。“钱行”？不，“前行”已在我心中刻下了烙印，它将陪伴我一生。

倾　听

造物主除了给了我们一双明眸去发现大千世界，也给了我们耳朵和心灵去倾听他人的诉说、大自然美妙的天籁、历史车轮厚重的回响。正因为倾听，营造人与自然、人与人之间和谐的关系，感受到历史发展的脉搏。

因为性格、能力、天赋、家庭背景等因素，人与人之间的差异是客观存在。正因为差异无时不在、无处不在，人与人之间难免会产生矛盾与冲突。矛盾与冲突的解决方法不外乎有两种：一种是采取强制手段压服另一方；另一种是双方经过沟通最后达成共识，由此和平地化解矛盾。前一种方法采用强制的或暴力的手段，被压服的一方尽管表面上臣服，但内心却产生一种怨恨，这可能为以后矛盾的爆发播下种子。后一种方法是比较可取的解决矛盾之道。但是，沟通、交流的前提是双方把想法和需求全部讲出，这样才能将矛盾冲突暂时搁置下来，为最后的共识埋下伏笔。由此看来，倾听就是建立和谐人际关系的基础和主要途径。丧失了倾听的耐心，一味陷入无休止的争论，只会将某些简单的问题复杂化。为了让两颗心贴近，还是让自己保持片刻的沉默，先让对手进行陈述吧。这是一种“敢于不为”的强者行为，只有“无所为”才能“无所不为”。

如果说倾听他人的诉说只是倾听行为的第一层级，那倾听自然则是其“升级版”。由于我们生活在一个“人化”的世界中，走进自然、亲近自然的机会实在太少了。白天，汹涌的人流、车辆的喧嚣、鳞次栉比的高楼，让我们逐渐迷失了本性。本性的迷失，造成了现代人精神上的空虚。狄更斯在《双城记》的开篇就写道：“那是最美好的时代，那是最糟糕的时代；那是智慧的年头，那是愚昧的年头；那是信仰的时期，那是怀疑的时期；那是光明的季节，那是黑暗的季节；那是希望的春天，那是失望的冬天。”相比古人，我们既是幸运的也是不幸的；幸运的是我们拥有古人无法想象的生活环境和物质条件，不幸的是我们反而被物质所左右，丧失了古人曾经拥有的精神乐园。马尔库塞的“单面人”论述、马克思的“异化理论”、贝尔的“后工业社会理论”、弗洛姆对人的处境和人的矛盾性的剖析，正印证了“我们在物质极大丰富之后，精神家园需要重新构建”的现实。而倾听就是让我们找回那个熟悉的精神世界、找回真实自我的有效路径。这种倾听不是用耳朵听现实中的声波，而是用心灵感悟自然的天籁。一天的忙碌后，需要给自己的心灵放一个短假，抛弃一切杂念，慢慢地静下来，通过倾听自然走入自己的心河。这个过程不会马上带来物质上、肉体上的享受，但是绝对可以让一颗为琐事而烦扰的心渐渐恢复到自身应有的节律。慢慢地，你进入了一种天人合一的境界，感受到自然界运行的轨迹，你会沉浸在这种频率中。走出这个状态后，会觉得无比的畅快，那是任何物质上的享乐所不能带来的。

倾听的最高境界，就是你能感知到历史运行的脉络。这只有从书上泛黄的纸张中、从字里行间的品味中才能获得。读到一本好书,就好像穿越了时空,与一位大师面对面地展开一场对话。由于才疏学浅,很多时候是处在倾听的状态。在倾听中,我们感受到历史发展的厚重步伐、思想迸发出的耀眼光芒、大师身上的无尽魅力。合上书页,还能听到作者诉说的余音,由此明白了人生的真谛、已经作为个体的肩上所肩负的责任。人类社会发展的火种,就在一代代人的手中不断传递着;而火种能否顺利传递,就取决于是否能从一册册书卷中读出前人的智慧,聆听他们的殷殷教诲……

我愿意做一个倾听者,聆听他人对自己的诉说……

我愿意做一个倾听者,聆听自然拨动琴弦时传出的天籁……

我愿意做一个倾听者,聆听历史车轮前进发出的巨响……

心存道德敬畏

德国著名哲学家施韦泽曾说过:“只有我们拥有对于生命的敬畏之心时,世界才会在我们面前呈现出它的无限生机。”心存道德敬畏,使人克服身上的动物性,有助于自身道德人格的完善。但是在现代化浪潮冲击下,道德敬畏逐渐被人们遗忘。为此需要重建道德敬畏,以自律加他律的方式构建美好和谐的社会。

敬畏从其本意可解释为既敬重又害怕,人类之所以要敬畏道德,是因为“道德”规定了人类自身存在的本源意义。从本体论的角度讲,由于具备了“德行”并且依照“道德”的方式实施行为,故而人对自身生存的理解和评价才有了“意义”。无论是物质生活领域,还是精神文化的家园;无论是主观存在的思辨世界,还是客观实在的生活世界,道德都以在场的方式为这些领域提供着永不枯竭的意义源泉。

道德敬畏究竟包含什么内容?很难回答这个问题。古往今来,道德的含义不断发生变化。但有一点是不变的,那就是人们对于头顶上那片天空,那个无法预测、难以把握的寰宇世界充满着敬畏之心,不论是实在的上帝、神灵,还是抽象的、形而上学的道德体,都对人们的思想和行为形成了一定的约束和限制。德国著名哲学家康德在《实践理性批判》中指出:“有两种东西,我对它们的思考越是深沉和持久,它们在我心灵中唤起的惊奇和敬畏就会日新月异，不断增长，这就是我头上的星空与心中的道德定律。”头上的星空象征客观的自然存在，心中的道德法律象征主观的理性精神。我们之所以敬畏星空，是因为星空展示出的浩瀚宇宙让我们感到自身的渺小，然而，一旦想到内心的道德法则，又立刻产生一种超越感性世界的伟大崇高感。

历史发展的不同时期，人们都有着不同的道德敬畏对象。古代社会中，人们敬畏的对象主要是自然和神灵。中国的诸子百家思想对“道”和“德”的解释即体现了一种对自然的敬畏。道家以“道”为天地之本原和万物存在的根据，以“德”为天地万物所具有的本性；儒家将“道”视为人类行为应当遵循的原则，将“德”看作依道而行并有所获得。此外，中国的宗教信仰、习俗更多的还是体现对自然的敬畏，人们的“敬德”“修德”行为主要通过对“冥冥之天”和承载“天命”的先祖的孝顺和祭祀而表现出来。中世纪的欧洲，人们对道德的敬畏主要通过对上帝的崇拜而得以展现，在基督教的三大主德“信德”“望德”“爱德”中，“信德”居于诸德之首，其核心是人基于对上帝权威的认可而相信其所启示的各种真理，进而彻底地皈依和绝对地依靠上帝，让整个生命进入上帝的怀抱。

到了近代社会，敬畏的对象逐渐转变为对形而上学道德法则的敬畏。自近代文艺复兴、启蒙运动以来，无神论逐渐占据了人类意识形态的主导地位，天命、上帝开始为人们所抛弃。人类对道德的敬畏失去了宗教神学支撑之后，开始将道德视作人类自我创造的精神产物。近代思想家通过构筑自然法、天赋权利等伦理准则，使“人”而不是“神”成为道德法则的始作俑者。但是，这种道德法则是非历史性的、永恒的、抽象的，不随特定的历史发展阶段、不同的国家民族而变化。因此，这样的道德敬畏还不是人类充分利用自身理性思考的产物。

现代社会中，人们开始理性地、反思地敬畏自然、社会运行规则和秩序。马克思主义伦理学主张，道德是在人类的主观自我意识与客观社会生产活动相互作用基础上长期发展的历史性产物，现代人类敬畏道德的主要表现形式应当由传统社会的敬畏“天命”和“上帝”转化为敬畏人生、敬畏人民、敬畏历史。经历了两次世界大战的惨烈厮杀，人们逐步认识到，科学技术的发展并不能带来人们理想中的幸福状态；人类无法完全支配自然世界，甚至不能完全主宰自己。人们不再沉醉于征服自然世界的快感中，而是重新认识作为人在世界中的地位和作用，力求形成人类与自然的均衡与和谐。

从老子的道法自然到康德对无尽星空和内心道德法则的敬畏；从宗教之敬畏上帝或天神到现代社会人们对普通生命敬畏的回归，道德敬畏几乎伴随人类产生和发展的整个过程。它对于个人的道德成长和整个社会道德价值秩序的维系都具有十分重要的作用。

道德敬畏对于个体道德人格的形成具有十分重要的作用。如果没有道德敬畏，便没有道德的信念，也不可能有道德良心和道德信仰。道德敬畏植根于道德主体的天性和内心深处，是人们对善恶正义及社会价值的强烈崇敬和畏惧的情感体验。道德主体的道德行为都是在道德认知的指导下完成的。道德敬畏感作为道德情感的主要内容，是道德认知产生的心理根源。离开道德敬畏这一重要的道德情感因素，道德主体的道德认识就不会真正形成，道德内化的生成也无从谈起。

为了社会的和谐稳定，每个国家和民族都必须培育人们的敬畏之心。社会的运行除了法律制度等硬约束机制，还需要道德等软约束机制。在科学不发达的时代，宗教信仰与道德交相辉映，发挥着软性约束作用。道德敬畏感就像悬在人们头顶的“达摩克利斯之剑”，给人们以道德的禁令，时刻提醒人们不能越雷池半步，不能去践踏自我的敬畏之物，否则就会遭到敬畏之物的惩罚和自我良心的不安。

在某些特定的时期，内心的道德律在抑制私欲方面存在着一定的局限性。伴随着经济发展和社会转型，某些人的行为就像脱缰的野马而不受道德敬畏的束缚。在强大的诱惑面前，在天使与魔鬼、善与恶的胶着格斗中，道德敬畏常被弃之一旁，在规约人们行为方面显得无能为力。一旦人们对万物的神圣感都消失了，道德也将消亡，那对人类不是福音而是噩梦。近年来相继发生的毒奶粉、瘦肉精、地沟油、彩色馒头等事件足以表明，诚信的缺失、道德的滑坡已经到了何等严重的地步。有人说是拜金主义、享乐主义思想摧毁了道德防线，但是从根本上说是人们对道德失去了敬畏之心。否则，为什么在现代化程度更高、市场竞争更加残酷、更加追求利润最大化的西方发达国家，此类事件的数量要比我们少得多呢？法国著名法学家马布里认为："道德犹如哨兵，它保卫着法律，不叫任何人违反；相反地，如果缺乏道德，就会使人忘记或忽视法律。"没有普遍的道德自律和价值信仰，社会正常运行的秩序也往往会受到冲击。一个国家，如果没有国民素质的提高和道德的力量，绝不可能成为一个真正强大的国家、一个受人尊敬的国家。

著名哲学家、学者周国平曾说："热爱生命是幸福之本；同情生命是道德之本；敬畏生命是信仰之本。"无论对个人的发展、对社会的有序运行、对国家民族的繁荣昌盛，道德敬畏都发挥着十分重要的作用。只有让道德敬畏的光芒照耀着每个人的心灵，人性中的阴暗才能被一扫而光，和谐社会乃至古代圣哲心目中的"大同之世"才能真正到来。

让我们内心都有着一份道德敬畏吧！让我们每个人都带着这份敬畏去创造美好的明天！

仰望星空

幼年时，我们常常仰望头顶上那片无尽的星空，并默默许下很多纯真的梦想。随着心智的成熟，关注点开始从星空转移到脚下——只关注眼前的利益。还需要仰望星空吗？为什么我们没有那份仰望星空的闲情？这些问题值得深入的思考。

康德在《纯粹理性批判》中说过："有两种东西，我对它们的思考越是深沉和持久，它们在我心灵中唤起的惊异和敬畏就会日新月异，不断增长，这就是我头上的星空与心中的道德规律。"仰望星空，让我们感到了自身的渺小，由此产生对自然、对道德、对人生的敬畏。虽然随着科技的发展，人类观察到的宇宙已经扩展到数百亿光年的范围，但是依然不敢豪言已经把握全部的宇宙。宇宙如此浩瀚，连我们居住的星球也只不过是其中的一粒尘埃，更遑论每一个个体。仰望星空，开阔了认识自我、认识世界的视野，就如同庄子笔下的河伯见到海而发出的感叹——"只有见到了真正巨大的事物，才知道自身的渺小。"

仰望星空纯洁着灵魂。除了物质需求外，更需要一个精神家园。按照宗教的说法，即人的灵魂需要安顿。身处逆境之时，心情不舒畅之时，浩瀚的星空便是我们希望的寄托。仰望星空，我们发现不值得为眼前的一些蝇头小利耗费太多精力。排除负面情绪后，有助于在此后的工作与生活中轻装上阵。此外，人的存在需要一个终极意义。仰望星空，感到冥冥之中似乎有一双眼睛，监督着我们的一举一动；似乎存在着一双看不见的手，在不经意间拨动人生运行的轨迹。有了对人生本源意义的解释，可以使那颗浮躁的心释然了——因为已经在可控范围内尽了最大的努力，已经无愧于短暂的人生。

仰望星空使我们明白自身的责任。正如宇宙中每个星球的运行都有各自的规律，每个人在社会中也应该发挥自身应有的作用。许多时候，我们都对自己所从事的工作、目前的生活状态有所抱怨。这也十分正常，毕竟我们只是芸芸众生中的一员，不可能先天地对人生有一番大彻大悟的认识。但是，当明白了对家庭、对社会、对子孙后代的责任后，抱怨情绪就会减轻很多。思想认识指导着一个人的具体行动，有了明确的方向和目标，就会以快乐的心情从事自己的职业，从而度过一段更加幸福的人生。

从更大的范围来说，一个民族、一个国家更需要一群仰望星空的人。虽然个人天生有追逐自身利益的本性，但是如果整个国家中的人都只为自身利益而奔波忙碌，这样的民族、国家是没有持久的发展动力的。一个国家和民族需要一群拥有远大理性、为了公共利益而奋斗的人，这一群体是国家发展的中流砥柱，必将担负起民族复兴、国家繁荣的伟大历史责任。

但是，现在社会中仰望星空的人越来越少了，有时甚至被其他人视为另类。为什么会造成这一现象？有人将原因归之于市场经济的发展带来的物欲横流、拜金主义。但是，无法解释为什么在市场经济更加发达的国家，这样的问题不像我们这样严重？因此，只能从当前中国特殊的社会状况中找原因。处在社会转型期的中国，旧的道德价值规范已经解体，新的道德价值规范还需要建立，由此形成一个道德真空，导致人们的行为在物质诱惑面前失去约束。此外，对于未成年人的道德人格教育还存在缺失。现在的教育体系侧重于对知识的识记，教学的主要目的还是为了应付各类选拔性考试，而对人生、生命意义的教育则较为忽视。由于不再关注“应该成就什么样的人生”“怎样的人生是有价值的、有意义的”等问题，因此我们根本就没有仰望星空的主观意愿。另外，根据马斯诺的需求理论，人只有满足了生存、安全等较低层次的需求后，才能追求自我价值实现等较高层次的需求。仰望星空属于较高层次的需求，因此也不应一味斥责社会的道德沦丧。“仓廪实而知荣辱。”相信通过物质生活的进一步改善，一定会有人重新仰望头顶上那片熟悉而又陌生的天空。

仰望这片星空，我们明白了人生的意义，更体悟到对他人、对社会的责任，由此升华了自己的灵魂。

我愿永远做一个仰望星空的人！

乘着想象的翅膀飞翔

雨果曾对想象力进行过表述:“想象就是深度。没有一种精神机能比想象更能自我深化,更能深入对象,这是伟大的潜水者。科学到了最后阶段,便遇上了想象。”其实,不光是科技发展需要想象力,日常生活也需要想象来滋润。丧失了想象力,我们将丢失五彩斑斓的生活。

年幼的孩子是一张白纸,他们充分发挥不受拘束的想象力,用手中的画笔勾勒心目中理想的世界。看到这一幅幅匪夷所思、天马行空的画作,思绪不禁飘到遥远的童年——那是一个单纯而又充满理想的时代。可是,这个时期已经一去不复返,珍贵的想象力如同洋葱一样,被世俗的规则一层一层剥去,最终消失在空气中。

曾经看到过这样一个故事:一个研究小组想了解不同人群的想象力状况。他们首先来到了小学,当黑板上出现一个圆形的东西时,研究人员问小学生这是什么,得到了五花八门的答案:月亮、饼、歌唱演员的嘴巴、零、自行车轮……孩子们踊跃发言,给出自认为正确的答案。随后,他们来到了一所中学,整个班级的学生鸦雀无声,最后班里成绩最好的学生说,这是一个圆形。研究人员问他具体是什么东西,这个优等生说这是对所有圆形物体的哲学抽象。后来，他们走进大学课堂。当这个圆形展示在天之骄子面前时，很多人只是面面相觑，面无表情地看着研究人员，直到最后也没有给出确切的答案。当这个圆形图案出现在机关干部的眼前，很多人都不由自主地把目光投向了领导——科员打量着科长的神色、科长揣摩着副局长的意思、副局长满怀希望地看着局长。最后，局长打破了沉默，他不高兴地说："事先不打招呼，我们哪知道是什么？"随后，研究人员被友好地请出大门……

这个故事或许是虚构的，但绝对有现实存在的基础。伴随着年龄上的增长和经验上的成熟，我们的想象力被一点点蚕食。虽然在这个过程的开始阶段，我们的内心是痛苦的，但看到周围人都在进行同样的"改造行动"，对于想象力的丧失开始泰然处之。想象力的丧失真的是无关紧要吗？答案当然是否定的。美国未来学家托夫勒曾说过："今天比以往任何时候都更需要幻想、梦想和预言，即对潜在的明天的想象。""我们正处于这样一个困境：一方面，由加速变化导致的不确定性程度不断提高；另一方面，我们需要相当正确的任何时候的最有可能的未来图像。因此，描绘最有可能的未来的可靠图像已是全国甚至是全世界刻不容缓的急事。"因此，重拾想象力、乘着想象的翅膀飞翔，就成为个人、社会乃至整个国家全面发展的重要任务。

美国肯尼迪宇航中心大门上刻着这样一句誓言："只要我们能梦想的，我们就能够实现。"这句话虽有理想的成分，但也体现出一种无畏的勇气。心有多大，舞台就有多大——想象需要一种勇气。当一个人开始用天马行空的思维对待周围事物，很有可能被周围人视作另类。如果最终取得成功，那还可以被归为创造性思维。可是，不是所有的想象都能够正名，那些勇敢地动用想象力的人在通往理想的道路上，将承受多么大的压力！因此，想象也需要周围人乃至整个社会的呵护。尤其是在青少年阶段，教育体制以及教育工作者更要保护孩子的想象力。就像前面的故事那样，为什么学历层次越高，想象力反而呈递减的趋势？恐怕很大程度上都要“归功”于现有教育体制以及其中的教师们。孩子们的天真无邪，在小学阶段表现得十分充分。可是，一次又一次考试与选拔，使青少年不得不把思维束缚在标准答案上。任何出格的想法，都会被现有的教育体制视为“异端”。因为这样的轮回，历史上我们已经付出了很高昂的代价。经济社会的发展、中华民族的伟大复兴，需要更多人头脑中萌发更多的想象力、创造力。只有不断想象、创新，整个社会、国家才会不断充满活力。

爱因斯坦曾说过：“想象力比知识更重要，因为知识是有限的，而想象力概括世界上的一切，推动着进步，并且是知识进化的源泉。”知识是想象力的结果，没有想象力这湾活水，知识的河流必将枯竭。古希腊哲学家亚里士多德指出：“想象力是发明、发现及其他创造活动的源泉。”愿我们在不断的发明、发现中，不断改变着现有的生活，不断实现着心中的梦想。

创造学之父奥斯本在《创造之秘》一书中讲道：“想象力是人类能力的试金石，人类正是依靠想象力征服世界。”虽然其中“征服世界”的提法有待商榷，但是人类正因为有了想象力，才有了今天幸福美好的生活。让我们乘着想象的翅膀，在人间缔造一个属于我们自己的“天堂”。

冬也是美的

又是一阵刺骨的寒风袭来，冬天的脚步不经意间来到了这个城市。就在我感慨一年中的得失与沉浮，憧憬下一年的大好时光时，冬之精灵又一次出现在视野中……

冬天是一个衰败、堕落、萧条的季节，这是人们生活经验驱使下的普遍看法。冬天步伐扫过的地方，弱不禁风的枯叶在寒风中默默地收起华丽的盛装，极不情愿地离开大树的怀抱。冬天又是单调乏味的时节，它没有百花齐放的热闹场景，更缺少那象征生机与希望的绿色……

对于冬的误解与偏见，渐渐地被我增长的学识和成长经历慢慢磨去……

冬是生态平衡的守护者。表面上看去，这是一种非人道主义的举动，因此，冬被冷酷地“钉在十字架上”。但是没有这样的自然法则，又怎能有大千世界的生机盎然？冬天是外刚内柔，这就好比是一只保温瓶，外面是冷的，里面却是充满着温情。

冬也是一位严父，它鞭策着众多生灵要不断增强适应自然的能力。很多人对第四纪大冰川活动印象深刻，因为它直接导致了当时统治地球的巨无霸——恐龙的灭亡。但是，这场灾难、浩劫并没有将整个生物界灭亡，反而促使更多动植物由低级走向高级。很多生物在严酷的环境中蛰伏，等待冰川消融的那一刻。漫漫长夜终有过去的那一天，他们怀着欣喜迎来温暖的阳光和雨露的滋润。如同大冰川时期那样，冬天就是对自然界万物的一种考验。“平静的湖水练就不出精悍的水手。”冬为世间万物提供了一个艰苦磨砺的环境，让不同的生物在其中不断挑战着生命的极限，不断书写着生命的奇迹。

冬是纯洁无瑕的，不带有任何杂质。特别是冬之精髓与灵魂——雪花到来的时候，原本肮脏的世俗之物被白色覆盖，天地间都被洗刷成一种圣洁的色彩。雪花静静地飘落下来，构造出一个童话般的乐园。凝望眼前这片白茫茫的世界，任何私心杂念都不会在心中长久停留，心跳似乎也跟上自然的律动，心灵也在冬天的进程中得到净化……

冬还孕育着新的生命。“冬天到了，春天还会远吗？”雪莱用诗意般的语言，为我们开启了一种生的希望。一切陈旧的、迂腐的东西退出历史舞台后，总会有新生事物在世间萌生。如果没有冬天的存在，就没有新事物一展身手的舞台……

冬是无私的，它把自己身上所有的东西都毫无保留地奉献出来。尽管千百年来，人们给予它不公正的评价，但它没有任何退缩，依然默默地、年复一年地为各色生灵做着贡献。

在此，我要为冬天吟唱。揭开覆盖在它上面的面纱，让人们能够一睹它的芳容。

冬也是美的……

感悟落差

自然界的万物，都有一种落差的美。“飞流直下三千尺，疑是银河落九天。”落差勾勒出一种意境，更为我们提供了无限遐想的空间。

假如没有落差，那么就没有五彩缤纷的大千世界。俗话说：“人往高处走，水往低处流。”正是自然形成的地势落差，才赋予了水的灵性和阴柔之美。诗人笔下壮丽的瀑布就是对落差的一种赞歌，更是对于无穷宇宙和人生的感叹。通过这些诗篇，我们好像身临其境，水流如同一条被拦腰斩断的巨龙，怒吼着奔向前方。巨大的水柱撞击到岩石上，顿时绽放出无数朵水花。这是一种大气——一种舍我其谁的霸气。“会当凌绝顶，一览众山小。”站在山之顶峰俯视下方，一种自豪之情油然而生。正是海拔高度造就山的险峻和俊秀，引得无数攀登者不断前行。落差的背后积蓄着一股力量，一种对于命运不屈抗争的力量。

假如没有落差，那么绚烂多彩的历史画卷也将因此黯淡。历史是由无数个体意志的合力形成的，正因为有了某些先天的落差，比如智力、体力、机遇等，才形成了那看似残酷的等级制度；才有了官场上的奉承拍马、钩心斗角的可恶嘴脸；才有了战场上天昏地暗、鬼神皆惊的悲壮场面。有人说,没有落差,岂不是这个世界将硝烟散尽、皆大欢喜?这种提法实在是带有乌托邦的理想主义思维,或许永远也无法实现。根据天人合一的理论,既然大自然是高低错落、姿态万千,那么人类世界的个体间也必然互不相同、禀赋相异了。此外,从一个阅读历史的后人来看,我们也不希望历史成为一个始终带着笑脸、日暮西沉的老人。从这一次次斗争场景中,我们发出了"时势造英雄"的感慨,才有了"大江东去,浪淘尽,千古风流人物""沉舟侧畔千帆过,病树前头万木春"的不断轮回。

假如没有落差,那么人生就失去了奋发向上的动力。人生既有鲜明的亮色调,也有令人沮丧的暗色调。人生的落差,便是成功与失败的轮回,不同人生境遇的转换。失去了落差,人生也就不再是一曲错落有致、和谐悦耳的曲调。因此,不能只看到人生得意之时,更应重视自己的低谷时期。失败与挫折,就如同竖起了一面镜子,看清了自身的不足,进而有了改善自我的决心。黑暗之中,只要有一双向往光明的眼睛,也就为今后的成功积攒了无穷的动力。没有失败与挫折的人生不是完整的人生,试想一个总是沉浸在胜利之中的人,他有闲心反思自己的人生、领悟人生的真谛吗?

落差是一种美,它是缔造世界、勾勒人生的魔术师。它给了世界万物赖以自豪的个性,亦是每个人不可多得的财富。发现落差,就有了一双发现世界奥秘、领悟人生事理的慧眼。

感谢落差,更希望每个人都有一双发现落差的慧眼。

天边的云

天边的云，永远像一个匆匆过客，赶往不知道的目的地。天边的云，就像一颗耀眼的明星，展示着它独有的风姿。每当心灵需要片刻宁静时，我就会仰望头顶上的这片天空，特别是那些千姿百态的云姑娘。或许，她们是造物主赐给人类欣赏的精灵。

晴朗的天空，湛蓝得让人感到有些空虚和无奈。这时，云朵登上了天空这方舞台。在风的作用下，时而闲庭信步、时而健步如飞。行走的过程中，它不断变幻着姿态；只要条件允许，就会为自己换上一件新衣裳，时而是白色的，时而是金黄色的，时而是火红色的，时而是灰色的。虽然人们不会将任何掌声献给这精彩的表演，但是云朵依然沉醉在其中，欣赏着自己美妙的舞姿。

美丽的外衣是云情绪的展示。高兴时，它会为自己披上一件金黄色的外衣，进一步彰显它的高贵与尊荣。忧伤时，灰色成为它的主基调。灰暗的外表下，它躲在里面暗自神伤，不时还挤出眼泪，以甘露的形式洒落人间。愤怒时，火红色令人感到一种震撼。恢复平静后，又变回原初的那个自己——一身白色的“大衣”。或许，云的情绪不是那么锋芒毕露,但是我能读懂它、感悟它。

云不断地、默默地为人类做着贡献。炎热的夏季,人们对于刺眼的阳光避之不及,特别是在没有大树的荒郊野外。这时,云用自己柔弱的身躯,毅然地将阳光挡在自己的身后,为赶路的人们带来了片刻的清凉。每当迎来这短暂的惬意,总会感激地回望那片勇敢的云朵。当大地被炙烤得失去了生机时,云朵的内心十分忧伤,它多么渴望拯救大地上的苍生。渐渐地,灰色将它笼罩,甘霖将希望送回人间。古代,人们将感激给予雨神,没有把任何功劳分给"云"这个执行者。云没有抱怨,依然一次次推动着生命之源在大气层运行。

从云的身上,看到了很多为人类历史发展、中国现代化进程而无私付出的伟人。为了将真理留在人间,布鲁诺、伽利略被天主教会迫害致死;为了科学事业的推进,爱因斯坦、居里夫人一直勇敢地直面死神的袭扰;为了改变半殖民地半封建社会的状况,孙中山不懈的奋斗推翻了延续两千多年的帝制;为了中华民族的伟大复兴,毛泽东、周恩来等老一辈无产阶级革命者以及无数革命先烈用顽强不屈的武装斗争,奠定了人民幸福生活的基础。历史的每一页总有翻过去的时候,但是这些惊天地、泣鬼神的奉献与牺牲将永远铭刻在人们心中。

云在不断前行,历史发展的脚步也未曾停歇。不仅对于整个人类、整个国家和民族如此,对于个体也是如此。一朵朵云彩飘过头顶,好像一个个梦想与希望从脑海中闪过。每个人或多或少会许下一些愿望、立下某种志向,但是我们又能实现多少曾经信誓旦旦的理想?"无志之人常立志,有志之人立长志。"不能让自己立下的志向成为过眼云烟,在激情与幻想中虚度自己的人生。

终于忙完了一天的工作,天色已经有些暗沉。收拾起杂乱的思绪,再一次习惯性地、漫无目的地仰望着天空。看着不断追逐着梦想、无私奉献的云朵，领悟到一丝为人处世的真谛。或许，最平凡的事物也能给我们最不平凡的人生智慧。

走近心中的“太阳”

“赤日炎炎似火烧，长路漫漫上九天。垂拱凝目孔孟颜，会当凌绝泰山顶。”怀着无比的景仰与朝圣者的虔诚，我和大学时代的同窗好友一起来到山东曲阜、泰山，开启了中华文明寻根之旅。曲阜和泰山美丽的自然风景和人文景观，无不深深地印刻在脑海中。

曲阜的孔子故里由三部分组成：孔庙、孔府、孔林，我们主要参观了其中的孔庙。刚到孔庙入口处，一派人声鼎沸、热闹喧嚣的场景，就让人感受到这位“大成至圣先师”在中国人心目中的地位。孔庙中，成片粗大的苍松古柏守卫着这方宝地，彰显出一种神圣庄严的氛围；孔庙中到处都是历代皇帝和达官显贵祭奠孔子的石碑，但最令我关注的，却是那块被硬生生扯断的石碑。这块石碑是在“文革”“破四旧运动”中，北师大学生用牛车和拖拉机制造的“杰作”。石碑上那道修补后的印迹，好似在民族心理上留下的一道无法弥补的伤痕，见证着历史变迁的沧桑。

以上这些不禁令我产生联想：一个国家的现代化过程，可以完全与自己的文化传统决裂吗？是不是只要移植了西方的“德先生”和“赛先生”，就可以心安理得地抛弃中国传统文化中的精髓？历史有时是沉重的，中华民族有着光彩夺目的灿烂文化，同时也在某种程度上被这个传统文化体系阻碍着自身的正常前行。背负着老祖宗留下的这笔文化财富，如何实现文化的更新？如何对传统文化取其精华、弃其糟粕，以适应新时代的发展要求？以上这些问题难道不是有待于每个有社会良知和民族责任心的人运用智慧去破解吗？

作为中国传统社会所尊崇的儒家道德典范，孔子的角色无人可以撼动。后世给予他这么高的学术地位，估计连奔走于诸侯之间、惶惶如丧家犬的孔子自己也想不到。在中国人的心目中，孔子是一个为人师表、重仁轻利、循循善诱、诲人不倦的圣人形象。“学而不思则罔，思而不学则殆”“知之为知之，不知为不知”“吾十有五而志于学，三十而立，四十而不惑，五十而知天命，六十而耳顺，七十而从心所欲，不逾矩。”正是这些妇孺皆知的话语，滋养了整个中华民族数千年的文化脉络。

孔子最聪明、最得意的学生颜回这样评价他尊敬的老师：“仰之弥高，钻之弥坚，瞻之在前，忽焉在后。夫子循循然善诱人。博我以文，约我以礼，欲罢不能。既竭吾才，如有所立卓尔。虽欲从之，未由也已。”太宰也曾问孔子的得意门生子贡：“夫子圣者与？何其多能也！”子贡回答道：“固天纵之将圣，又多能也。”面对学生和他人的赞誉，孔子依然十分自谦：“吾犹人也！”“三人行，必有吾师也！”正是具备广博的礼乐知识和虚怀若谷的精神，孔子是一个时代当之无愧的思想高峰，是一个伟大民族精神的最高体现。

就像古今中外伟大的思想家一样，孔子是孤独的、是寂寞的，正如后世诗人发出的感叹：“前不见古人，后不见来者。念天地之悠悠，独怆然而涕下。”每次读到孔子在川上曰：“逝者如斯乎，不舍昼夜”，内心就会激发出无限的感慨和叹息。每个人就像尘世间的匆匆过客，看似波澜壮阔的人生，却在离开后好像没有留下任何痕迹；相比于苍茫的寰宇，个体生命又是显得那么渺小和短暂。刹那和永恒虽然是那么不同，但又是那么一致，彼此没有分别。我们应该如何在刹那的生命里去寻找一种永恒的存在，这或许是一个永恒无解的话题。

这才是一个真正看透生命本源的圣贤发出的感慨心声，一个真正的止于至善、至德的大学者的肺腑之言。他是那么眷恋生命，又是那样从容淡定，如同达到了佛家所说的“心中已来去无碍”的境界。正像《易经》“坤”卦里所说：“地势坤，君子当厚德载物。”孔子以大地母亲般的宽容与深沉，教化、抚育着天下苍生，以道德承载着中华民族的精神。

与圣人的灵魂近距离对话之后，我们又循着历代帝王和文人雅士的足迹登临泰山。泰山是五岳之首，是历代皇帝祭天的圣地，山间小路上留下了很多皇帝和达官显贵的题字、真迹。从早上九点，直到下午五点左右，整整花了八个小时才到达泰山之巅。会当凌绝顶之时，双腿已经不听使唤了，感觉好像把一辈子的石梯都爬完了。攀爬的过程中，遇到一对七十多岁的老夫妻，手里拄着拐杖，但是依然目光坚定地望着高耸入云霄的山顶，我问他们：“阿姨、阿叔，你们已经这么大年纪，怎么还来攀登这么高的泰山？”这对老夫妻一边擦汗，一边大口喘着粗气：“虽然不像年轻人那样行动敏捷，但是我们不赶时间，只要坚持到底，总能够爬上去的。”还有一位父亲带着年幼的孩子一起登山，小男孩上身赤膊、皮肤黝黑，黑里带红的小脸蛋惹人喜爱。问父亲带孩子来爬泰山的目的，他回答说：“很多年前，我来泰山许过愿的，今天带孩子来是还愿。另外，就是想让他从小就感受祖国的大好河山，培养他吃苦耐劳的精神。”

多么朴实的话语！多么执着的精神！心里细细地咀嚼着这些平凡

的话语，同时加快自己前行的脚步。泰山代表着一份神圣感、一种敬畏精神、一股信仰的力量，它就是中国老百姓心中的神山。

在险峻陡峭的“十八盘”，山路陡峭蜿蜒，必须借助旁边的扶手才能向上攀爬。虽然周围的人文和自然景观是人们视线和相机关注的重点，但是更具心灵震撼的却是那些身材精瘦、皮肤黝黑的挑夫——他们肩上的扁担挑着几十斤重的西瓜和矿泉水。这才恍然大悟，原来山间休息时所吃的西瓜、所喝的矿泉水，就是他们默默付出的“成果”。看着他们豆大的汗珠滴在石阶上、步履艰难地拾级而上，心中顿时涌起一阵怜悯。一些好心的游客把未开封的矿泉水递给挑夫，他们摇头拒绝了好意，甚至累得连声“谢谢”也说不出来。这么炙热的夏日里，挑着这么沉重的矿泉水，却连一口水都不舍得喝，此情此景让我想起“伏尔加河上的纤夫”——一样的身躯、一样的神情。我对此沉默、失语，心想：为什么人与人之间的境遇有着那么大的不同？为什么他们甘愿做着如此艰苦又充满危险的工作？

一旁的同学宽慰我：“这是他们养家糊口的工作，是他们选择的生活方式。我们和他们的差别只是社会分工不同而已。”挑夫的耳边，不时传来一些家长教育小孩的话：“你如果不好好学习，将来就像他们一样。”听到这些刺耳的话语，无法体会到挑夫此刻的内心世界。他们做着卑微的工作，同时又尽力保持人格尊严的底线。对他们来说，能靠自己的汗水和劳动，把肩上的重担顺利挑上南天门，那就是尽到了本分和义务，也体现了他们的自身价值。也许，对于风言风语、善意帮助、生活的艰辛，他们都已经习以为常。或许，他们才是真正洞察人间冷暖、行走于天地之间的能者。中国最伟大的思想家和最纯朴的人民，都体现了中华民族的精神：上同日月，下同袍泽；悠悠中华，生生不息。

我们有最伟大的思想家、最宏伟的山川、最伟大的人民。百年中国的屈辱史，让中华文明经历了一场空前劫难。有多少仁人志士，为了中华民族的生存和崛起，付出了辛劳甚至生命的代价。他们就像泰山挑夫那样，在艰难中前行，在困苦中保持着一份民族的尊严和坚忍。中华民族的崛起和复兴大业，就像那泰山的南天门一样，是全体中国人民心中的信仰。中华民族崛起的精神力量，就像孔孟思想带来的天地乾坤之力，让我们任何时刻牢记忍辱负重，肩负起自强不息的民族使命感。

此次山东曲阜泰山之行，我们是来寻根的，是来寻找中华民族的精神之源。经历改革开放的快速发展，当前中国社会正面临着精神价值空场的尴尬，因此精神的回归就显得日益重要。接下来的三十年至五十年间，中国社会将是一个重拾古今中外文化的精髓、重新构建社会价值的过程。中华民族的真正复兴，就是中华文化的复兴。

如果将目光放眼全世界，中国传统文化精神对于世界和谐稳定发展同样具有十分重要的意义。在充斥着“弱肉强食”的森林法则、社会达尔文主义盛行的世界里，中国人的“天人合一，和谐共存”的思想必将对世界文明产生价值观的影响。本来，世界各国的文化历史发展各有千秋，并没有高低贵贱之分，为什么不能多用“沟通交流”代替“文明的冲突”？不同国家和民族只有在“彼此尊重、平等互利”的前提下，才能实现符合自身历史与实际的“民主、自由”，追求属于自己的繁荣和富强。中国文人士大夫给出了上面这个问题的解决之道：求同存异，和谐共存，己所不欲，勿施于人。正所谓“各美其美，美人之美，美美与共，天下大同”，这是东方文明古国为世界提供了一条化解民族冲突、实现世界长久和平的良方。近代以来一百多年的屈辱史，让中国放弃了虚伪的架子，以开放的心态虚心地向西方学习先进的思想和科技，完成了从半殖民地半封建社会向现代化国家的华丽转身。现在，是不是也到了西方虚心向我们学习精深博大的文化传统，以弥补西方文化中道德伦理价值观的缺位？

西方文明容易产生那种具有强烈悲剧色彩的英雄人物，如日复一日推石上山的西西弗斯、与风车决斗的堂吉诃德、只为荣誉而战的阿基里斯、弑父娶母的俄狄浦斯，所以西方民族一直有着一种强烈的危机感和极端绝望般的冲动。中华民族也有自己的悲剧英雄，如追日的夸父、衔石填海的精卫、移山的愚公。与西方英雄人物不同的是，中华民族的英雄多了一份“知其不可为而为之”的豪迈气度，多了一份忍耐和希望，多了一份执着和乐观。这种内在的精神，恰恰是中华文明能延续五千年的文化心理结构。

这是历史赋予我们这代人的重大使命——没有什么力量能阻挡我们，唯一可以阻挡我们的就是自己。我们要问自己，是否已经做好充分的准备？是否真的从内心感受到一种悲壮和洗礼？是否真正准备参与历史，融入了中华民族发展波澜壮阔的进程中？

强哉，中华精神！壮哉，中华民族！伟哉，中华人民！大哉，中华文化！这就是我这次曲阜泰山文化寻根之旅最大的感受和收获。

子非鱼，安知鱼之乐

诸子百家中，我最推崇庄子。他追求自由飘逸，对命运洒脱豁达，是吹散烦恼的一阵清风。“子非鱼，安知鱼之乐？”这场两千年前的争论，看似带有耍嘴皮子的意味，实则蕴含丰富的人生哲理。

濠梁之上，庄子和惠子为鱼是否快乐争论。庄子首先发出感慨：“倏鱼出来舒服游动，这是鱼儿的快乐啊。”惠子却用理性思维驳斥这番真情流露：“你不是鱼，又怎么知道鱼儿快不快乐呢？”庄子把皮球踢回去：“你不是我，又怎么知道我不知道鱼儿快乐呢？”惠子继续负隅顽抗：“我不是你，所以我本来就不知道你知道鱼儿快乐；你本来不是鱼，所以你完全不知道鱼儿快乐。”庄子的话让争论画上休止符：“请让我顺着你最初说的话来论断，你说你怎么知道鱼快乐，是已经知道我知道鱼快乐才问我；而我在濠水桥上就知道鱼快乐了。”

这场争论，其实并没有真正的赢家。因为标准不同，看问题方式不同，让论辩双方的观点针尖对麦芒。

暂且不表这场辩论中的语言技巧，那是演说、辩论研究者关心的课题。透过争论表象，更深层面上是交流过程出了问题。庄子或惠子，都试图让对方接受自己的观点，不过都没成功。

谈到这里，就引出一个问题：如何让别人接受自己说的话？再推而广之，怎么才能聊好自己？这可愁杀了很多人。废话连篇、自说自话，让你想表达的，别人根本听不进去。聊自己，考验的不仅是IQ，拼的更是EQ。

当你是个很优秀的人，聊自己更要谨慎。强者身上，总带着闪耀的光芒，很容易刺伤别人的眼睛。这方面，我就有过血的教训。读大学时，婷婷是我闺蜜。各类比赛中，我在聚光灯下大放异彩，而台下观众中，总有那双善意的眼神。日常生活中，我在婷婷面前，滔滔不绝地聊着自己，忽略她一闪而过的异样眼神。压垮骆驼的最后一根稻草，在毕业时到来。优秀毕业生颁奖典礼上，我没有见到婷婷的身影。打了十几个电话，才联系到她。“你那么优秀，更反衬出我无能。你说你自己时，何曾考虑过我的感受？”婷婷说出心里话，一下子将我点醒：她忍受了我四年的自夸。每次说自己，其实都是对她的伤害。对此，我竟然还浑然不知。

怨我，没有把握好如何聊自己这个问题。

台湾知名主持人蔡康永在《说话之道》中，道出一条聊自己的黄金法则——“尽量别让自己说出‘我’字。”就这么简单？你没听错，就是聊天过程中，少说出“我”字。不说“我”怎么行，有办法，改成“你”字或“他”字。

知易行难，要做到这点，很难。不相信，你可以试一下。打个赌，不出十分钟，嘴里会不知不觉蹦出这个字。

这不是你智商有问题，只是一种惯性思维。内心深处，总有自私的“黑洞”。哪怕是最亲密的情侣，危急时刻，也会偏向自己那么一点点。

既然有自私成分，就很好理解蔡永康的观点。老是说“我”字，会让别人的小神经受到多大刺激！哼！全世界就你最行！你爱说什么就说什么！哥们儿我不奉陪了。就像上文中的庄惠之辩，他们也在不断重复着说“我”。这样一来二去，除了火药味越来越浓，根本无助于达成认识上的一致。

不说“我”字，不代表把自我从谈话中彻底踹出去。自己还是要聊的，但要说得有技巧，要滴水不漏、润物细无声。不知不觉中，请君入瓮，让别人进入精心设计好的“圈套”。这有点像武林高手，别人看不出他们何时出招，就已经在不经意间被制服。

说得有点玄了。还是从武林的腥风血雨中，回到日常生活吧。聊自己，先要让别人产生听你讲下去的兴趣。你可以先找一个无关紧要的话题，比如天气、近期社会热点、某种球类运动。就好比火力侦察，搞清楚对方的配置。随后按图索骥、步步深入，顺着对方的兴趣点谈下去。谈的过程中，适度穿插一些评论，不过要避免出现“我觉得”“我认为”“在我看来”等主观性极强的词汇。分析问题的过程中，悄悄地把最真实的自己传递给别人。过了“破冰期”，再深入交流个人情况，别人就不会那么抗拒。

“子非鱼，安知鱼之乐？”这场争论会成为后人茶余饭后的谈资，不过却更希望从中悟出做人处世的智慧。永远记住，谈话交流是个双向互动的过程，如果剃头挑子一头热，势必无法持续下去。心里装着别人，才能把那个最美好、最真实的自己传递给别人。

安顿自己的灵魂

对于“安居乐业”这个词，我们每个人耳熟能详。但我们又可曾想到，我们的灵魂也需要安顿？如果灵魂失去了寄托，那么他只能在纷繁的世界中漫无目的地流浪。这种精神层面的流浪，或许比现实中的浪迹天涯更为凄凉、更令人感到迷茫。

最近，一位好友让我推荐一些可供闲暇时光阅读的书籍。为了他这个不情之请，我仔细思考一番，几天后列出一份书目。没想到，我的那位朋友却扔给我三个问号：怎么你列出书目中大部分都是纯文学类读物？读这些虚无缥缈的东西有用吗？如果不能有助于升职、加薪，我阅读它们是不是在浪费时间？我被他连珠炮的提问，一时问得语塞。

曾几何时，纯文学是一代青年人心中追逐的梦想。文学类读物在这些爱好者手中传阅着，透过纸张上的文字，年轻人不断从中汲取着无尽的养分。无奈三十年河东三十年河西，随着资讯信息日趋丰富，娱乐手段越来越多元化，人们越来越没有耐心阅读这些经过历史长河大浪淘沙留下的“经典”。纯文学被挤到一个偏僻的角落，只能在非主流的境遇中孤芳自赏、苟延残喘。如果依旧痴迷于这些“靡靡之音”，你就有可能被他人视为“另类”。或许，我在朋友的眼中，就被看作这样的“异端”。而他们认为应该被阅读的书籍，首先要是有用的，其次就是能够被快速消化。这类读物，按其本质来说就是快餐类读物。

快餐类读物，只能解决我们在物质世界中遇到的困境。因此，它的思想境界只是局限在“术”的层面，而非“道”的层面。如果你的阅读范围长期陷于这类读物，你的灵魂就可能饥渴、可能迷茫。适当地“进补”一些纯文学类、历史类、哲学类经典著作，则可以弥补长期阅读快餐读物带来的缺憾。现在的人，太需要用这样一些东西来安顿自己，比如阅读一段带着作者思想和人生印记的文字。安顿自己，就是给灵魂沏一壶上好的龙井，慢慢地滋养，使之得以安然自在。

在这样一个快节奏的社会中，我们的灵魂常常被遗忘。数不尽的光鲜与诱惑，让我们执着于物质上的享受，而忽略精神层面的东西。由此，现代人陷入一种二律背反。一方面，我们是幸运的，因为我们享用了古代人所不敢想象的物质生活；另一方面，我们又是可悲的，因为我们已经被物质剥夺了一切，丢失了那个精神家园。灵魂就在一个阴暗的角落里独自啜泣，只是我们因为周围的繁华与喧嚣，听不到这轻轻的哭声。

我们的灵魂需要安顿，而阅读经典就是一个很好的路径和手段。“视觉盛宴”开始之前，我们需要放下日常生活中积累下的功利心。不要奢望能够通过阅读获取什么显性的利益，如果带着浮躁的心态去阅读，只会让我们变得更加烦躁。当然，我们可以借助一些方法让自己远离浮华。首先，我们可以泡上一壶清茶，让嫩绿的茶叶在沸水中上下浮动、左右舞动。轻轻地啜上一口，让心扉接受日精月华的洗礼。伴着淡淡的茶香，我们再播放一段轻音乐，让悠扬的曲调舒缓紧张的神经。一切准备就绪，带着愉快的心情，我们进入这个属于我们自己的世界中。我们并不需要读得很快，因为这是一种享受，而不是完成某种硬性指标或任务。身临其境之后，我们能够感受到作者那颗炽热跳动的心脏，感受曾经的人间冷暖。此时，我们更应放慢自己行进的脚步，让思维在这样的境界中得到锤炼。慢慢合上书页，我们的思绪还飘散在那意境的碎片中。

“读万卷书，行万里路。”除了阅读书籍之外，我们更需要走出日常生活的束缚，让远行的脚步放飞自己的心灵。一叶孤舟，一抹夕阳，一支撑竿，一曲渔歌，一江暖水，一世人间，或许简单的背后就孕育着最美的景色。自然中蕴含着无穷无尽的精神能量，天工之造化让我们不会再计较于眼前的得失和进退。呼吸着清新的空气，我们烦乱的心境会慢慢平静下来。天人合一之时，就是灵魂得到安顿的时刻。宽松、随性的旅行，让我们找回那个丢失的自我。我憧憬这样的旅行，游历于山水之间，我似乎体味到一种闲云野鹤的隐逸之美。

我很喜欢周国平的这句话：“老天给了每个人一条命、一颗心，把命照看好，把心安顿好，人生即是圆满。”我们不一定需要一个成功的人生，那或许是可遇而不可求的。只要自己的人生没有留下遗憾，灵魂能够找到一个安身之所，这一切对我来说就足够了。

蝴 蝶

春天又一次悄无声息地降临人间，小草绿了，桃花红了，迎面而来的是温暖而湿润的空气。我在公园内感悟着春色，望着花蕊上那翩翩舞动的精灵。它们是美丽的一部分，用精彩的律动带来春天的问候。

如果有人问我最喜欢哪种昆虫，我会毫不犹豫地将蝴蝶作为首选答案。可能有人喜欢蜜蜂，因为它每天忙忙碌碌，在不停的劳作中实现自己生命的价值；可能有人喜欢蚂蚁，看似弱小的身躯，却能够迸发出惊人的集体力量；可能还有人讨厌任何昆虫，这或许是一些爱美的女孩子，难怪有些男生会将昆虫作为恶作剧的道具，躲在一边欣赏女孩子们的尖叫声。不过，我却喜欢身材轻盈的蝴蝶，不仅因为它美丽的外表，还有历史上留下的一段段佳话。

两千年前，就有一位追求逍遥自在、希望摆脱约束的哲学家对蝴蝶产生了浓厚的兴趣。读《庄子》一书，我从字里行间感悟到一个追求自由的灵魂。很多人从儒家诸多经典中旁征博引，就是为了说明中国没有自由民主的传统。不过，如果他们看到庄子的思想，或许就不会轻易地做出这个肯定的结论。庄子有很多思想闪耀着智慧的光芒，其中尤以齐物论最吸引我的注意。而最能体现齐物思想的，就是庄周梦蝶这个带有寓言色彩的故事。故事中，庄子梦见自己变成了蝴蝶，一只翩翩起舞的蝴蝶。梦中的他感到非常快乐，悠然自得，不知道自己在现实中是庄周。一会儿梦醒了，他却成了僵卧在床的庄周。由此，庄子抛出了一个哲人式的发问：究竟是庄周做梦变成了蝴蝶呢，还是蝴蝶做梦变成了庄周呢？

我喜欢这个和蝴蝶有关的故事，不仅因为它能够锤炼人们的思想，还充满着诗情画意。不是吗？蝴蝶在空中怡然自得地飞翔，不正是很多受到种种束缚的人们心中永恒的梦想。可能很多人都做过类似的梦，但是梦醒之时，多数人只是一声叹息，随后就按部就班地做回自己，再也没有做深层次的思考。不过，庄子却对这个荒诞而美丽的梦境进行了哲学的提炼。虽然睡梦和苏醒是两种不同的境界，蝴蝶与庄周是两样不同性质的事物，但是庄子却认为它们都只是一种现象，是道运动中的一种形态、一个阶段而已。人生如梦，尽管形而下的一切千变万化，但都只是道的物化而已。庄周也罢，蝴蝶也罢，本质上都只是虚无的道，是没有什么区别的，至此庄子将“齐物”的思想完整地展现在世人面前。

如果说庄周梦蝶的故事让人心驰神往，那么梁祝化蝶的故事则多了一份凄凉与伤感。两位痴男怨女曾经立下誓言：“生不能同衾，死也要同穴！”后来梁山伯被朝廷任命为鄞县令，然而他却忧郁成疾，不久身亡。英台闻山伯噩耗，誓以身殉，她被迫出嫁时，绕道去梁山伯墓前祭奠。在祝英台哀恸感应下，风雨雷电大作，坟墓爆裂，英台翩然跃入坟中，墓复合龙。风停雨霁，彩虹高悬，梁祝化为蝴蝶，在人间蹁跹飞舞。千百年来，人们传唱着这段爱情的赞歌，为两人的痴情而感动着。尤其在物质泛滥的今天，这种真情就更显得弥足珍贵。或许，我们不必去模仿故事中的男女主人公，不过他们的精神我们却可以抽象地继承。面包是爱情的基础，但不是爱情的全部。如果因为物质和金钱而舍弃你爱的人，年老时你会产生无尽的悔意。这个故事的结局，一定程度上体现了人们渴望大团圆的心理。虽然生时不能在一起，但是死后能够化作精灵般的蝴蝶，至少可以在一定程度上弥补离别的痛苦。蝴蝶充当了美丽爱情的使者，让原本悲伤的尾声不再是那么忧伤，同时也带给人们追求美好未来的无尽希望。

蝴蝶，又一次在陈启佑那篇令人感伤的《永远的蝴蝶》中扮演了重要的角色。这是一篇情节并不是很复杂的故事，“我”和樱子在一个雨天外出寄信，信的内容是将“我”打算和樱子结婚的消息告诉远方的母亲。没想到为了寄出这封报喜信，樱子却付出了生命的代价。面对这突如其来的车祸，“我”一下子从幸福的云端坠落到痛苦的深渊。事后，“我”又站在樱子出事的地点，眼前似乎又出现了樱子过马路去寄信的场景，她如同一只蝴蝶一样飘落在湿冷的街面。读者似乎对这个现场身临其境，亲眼见证了樱子蝴蝶般轻盈的身影。车祸的一瞬间，作者假以时空的人为放大，从而造成一种强烈的冲击力和震撼力。

我喜欢蝴蝶破茧而出的情景，那不仅仅是一种生理的过程，更是一种灵魂的蜕变与提升。我们每个人的一生中，都有这样一种炼狱般的经历。不过，当你回首当年经历过的痛苦，你甚至会产生一种感激。正是这样的磨炼，成就了今天你的成熟和稳重。不经受痛苦和磨砺的青春，不是完整的青春。

此时，我的眼前正有一只美丽的花蝴蝶在自由飞翔。我不愿意打扰这不羁的精灵，只是在一旁静静地观赏着。阳光照耀在它的身上，闪耀出绚烂的光芒……

信仰,让他们无惧死亡

信仰是巨大的精神支柱,支撑着人们勇敢地面对未知的危险。为了信仰,他们可以舍弃一切,包括自己的生命。

他们五个人是富家子弟,国难当头让他们舍弃安逸的生活,奔赴腥风血雨的战场。终于迎来法西斯战败的喜讯,家人早已望眼欲穿,盼着他们安全地从前线归来。回家没几天,他们又再一次选择离家远行。这次不是拿起武器反抗残暴的恶魔,而是要去实现一个夙愿。

听完他们的讲述,父母的头摇得像拨浪鼓。这是一次极其危险的远行,甚至比上战场还要危险。他们理解父母的苦心,可心中的那份信仰驱使他们往前走,不能有任何停歇。无法说服父母,只好选择不辞而别。家渐渐变得模糊,逐渐缩成一个黑点。望着家的方向,他们深深地鞠了一躬,带着诀别的心上路。

来到蛮荒的亚马孙原始丛林,闷热的热带雨林气候让他们很难适应。他们很快病倒了,身上带的食品和药品也所剩无几。不能选择退缩,因为选择后退和选择前进已经没有区别。他们被抛到这片处女地中,几乎没有人烟的活动。这次远行不是为了探险、猎奇,而是去寻找世界上最野蛮、最凶残的杀人部落。他们早就听说有这样一个部落，习俗中流淌着杀人的血液。时代在进步，他们不能一直停留在这样蒙昧的状态。他们的心或许并不坏，只是还有待文明的开化。此行的目的只有一个，就是面对面地告诉他们：人不能随意杀害同类。

食物和水终于消耗殆尽，他们眼看就要走到生命的尽头。就在这时，遇见一个友善的老人。这些天的风餐露宿，让他们都变得很憔悴。老人住在一间小木屋，周围有一片果园和潺潺的泉水。新鲜的果子和热气腾腾的饭菜，让他们终于好好地饱餐一顿。“你们不能再往前走了，否则后果不堪设想。”老人好言相劝。过了这片林子，就将是食人族的领地。老人的眼神里带着忧伤，仿佛回忆起很多年前的那场悲剧。他的独子就因为调皮误闯食人族的领地，结果被这群野蛮人残忍地杀害。他已经老了，只能将丧子的痛深深地埋在心底。现在又有几个年轻人要擅闯禁地，老人当然想阻止他们，因为他不想让这些无辜的生命重蹈他儿子的覆辙。可这几个年轻人拒绝了老人的好意，一番感谢后离开老人的住处。

刚过了这片林子，他们就与食人部落相遇。尽管友善地和这些原始人打招呼，却被误认为是应该被消灭的敌人。头领是一个年纪很大的人，戴着羽毛做成的头饰，肩上挂着一串骷髅。他嘴里叽里咕噜说着奇异的语言，几个年轻人很快被一群手持长矛的野人包围。他们无法反抗，只得束手就擒。

他们依旧尝试与这个部落的人交流，囿于语言上的障碍，沟通成为一种奢望。几天后，五个人全部被残忍地杀害。他们亲眼看到几个人磨着刀，刀刃闪出冰冷的、死亡的寒光。闭上眼睛，父母慈祥的面容、家乡秀美的景色出现在眼前。有一丝对于这个世界的不舍，但是并没有什么恐惧和后悔。带着一份从容,他们踏上黄泉之路。

这个故事的结局带着极大的反讽性和悲剧性——几个想去劝别人放下屠刀的人,却成为嗜杀者的刀下之鬼。不过,他们的精神力量,却直刺入我的内心。它让我看到了信仰是怎么回事。你可以信仰财富,信仰成功,信仰世界大同,甚至信仰无常宿命;也可以不把信仰弄得那么宏大而神秘,只是简单普通的四个字:“告诉他们。”

我景仰这五个风华正茂的年轻人,甚至产生与他们为伍的冲动。他们是一群很纯的人,一群大写的人。读他们的故事,可以使我们在物欲横流、浮躁矫情的现实中驻足静心,想一想还有什么被匆忙的生活忽略的东西,还有哪些事情值得我们如此虔诚。

每一个有信仰的人,即使他最终得不到善终,依然会在死亡的那一刻闪耀出绚烂的光芒,久久地照亮我们头顶上的星空。

你以为的绝路，走下去便是坦途

很钦佩那些探险者，行走在人迹罕至的荒野，风餐露宿，随时可能被大自然KO。除了挑战生理极限，寂寞、孤独、不被人理解……各种心理问题也席卷而来。眼看走到绝路，却在坚持中迎来坦途。回首一路艰险，记忆中留下他人难以见到的最美景致。

畅销书作家小令君，就是这样一位探险者。最近有幸读到她的著作《拼了命，尽了兴》，被这个“85后”励志女孩深深打动。不是一个循规蹈矩、安分守己的邻家女孩，她喜欢刺激的、充满不确定性的生活。因此，她选择了远行。

读大学前，学业压力较重，小令君只能把更多心思花在学习上。走进象牙塔，她彻底释放出灵魂中最真实、最野性的那部分。大一寒假，她独自搭车去内蒙古草原。视野中，漫山遍野的绿色。偶尔这绿色中，会掺杂着云朵般的奶白。从此，她的穷游便刹不住车。2008年汶川大地震，她怀着一颗悲悯之心，深入重灾区，聆听灾民的悲欢离合，在帐篷里给当地小学生上语文课和数学课。当时余震不断，这对女孩子不啻是巨大的考验。但是越危险，她越觉得自己要留在这里。双手捧出温暖,让一颗颗受伤的心得到安抚。

几个月后,她搭车来到雪域高原。望着圣洁的雪山,她情不自禁地落泪。从那年开始,她5次选择不同的线路进藏。西藏,已成为她的第二故乡。

危险,总是在不经意时到来。她经过的地方,常常是荒无人烟的无人区。走在望不到头的路上,双腿发软、发飘,是个人都会有低落情绪。塌方、泥石流……身边的大山,似乎对这个擅闯禁地的女孩很不满意,动不动像孩子般乱发脾气。她只能带着一份敬畏之心,心中祈祷灾难早点过去。由于山地的垂直性气候,山脚处还春暖花开,穿着单薄衣服还会时不时冒点汗。然而到了山顶,她感到彻骨的寒冷。天黑了,她只能瑟瑟发抖熬到天明。她告诉自己,不能睡过去,否则永远会醒不来。草原上的早晨,太阳刚冒个头,乌云很快压过来。鸡蛋大的冰雹,噼噼啪啪打在身上。她无处躲避,被雹子砸得鼻青脸肿……

最危险的一次是在滇藏线上,她坐在当地人驾驶的一辆小轿车上。路面结冰,驾车难度很大,稍不留神就会打滑。在一个"之"字弯,车子失去控制,眼看快要冲出山路,鬼使神差般地刹住。此时,车身已经45度倾斜,探出半个身子。左边是峭壁,右边是万丈深渊,再有任何晃动,随时可能坠入深渊。小令君声嘶力竭地叫喊,不让司机一个人下车,担心失去驾驶位的重量后,自己会和车一起翻下悬崖。好在这位司机沉着冷静,用尽全力往后倒车,让车毁人亡的悲剧止于幻想中。

此后,她在学校BBS上看到一位师兄发布关于孟加拉国穷人银行的介绍,独自去这个国家做该项目的志愿者。她还去过印度,在加尔各答一家孤儿院帮助那里的孩子们。

身处险境,她还感觉不到什么。只有在旅行回来,才体会到一阵阵后怕。然而她就是不肯罢休，旅途可以完全流露出自己最真实、最无知的一面，让她在无知中成长。她就是要把自己逼到绝路，然而绝处逢生。

不要以为她只是一个整天乱跑的孩子。她不愿意再花父母的钱，不旅行时每天打四份工，没有时间逛街、聚餐、约会。她更是一个学霸，拥有北大和港大双料学位。大四时没日没夜学英语，拼命申请国外大学。然而拿到哈佛大学和剑桥大学的录取通知书，却最终出人意料地放弃。

疯了，就像她喜欢去危险的地方，她又一次让自己走上一条其他人不愿意走的路。

那是拿到录取通知书前，她去了一趟清迈。在她被歹徒搞得束手无策时，一位新加坡男孩伸出援手。男孩带她去了当地的一家沙拉店，眼前的景象让她惊呆。各种美味的沙拉，绝对是国内见不到的。从此，小令君开启了沙拉之旅，花 8 个月去了 7 个国家做学徒。

在摩洛哥，她懂得如何根据个人口味正确地选择搭配沙拉食材；在意大利，被声名远扬的已退休大厨邀请到家里做客，悉心教她如何做酱；在几乎每个人都以沙拉作为正餐的法国和美国，她开始酝酿将主食沙拉带到国内；而土耳其的油醋汁，则让她深深地爱上了这种用橄榄油调出的优质滋味……

学习之旅结束，小令君开始张罗找店铺、装修、招人。2014 年 7 月，米有沙拉在上海陆家嘴开起第一家门店。小令君放出豪言：“要改变中国人的餐饮习惯，五年内所有人把沙拉当主食，将米有沙拉做成沙拉界的星巴克。”

小令君忙得像个陀螺，几乎每天都在后半夜入睡。好在第二天，她总能“满血复活”。既然是自己选的“绝路”，那就跪着也要走完。她用了半年的时间，不断地听取顾客的意见，改良沙拉的配方，不断地更新菜单，甚至研发出独创的热沙拉。在没有做任何宣传的前提下，仅靠口碑相传，米有沙拉开业第一个月就盈利，顾客回头率高达95%。此后，陆续又有五家新店开张。小令君终于用成绩粉碎一切嘲笑，迎来人生的坦途。

很喜欢小令君的这句话："我也不是没有质疑过自己，但坚持无非就是一件事：别回头。别回头，你以为的绝路，走下去便是坦途。"要选，就选别人不敢走的路，那里可能潜藏着最大的机遇。再者，人生始终四平八稳，多没意思。不搏一下，对不起这闪亮的青春。

从“君子不器”说起

子曰：“君子不器”，用调侃的话说就是“君子不是东西”。或许有人会感到不解：“君子”既然不是具有某种用途的“器皿”，难道只是一个被他人尊敬、满足某些虚荣心的称号？

君子决不是一个可以自封的称号，那些想通过自封这一称号来掩饰自己的伪君子，只会被后人所唾弃。只有通过磨炼，“如切如磋、如琢如磨”，一块玉璞才能打磨成“和氏之璧”。可这一过程，又岂是一般人所能承受？人是一根脆弱的芦苇，芦苇之于芦荡，实在太渺小。河伯的望洋兴叹正是以自然之物喻人，对于社会的发展来说，每个人的力量是微小的。

沧海桑田，历史的车轮迈向现代社会之后，个人的渺小正在被无限放大，每个人的作用也正在被逐渐“异化”。古代社会中，每个家庭都可以成为一个独立的生产单位，在一个很小的范围内就可以形成一个生产消费单位。可是现代社会，很难想象单凭一己之力或单个家庭的力量，个人所有需求和欲望都能得到满足。享受了现代科技的种种便利后，我们其实也变得越来越“无能”；当我们把某些服务“外包”出去，从繁重的劳动中解放出来之后，我们也注定成为社会这部机器的某个“螺丝钉”。对我们来说，只要做好本职工作，其他事情理论上不用我们操心。或许有人会问，这不是很好吗？每个人各司其职，社会劳动生产率大大得到提高，这正是现代社会给我们带来的福音。可是，当某著名大学教授发出“房价上涨是合理的，以后某市房价要达到5万元甚至10万元一平方米”的论调后，内心不禁感到隐隐作痛。现代的知识分子究竟怎么了？

难道是现代知识分子的道德和良知沦丧吗，也不尽然。依然有一部分知识分子为社会弱势群体呼喊。可为什么会出现那种明显违背大多数人利益的论调，我觉得这就是人格异化的结果。当古代的士大夫成为当今社会的专家、学者后，他们关注的范围就不是整个社会或全体民众。关注范围的缩小，使他们的公众责任感缺失，我们又怎能指望他们为大多数人的利益而呼喊？过去社会的体制和制度被我们诟病，但是那个社会中的某些士大夫却值得我们尊敬，那些仁人志士的奉献精神，譬如北极星照亮了漫漫长夜。

李泽厚先生在《论语今读》中说道“现代社会带来的种种现象和问题，包括如使命感的失落和专业化的加强，思想家的淡出和学术家的凸显，正是这种由‘君子不器’到‘君子必器’的过程表现”。因此，夫子的这句话对于我们唤醒知识分子的社会责任感方面有着十分重要的意义。

但愿这样有责任、有担当的知识分子越来越多。

拥抱淡泊宁静
——天柱山之行杂感

“淡泊以明志，宁静以致远。”久居城市的“樊笼”，淡泊宁静是我所渴望和希求的。盛夏时节，我和三五好友来到天柱山，让有些浮躁的心灵得到片刻的小憩。或许，人生需要这样短暂的休憩。

天柱山位于安徽省潜山县境内，历史上曾被汉武帝封为“南岳”。后来，隋文帝把“南岳”的尊称给了衡山，因此天柱山有“古南岳”的尊称。由于正处在炎夏时节，烈日炙烤着大地，万物都默默地忍受着这难以忍受的酷暑。可是进入景区之后，一股久违的清凉立刻将我包裹。身边就是潺潺的流水，不远处传来阵阵虫鸣，各种自然界的声音错落有致地搭配着，好似演奏一首和谐的奏鸣曲，更衬托出山谷中的幽静。原先因为炎热而产生的烦躁情绪，慢慢地得到平复。我好似回到生命的本源，沉浸在这珍贵的天籁中。

或许是因为季节的缘故，景区里的游人极为稀少，跋涉之路上只剩下我和好友。少了更多的同行者，牵扯出一丝寂寞和惶恐。山路悠然地在我们面前铺开，似乎望不到尽头。越往里面走，外面尘世的喧嚣似乎就离我越远。路边一些不起眼的岩石，镌刻着千百年来无数过路人留下的足迹。历史就在这一点上得到聚焦，可能有很多人像我一样，怀着无限的虔诚，用自己的双脚丈量这里每一寸土地。我将平时难以摆脱的烦恼留在山路上，而将恬静和幸福深深地刻在心中。

终于在路边遇到一个卖东西的当地人。她看上去四十岁左右的年纪，皮肤有些黝黑。她的身边摆放着很多物件，也许部分是她手工制作的。看到我们的到来，她并不急于兜售她的商品，而是留下充分的时间让我们静静地欣赏。那些手工制作的小玩意儿，立刻吸引我的眼球。她这才做了一些简要的介绍，丝毫不让人产生任何厌烦之感。我问她每天的生意如何，她淡淡一笑说还可以。我又问她为何不像其他地方的小贩那样，逮着客人立刻就“王婆卖瓜，自卖自夸”，她悠然地说做生意的事强求不得，要顺其自然，如果过分热情，反而会吓走客人。

从这个小贩身上，我似乎看到天柱山精神的表现。无论其他人赋予它什么头衔，它都以一种平淡静谧的神态示人。正是这种宠辱不惊、悠然自得，才是天柱山的动人之处。游人的到来，并不会破坏其中的和谐，更为这份寂静增添别样的色彩。

总算到了天蛙峰。天蛙峰因峰顶有巨石很像一双青蛙而得名。登临封顶，我的双腿有一种灌铅的感觉。不过不打紧，这并不妨碍我欣赏周围的景致。放眼四周，高低不一的山峰突兀错落，在云雾的烘托下，形成一幅意境深厚的水墨画。我躺在山顶上的一处空地，慢慢地闭上眼睛。汗水慢慢被蒸发干，心跳也渐渐趋缓。日精月华之气，在呼吸间被带入体内。此时，头脑显得格外清醒，有一种醍醐灌顶的感觉。

天柱山中还有浓厚的佛教文化氛围。隋唐以后，佛教在中土盛行，据说佛教的二祖、三祖、四祖曾在天柱山传经说法，于是就有了“三祖寺”名字的由来。“三祖寺”门口那副“千江有水千江月，万里无云万里天”的对联，蕴含着发人深省的禅意。踏入这佛门净地，我立刻收起刚才的慵懒，内心涌起无限的崇敬。青山秀水之间，卧着这样一座寺庙，它为潜心修行者提供了一片精神上的乐土。“菩提本无树，明镜亦非台。佛性常清静，何处有尘埃！”一切的俗务、纷争，都在这样的环境中变得毫无意义。沿着石阶来到“三祖寺”的中殿，一整面墙上竟刻着顺治皇帝的出家诗。早就听说过顺治皇帝舍弃九五之尊，情愿削发为僧的故事，历史上对顺治出家给出的理由很牵强，爱美人不爱江山的美谈或许只是人们的一厢情愿。本人愚见，或许这位皇帝金戈铁马，领略人世间太多的沧桑，进而产生一种虚无感。而佛教正好填补他精神上的空虚，他皈依释道自然是水到渠成。皈依并不是我们每个人的必经之路，但是精神上的反省却是我们必做的“功课”——面对物质世界的纷纷扰扰，我们是否能够守住心中那个真实的自己？我们需要经常在心里问自己这个问题。

走出“三祖寺”的佛家境界，我们又一次沉浸在天柱山的自然美景中。神秘谷号称花岗岩洞第一秘府，有“天柱一绝”之称。幽幽洞若线，匍匐走蛇蝎，行走在其间，好似漫步在扑朔迷离的迷宫。眼看前方无路可走，但左拐右转却又柳暗花明，有光线从外面射进来。据《仙经纪录》记载：“司命洞府在天柱”；而《黄帝内景经》也有对天柱山的描述：“天柱山有洞，通二百里，司命真君之府，有西北东南四门，中有五香飞华金瓶之宝，神瞻灵闼，食之者返童。”虽然我不信这长生不老的传言，但是能够置身这世外桃源的仙境，自己也好像成了不食人间烟火的仙人。这一方溶洞，让每一个游客身上都带着一丝仙气。

天柱峰，正在不远处等待着我们。山顶耸立着直刺青天的巨石，在其背脊处“中天一柱，孤立擎霄”的字样醒目可见。峰顶上，岩石重叠，直如斧劈刀斩，草木不生，望之巍然，向下看去，则是万丈深渊，心惊胆战，两腿发麻，不敢久视。千百年来，天柱山始终保持着昂然向天的姿态。寒来暑往、风吹雨打，它不曾低下高傲的头颅。得到南岳的尊号，它没有任何的惊喜；失去正统的宠信，它亦没有任何的失落，在这方土地上坚守着自己的灵魂。不亢不卑、无欲则刚，这或许正是天柱山最大的魅力。

此时此刻，我彻底回归那个被世俗的尘埃深深遮蔽的“本我”，身心得到极大的净化。“大率平生乐趣，欲以天地为囿，江汉为池，各适其天，斯为大快！”古代文人墨客徜徉于名山大川，正是为了寻找那个被遗失的自我。我现在正处在“见山是山，见水是水”的境界，只有不断地与自然亲近，才能渐次达到“见山不是山，见水不是水”“见山还是山，见水还是水”的境界。天柱山之行，就为我精神境界提升增添浓墨重彩的一笔。

夕阳西下，夜色中的天柱山更增加了一抹神秘的色彩。这次精神“朝圣之旅”，让我有机会拥抱淡泊与宁静。回望夜色朦胧中的天柱山，内心不禁感触良多。

我在天柱山留下自己的足迹，而天柱山赐予我更多精神上的珍宝。我会细心地珍藏着，直到生命的尽头……

从输中有所得，这样的输就是赢

鲜花和掌声，让人们对胜利趋之若鹜。失败，在很多人眼中是件可耻之事。其实，完全不必对失利如此深恶痛绝。问题关键不在一时之输赢，而是善于从失利中总结经验教训，这样的输亦是有价值的。

最近研习心理学过程中，看到一则“跨栏定律”，是由外科医生阿费烈德发现的。这位外科医师解剖尸体时，发现与想象截然相反的情况。人们得病的器官，并非完全不堪一击。与病魔抗争中，患病器官不断成长，甚至比正常器官机能还要强。有个病例让他记忆深刻，这位死者患有慢性肾炎，他的双肾都比平常人要大。此后的临床经验中，这条规律被不断证实。阿费烈德为此专门撰写论文，将此现象称之为“跨栏定律”。

“跨栏定律”中的“栏”，就是横在人生道路上的障碍和挑战。你可能在某些时刻败下阵来。没关系，失败让你变得更强，你会从中汲取有益的东西。就像台塑集团的王永庆，也是在挫折中不断成长，终成台湾的“经营之神”。

20世纪50年代初，台湾急需发展塑胶工业。当时有影响的企业家都认为，台湾塑胶产品竞争不过外国产品，不愿投资台湾塑胶工业。有人却站出来,他就是当时还名不见经传的王永庆。

消息传出,很多人认为王永庆想赚钱想昏了头,纷纷劝他收回这个决定。还有人嘲笑他不懂行情,开塑胶厂肯定将倾家荡产。他对这些善意或恶意的提醒置若罔闻。1954 年,他和商人赵廷箴合作,募集到 50 万美元资金,创办台湾岛第一家塑胶公司——福懋塑料公司,专门生产 PVC 产品。

3 年后,王永庆的工厂正式建成投产,随后更名为台湾塑料公司。此前人们的预言果然应验,当时台塑首期年产 100 吨,在台湾只销出 20 吨,出现供大于求的情况。大量产品积压在仓库,不仅保管上要花费大量人力、物力,时间长了还有损耗。

王永庆不仅没有赚到第一桶金,还输得没有颜面。讥笑、讽刺充斥耳边,他对此只是一笑而过。输,不可怕;最可怕的是在同一个地方反复跌倒。他走出办公室,向许多专家、学者讨教,拜访不少有名的实业家,对市场情况做深入细致的调查。通过这些访谈和调研,他找出先前失败的原因:自己产品的价格过高,制约了顾客购买意愿。当时,日本 PVC 塑胶粉产量为 3000 吨,而日本人口不过是台湾的 10 倍,大量消费需求还未被释放出来。只有降低价格,才能把潜在的顾客群吸引过来。而要降低价格,就要削减成本。他不愿意偷工减料,想到提高产量的办法。

王永庆做出一个匪夷所思的决定——继续扩大生产。什么,他是不是疯了?他在董事会上提出这个建议时,立刻遭到合伙人和其他董事一致反对。他坚持己见,合伙人们不干了。和一个疯子继续合作,今后不会有什么好果子吃。合伙人纷纷选择退出,王永庆背水一战,变卖所有财产,买下公司全部产权。

这番壮举并未马上扭转颓势，王永庆继续在赔钱。他在失败中不断总结教训，从消费者需求、市场同业竞争等方面入手，不断改进产品，改善售后服务。

事情慢慢朝他设想的方向发展。随着产品价格降低，台塑集团的业绩有了显著改善。从那以后，台塑塑胶粉的产量持续上升，从最初年产 1200 吨，发展到现在 100 万吨，他的公司也成为世界上最大的 PVC 塑胶粉粒生产企业。现在台塑集团下辖 9 个公司，员工总数超过 7 万人，横跨炼油、石化原料、塑料加工、纤维、纺织、电子材料、汽车、发电、生物科技、教育等行业，资产总额达 1.5 万亿新台币。

王永庆这位商界大佬也曾惨败过。和其他人不一样的是他能从失利中找出原因，让未来的路走得更踏实、更稳健。这样的失败就不再可怕，反而是不可或缺的财富。从输中有所得，这样的输就是赢。别过分在意生命中每次战役的得失，而是聚焦每次经历后能得到什么，这才是今后“乘风破浪会有时”的保证。

隔离区内盛开的“鲜花”

“妈，我刚接到任务，要外出一段时间，您照顾好自己……”她叫伯纳德，是研究核物理的科学家。和母亲通话中，她隐瞒了此行的真实目的，因为连她自己也不知，后面有什么结果等着她。

1986年，位于乌克兰的切尔诺贝利核电站发生严重泄漏事故，核辐射量相当于日本广岛原子弹核辐射的 400 倍。尽管灾难已过去 29 年，但方圆 30 千米隔离区的空气中，依然充斥着高浓度辐射。有科学家据此断言，要等到两万年后，隔离区内才适合人类居住。

看到这条文献，伯纳德产生质疑：两万年才能恢复到灾害前的辐射水平，这个论断是否绝对？她决定去冒险，只身前往危机四伏的隔离区，只为获取一手数据。

伯纳德做了充分准备，首先是身体素质方面。因为常年伏案搞研究，身体不是很强壮。出发前一个多月内，她每日去健身房锻炼。在专业健身教练指导下，身体各项机能有了提高。其次，按照医嘱服用一定剂量的防辐射药物，多吃抑制辐射危害的食物。最后，就是专门定制一套防辐射装备，把整个身子包裹起来，避免皮肤和辐射源直接接触。

一切收拾停当，伯纳德开启这趟充满危险的旅程。经过十多小时飞行、数小时汽车颠簸，她到达“季佳特里”检查站，这里是进入隔离区的必经之地。工作人员要求伯纳德出示证件，并核实她的身份。半小时后，汽车通过检查站。隔离区分为三个区域，距核反应堆30千米区域、距核反应堆10千米区域和特殊区。通过第二个检查站后，核辐射浓度测试器上的读数显著上升，超过了正常数值很多倍。车子途经的地方，一片凋零的景象，路边只有一些枯树，还有满地的荒芜。伯纳德明白，自己距离危险越来越近。

达到隔离区中心地带，四周静得出奇，偶尔会听到几声鸟鸣。前方究竟有什么危险，不得而知。到处是废弃建筑，外壁破损不堪，甚至出现坍塌。为了测量辐射数据，伯纳德小心翼翼地走进建筑内部。里面堆放的东西杂乱无章，像一位老人，诉说着这里曾居住过成千上万的居民。穿戴一整套防护设备，行动会很不方便。经过近30年风化，建筑材料变得很脆弱，稍有不慎，整栋建筑可能会崩塌。因为有墙体阻挡，室内辐射量比室外小很多。为了安全起见，伯纳德在进屋前脱下防护设备。有一次，她刚走出一家医院的大门，轰的一声，身后扬起一阵尘土。她在胸口画了一个十字，再慢一点，自己就可能被活埋了。

除此之外，身边还有一双双可怕的眼睛。核辐射作用下，隔离区内的动物发生基因突变。疯狂的狐狸和狗，好几次毫无征兆地冲她发起攻击。她是个心地仁慈的人，不愿意对这些动物开枪，想用其他手段把这些“受害者”赶走。种种办法不奏效，她只好扣动扳机。攻击者倒下的那一刻，泪水流了出来。她把尸体埋起来，并做了一个祷告的姿势。

伯纳德前后六次进入隔离区，停留时间长达两个月。为了研究需要，她吃“有毒”的苹果，体验“辐射蚂蚁”咬伤的感觉，并在核反应堆控制室内留影。尽管在这些超高辐射环境中，会让她患上癌症，可她顾不上这些。这些年来，科学事业已经成为她生命的全部。没有花前月下、没有休闲娱乐，整天与实验室相伴、与冷冰冰的数据相伴。为了展示在隔离区中的生活，她还将一些场景制作成视频，放到 YouTube 视频上，很快就引来几十万“粉丝”的关注。

伯纳德用女性柔弱的身躯，勇敢面对可能发生的危险和死亡。她就是一朵盛开在核污染隔离区的鲜花，那么美丽、那么芬芳。她献身于科学事业的精神，永远会发出耀眼的光芒。

梦想不该被“风干”

大鹏曾是网站编辑，每日朝九晚五，和普通白领的生存状态并无二致。但他没有让“梦想水珠”风干，终于凭借《屌丝男士》系列网剧一炮走红。

这是一个很普通的清晨。他睡眼惺忪，迷迷糊糊坐在开往地铁站的八通线上。他将在这辆车的终点站，换乘地铁一号线，赶到位于长安街的搜狐总部上班，单程两个多小时。每天早上六点出头起床，六点半前必须出门。遇到大冬天，起床是件很痛苦的事。作为“北漂”，生存下来是头等大事。加班是常事，有时忙到半夜两点才回租住屋休息。睡不上几个小时，又要赶去上班。就像一朵阴暗角落里的蘑菇，他很多天都见不到阳光。

网站编辑需要不断“复制、粘贴”。这活刚开始干还有新鲜感，时间长了，兴趣会呈边际递减效应。他体内不安分因素开始萌动。自媒体时代，每个人都能成为舞台中央的明星。他琢磨自己录制节目，对镜头做出搞怪卖萌的动作，用软件剪辑成小视频，上传到门户网站。这些小视频点击量还不错，很快为他赢得不少“粉丝”。初战告捷，他决定在这条路上走得更远。白天，他按部就班地工作，晚上回到家顾不上劳累，赶紧录制节目。小视频火了一把，他又陆续出版自传体专著——《在难搞的日子笑出声来》和《先成为自己的英雄》。

小视频和出版图书只是热身，他下一步打算是拍一部容量较大的网剧。横在他面前有两道难题：一是拍摄资金问题，能否拉到赞助尚未可知；二是观众认可度，也许拍了两集就会草草收场。他还是决定上马，不搞出点动静，对不住心中的梦想。开拍之初，他买机票飞往全国各地，找段子手谈自己的网剧创意，邀请他们撰写剧本。他给出的稿费很寒酸，每篇只有三百块的稿费。很多人对他白眼相看，这么低的稿费，简直相当于白送灵感。他一次次登门拜访，语气极其恳切，终于打动其中几个知名段子手。在他们帮助下，剧本终于初具雏形。

有了剧本，接下来就是要落实演员。如果没有夺目的明星主角撑场，很难让网友持续关注这个网剧。他又亲眼见识人的功利性。预算几乎为零，导演几乎没有什么名气，明星哪肯屈就？最终只有柳岩答应他。那时柳岩正处在转型关键期，这才同意加盟剧组。

《屌丝男士》的拍摄很顺利。他为这部网剧积极宣传，即使在外面拍戏，也会推荐给一些明星大腕。正是在吴君如、刘德华等一线明星的推荐下，《屌丝男士》一炮走红，单日点击率最高突破一千万。成绩面前，他决定拍摄续集，这才有了后面三季的《屌丝男士》。

有人找到他，说愿意投钱拍《屌丝男士》大电影。许是命运使然，几次筛选导演不满意，他有机会亲自执导。他决定突破《屌丝男士》的壁垒，重新编创故事制成《煎饼侠》，讲述小人物的奋斗史。为了组建明星演员班底，他只身去了香港，没有助理陪同。他约到四个经纪人，对方提出的条件相当苛刻，并要求了解最详细的拍摄计划、拍摄场景，详细到水缸高度，分镜头手稿。他只用了15分钟就搞定一切，古惑仔四人得以在电影中重聚。他又动用师父的关系，邀请四位师兄组成“东北F4”。他还想请一位世界级老牌功夫明星，最终请到踢出经典一字马的老偶像尚格·云顿。

但是《煎饼侠》在开拍初期并不被人看好，因为它具有“烂片”的典型特质：明星多，网络化，成本低，还有一个听上去“山寨”的名字。然而就是这部有成为烂片隐患的国产喜剧，在上映第一天，就打破国产2D电影票房单日纪录，上映首周末收获4亿票房。凭借电影《煎饼侠》，他荣获2015电影频道传媒大奖的最佳新人导演和最佳新演员奖。

就在颁奖现场，他大鹏没有说过多客套话，而是讲了他小时候的故事。那时，他把动作连贯的圣斗士贴满走廊，从走廊一头飞快跑向另一头，让人物在墙上动起来，走廊就是他的电影院。这样的经历，也呈现在他的影片《煎饼侠》里。

大鹏的梦想很普通，却也很伟大，他就是想活出那个最想要的自己。即使那时还只是个网络编辑，也未让梦想火种在枯燥无味的生活中熄灭。很多奇迹，只是有些人在别人松懈时，默默把想法变成行动。

梦想不该被风干，心中留存一份希望，在机会到来时彻底爆发。